琼 瑶

作 品 大 全 集

握三下，我爱你

——翩然起舞的岁月

琼瑶 著

作家出版社

琼瑶，本名陈喆，作家、编剧、作词人、影视制作人。原籍湖南衡阳，1938年生于四川成都，1949年随父母由大陆赴台生活。16岁时以笔名心如发表小说《云影》，25岁时出版首部长篇小说《窗外》。多年来笔耕不辍，代表作包括《烟雨蒙蒙》《几度夕阳红》《彩云飞》《海鸥飞处》《心有千千结》《一帘幽梦》《在水一方》《我是一片云》《庭院深深》等。

多部作品先后改编成为电影及电视剧，琼瑶也因此步入影视产业。《六个梦》系列、《梅花三弄》系列、《还珠格格》系列等，影响至深，成为几代读者与观众共同的记忆。

琼瑶以流畅优美的文笔，编织了众多曲折动人的故事。其作品以对于梦的憧憬和爱的执着，与大众流行文化紧密结合，风靡半个多世纪，成为华文世界中极重要的文学经典。

我为爱而生，我为爱而写
文字里度过多少春夏秋冬
文字里留下多少青春浪漫
人世间虽然没有天长地久
故事裡火花燃烧爱也依舊

琼瑶

目录

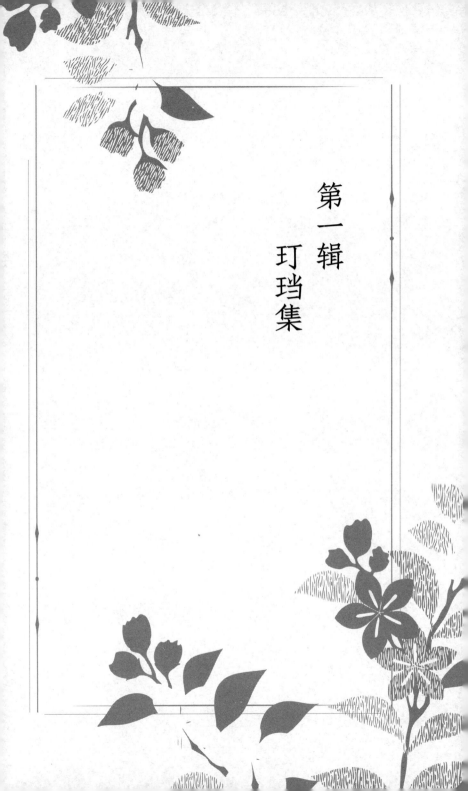

第一辑

玎珰集

可怜的小青

　　小青是个十岁的小女孩，长得很美丽，但是很瘦。她的父亲在一个工厂里做工，每月拿很少的工钱，她的母亲在家里忙着做家事，还要做衣服给小青穿。小青本来在一个小学里读书，因为听不懂同学的话，因此个个同学都欺负她，但她却非常用功，因此老师很喜欢她。后来她的父亲失业了，她就不能继续读书了。

　　她失了学以后，心里非常难过，日夜不宁，因此得了病。她的母亲非常着急，想要去请医生但是没有钱。后来小青的父亲，向人借了几万块钱，请了一个医生来。那医生匆匆地开了一张药方，就要五万元，小青的母亲就给了他五万元，那医生拿了钱就走。小青的父亲拿了药方去买了药回来，给小青吃了，就渐渐地好了。

　　但是她的家也就更穷了，所以她的病刚刚好，母亲就要她帮人家做事，小青做事很忠实，所以主人很爱她，一个月给她十万元工钱，小青完全交给母亲。她这样地做了几个月，因为过劳身体更不健康了，有时会突然昏倒在地上。但是她不能休息！她咬着牙忍受着一切的痛苦，不停地工作，终于又生了病，这次病很厉害，又没有钱再请医生了，这样地过了三天，小青就死了。

唉！这样好的一个孩子，她一点过错也没有，为什么会死呢？

写于一九四七年

《可怜的小青》后记

这是我生平写的第一篇小说，那年我九岁，住在上海。这篇小文章非常幼稚，只是儿童作品，谈不上任何技巧。因为我从小在战乱中成长，没有念过小学，也没受过正规教育，父亲看了我这篇不成熟的作品，居然悄悄帮我投稿到上海《大公报》（用我的本名陈）。一九四七年十二月六日，这篇作品刊登在《大公报》第九版（儿童版），是我生平第一篇上报的作品，也开启了我对写作的兴趣。作品中提到的币制，是当时飞贬的金元券，十万元只是小数字。

一九八九年，我在我的第一版自传中，提到这篇作品，不料，我的读者牧人和曾波，竟然千辛万苦，帮我找到了这张旧报纸。

今年，我重新整理我这一生的作品，到目前为止，有六十七本书。这本《握三下，我爱你》有个副标题"翩然起舞的岁月"，它记录了我那"文字起舞"的过程。这篇好不容易回到我手中的作品，实在没有资格收录在内。但是，作为一个考据资料，我把它加入了。

　　最重要的，是为了纪念我已经去世的父亲，他居然会注意到我这篇文字！是多么深的父爱，才会悄悄帮我投稿呢？再有，是为了感谢周牧人和曾波，跨越了七十年，帮我找到这篇作品！所以，我把它放进这本书里了。

　　重读这篇九岁作品，我惊奇地发现，在我那么小小的年纪，已经懂得对这个世界提出怀疑，提出控诉了！这篇小作品，最重要的一句话就是："唉！这样好的一个孩子，她一点过错也没有，为什么会死呢？"我想，当初感动我爸，帮我去投稿的，也是这句话吧！那时，我在战乱中，亲眼看过死亡，也几乎死亡。我一定认为死亡是人生最大的悲哀，甚至是一种"惩罚"吧？！

琼瑶

二〇一八年八月二十三日

巧克力伯伯

今天是巧克力伯伯四十五岁的生日，我们买了两盒巧克力做寿礼。

那时候，我九岁，麒麟和我是龙凤胎，也是九岁，小弟七岁，小妹才一岁。我们住在上海一座西式的大楼里，是爸爸的学校配给我们的宿舍。我们住在四楼，只有一间房间，全家六口都挤在这房间里生活。我们四个孩子，没有什么娱乐。每天，除了妹妹，我们三个大孩子最喜欢趴在窗台上，把脸贴着窗玻璃，对大街上张望着，只是为了看看"我们的"巧克力伯伯来了没有？

巧克力伯伯身高六尺，皮肤黑得活像巧克力，这就是我们喊他作巧克力伯伯最大的原因。他有一头像鸡窝一样的头发，每一根都竖在那儿，好像负有任务要在他头上当卫兵似的。他的胡子和头发一样，布满了他整个脸，使他的头看起来像一个受了惊的刺猬。他的眼睛却非常亮，从他那些茅草堆里像探照灯般射出奇异的光彩来。

他经常穿着一件油污得看不出本来面目的风衣，戴一双已变成黑色的白手套，乘一辆摩托车，风驰电掣地来到我们大楼的大门前，然后一路喧嚣着爬上楼梯，乒乒乓乓地跑到我们家门口，冲开了大门，发出一声巨大的声音：

"啊哈！"

然后随手抓起一个最靠近他的孩子，高高地扔到天花板上，跟随着是我们的尖叫声，妈妈紧张的惊呼声，和他哈哈大笑的声音混成一片。所以，每次巧克力伯伯一来，总会带来一阵惊天动地的大骚动。

妈妈常对爸爸说：

"假如巧克力再扔孩子，我就不许他进门！"

爸爸总是耸耸肩膀说：

"别严重，他不会摔伤他们的，他是练过武功的，一个奇人！"说着，爸爸会摇着头，晃着脑袋，无限欣赏地重复一句："一个奇人！"

对我们来说，巧克力伯伯扔我们上天花板的举动，是非常富有刺激性的，私下里，我们常以被巧克力伯伯扔的次数多而自豪。因此，每当巧克力伯伯一来，我们总尽快抢先站到他身边去，以便被他扔起来。

另外，我们对巧克力伯伯最感兴趣的是他那宽大的风衣口袋，在那大口袋里，他经常会变魔术似的变出各种不同的食物来，有时是一块蛋糕，有时是糖炒栗子，有时是水果糖，还有时是一些稀奇古怪的叫不出名目来的特别食品。

有次，当他把食物塞进我们三个嘴里（他动作很快，我们动作也很快，都要抢着吃，才有第二块进口）。我一咬之下，发现嘴里的东西是"活的"，还会动，我害怕之下，张开嘴，那"食物"竟然爬出了我的嘴。我尖叫出声，妈妈同时尖叫出声，对我们三个喊着：

"吐出来！赶快吐出来！"

我的是已经"爬"出来了，麒麟和小弟居然"卡滋卡滋"地把那"活食物"给吃进肚里去了，根本无法吐出来。巧克力伯伯在那儿很有力地喊着：

"这是最营养的食物，几个孩子面黄肌瘦，根本营养不良，我特地去买了这个东西，给他们补一补身子！这玩意，我吃了一辈子，也没有中毒，还孔武有力！"他弯着胳膊，拉起风衣袖子，露出手臂上的肌肉给妈妈看。

"不许！不许！不许！"妈妈一迭连声地喊，把我们三个都拉到她身后去保护着，对巧克力伯伯瞪大了眼说，"你的血统和他们不同！你可以吃虫子，他们不行！"

至今，我不知道那天巧克力伯伯给我们吃的是什么东西。而且，妈妈也从那天开始，严密注意着巧克力伯伯的口袋。一看到他要给我们东西吃，就叫着说：

"不许！不许！你那些宝贝东西还是留着自己吃吧，他们没你那么好的抵抗力！"

巧克力伯伯看看妈妈，咧开一张大嘴，嘻嘻哈哈地说：

"就是因为他们没有抵抗力，我才要训练他们的抵抗力！"

妈妈很固执，巧克力伯伯输了。以后，他口袋里的食物，都要妈妈先检查过，才会进入我们嘴里。这真是我们的悲剧，因为，妈妈常常说这个脏了，那个不新鲜了，这个看来有疑，那个黑黑的绝不能吃！我们对巧克力伯伯口袋中的惊喜，逐渐被剥夺。除非，巧克力伯伯趁妈妈不注意，突然塞进我们嘴里一些东西，才会带给我们意外的喜悦。

巧克力伯伯没有结婚，妈常说：
"天下要是有女孩子愿意嫁给巧克力才有鬼呢！"
巧克力伯伯自己也常斩钉截铁地说：
"天下的女人全是男人的绊脚石，我巧克力是一辈子不会结婚的，只有最没头脑的男人，才会找一个女人来拴住他！"
妈常被他这几句话气得发昏，认为他是个毫无礼貌的野蛮人。但是，那年冬天，这野蛮人居然被一个少女的微笑所收服了。

事情是这样，冬天的时候，爸爸在南京的一个异母妹妹来投靠了我们，我这小姑姑当时只有十八岁，长得娇小玲珑，一颦一笑都极惹人怜爱，再加上那种含羞脉脉的韵致，轻言细语的温柔……使人人都不自禁地喜爱她。爸爸那些光棍朋友给她取了一个绰号，称她作"小豌豆苗"。小豌豆苗姑姑住到我们家来不到一个月，我们家立即充满了川流不息的男士们，连最疏远的朋友，也开始向我们家送礼了。

巧克力伯伯仍然是家中的常客，但他变得比以前稍稍安静了一些，只是依然忍不住要扔扔我们。一天，当他把我扔到半空中再接住的时候，看到我那容易受惊的小姑姑吓得脸色苍白，他就微笑着走过去想安慰安慰她，但我那胆怯的小姑姑以为这野蛮人要来扔她了，吓得尖叫了一声，慌忙就溜到浴室里去躲起来了。事后，我们笑得前俯后仰，而巧克力伯伯却抓着自己的头发狠狠地发了一阵呆。

然后，巧克力伯伯开始有些变化，他依旧很殷勤地来我家，他的胡子剪短了，白手套洗干净了，他会对豌豆苗姑姑讲故事，讲他在印度当教授的各种奇遇。原来巧克力伯伯是有印度血统的，怪不得皮肤黝黑。那时的上海，对印度人并不尊敬，即使他很有学问又是教授。豌豆苗姑姑会很专心地听他说故事，总是微笑着，没有很大的反应。

这样拖了半年多，时局有点紧张，学校里的教授们开始有了异动，有的辞职了，有的离开上海了，空气里弥漫着不安的气息。我看到爸妈和豌豆苗姑姑神色都不对，知道战争的阴影又来了，这次不是日本人，是我们自己人，国共的内战逼近了！每人都在选择自己的方向。

这天，巧克力伯伯又到我们家来，居然没有穿他那件变色的风衣，穿着一身很整齐的服装，这简直是件不可思议的事。然后，他竟斯斯文文地在椅子里坐了二十分钟，这更是从来没有的事。过了一会儿，他从那上衣口袋里摸出了一张折叠得很整齐的信笺来，慎重地交给妈妈，要妈妈转交给豌豆苗姑姑，当我们都惊异地瞪大了眼睛时，他只轻轻地说了一句：

"我明天来讨回信！"

说完，就一转身走了。等巧克力伯伯走了之后，我们立即围着豌豆苗姑姑，把那信笺打开，只看到上面工工整整地写了两句话：

"我很喜欢你，你愿意和我结婚吗？"

豌豆苗姑姑看完后，立刻涨红了脸，别开头去，嗫嗫嚅嚅地说：

"这算什么意思呀？"

"我想，他是在向你求婚，而且是诚心诚意地在向你求婚，你怎么回答他呢？"爸爸问。

"哈，简直是癞蛤蟆想吃天鹅肉！小妹，千万别答应他，你要是嫁给这样一个野蛮人，一定要吃苦的！"妈妈说，"他连活虫子都吃！"

豌豆苗姑姑垂着头，羞答答地一句话都不说。第二天，巧克力伯伯果然来了，豌豆苗姑姑躲在屋子帘幔后面，死也不肯出来，巧克力伯伯坐在沙发椅子里，从来没有那么紧张过，不住地用手拉头发，一面可怜巴巴地问妈：

"她答应了没有？"

"没有！"妈妈说，一面又揶揄，"怎么，你也要丧失你的头脑了吗？"

巧克力伯伯眨眨眼睛，用手握紧了沙发椅子的扶手，指头都深陷进椅套里面去，半天都没有说话。过了好久，他才突然从椅子里站起来，嘴唇微微地颤抖着，脸上的肌肉都绷紧了，低低地说了句：

"我走了！"

巧克力伯伯刚转身，豌豆苗姑姑已轻轻地、迅速地从帘子后面溜了出来，羞红着脸，半垂着眼睑，对巧克力伯伯说：

"我……答应你了！"

"真的？"巧克力伯伯对着豌豆苗姑姑冲了过去，一把抓住了豌豆苗姑姑的腰，大有要把她向天花板上扔的趋势，豌豆苗姑姑又吓白了脸，惊慌地望着巧克力伯伯，巧克力伯伯一接触了豌豆苗姑姑的眼光，就立刻放松了手，退到两三尺以外的地方，两只手在裤子上不安地擦着，一面说了声：

"对不起！"

说完，一转身就向房间外面跑，妈在后面扬长着声喊：

"你到哪里去呀？"

"买船票，去台湾！"巧克力伯伯说着，已看不见影子了。至于豌豆苗姑姑要不要跟他去台湾，他想也没想。

现在，巧克力伯伯和豌豆苗姑姑已经结婚十年了，我们家移居台湾比他们晚一年，一九四九年来的。豌豆苗姑姑和巧克力伯伯已经有了很好的工作，生活得很幸福，我从没有看过比他们更恩爱的夫妻。但巧克力伯伯的改变也很大，他的衣饰整洁了，他的口袋里再也变不出食物了，而且，由于有一次，他把他们的第一个小巧克力向天花板上扔去，而把豌豆苗姑姑吓得昏倒之后，他也不再扔任何孩子了。

我喜欢现在的巧克力伯伯，但我也怀念过去的巧克力伯伯。

写作时间不详

玉无瑕

"玉无瑕"是一只小猫，有一对湛蓝的大眼睛和一身黑白的长毛，可能是波斯种，也可能是印度种，关于这问题，在我们家里一直是一个辩论的题目。

玉无瑕的来历是奇异的。在一个晴天的下午，年方四岁的小妹悄悄地溜到厨房门口，怀里抱着这只蠕动着的小动物，对正在做饭的妈说：

"妈妈，我捡到它的，我可以养它吗？"

那是一九五二年。我们全家从家乡湖南迁居台湾的第三年。住的是父亲学校分配的教员宿舍，不到二十坪的日式房子。我们兄弟姊妹四个，没有玩具，没有美食，生活非常清苦。还好，那时的台湾，人口稀少，街巷邻居都很和善。街上几乎没有汽车，大家安步当车或是骑脚踏车。我们住在青田街的巷子里，妹妹和我们的游戏场所，就是那条巷子！

妈惊异地望着小妹怀里的那个小东西，它比一个白老鼠大不了多少，眼睛还没有张开，有着短短的耳朵和尾巴，不安地用它那小小的红鼻子在小妹手腕上到处嗅着。

"啊，你哪里去弄来的？"妈问。

"我在巷子里捡到的，它很冷，一直发抖，我可以养它吗？妈妈？"小妹担心地望着妈，紧紧地抱着她的小猫。

"这么一点大，一定带不大的！我看算了吧！"

"带得大的，我喂它牛奶！"小妹坚持着，把小猫抱得更紧了，好像生恐别人会抢走了似的，"我把我的给它喝，我可以不喝牛奶！"

"你的给它喝？你的营养就不够了！我们养不起这只小猫！"母亲严肃地说。

小妹瘪着嘴，眼睛里盛满了泪，我赶紧接口：
"我的牛奶分给它一半！我长大了，不需要天天喝牛奶了！"

"我的也分给它一半！"大弟跟着我说！

"还有我的！"小弟也跟着说。

母亲看着我们四个，再看着满眼发光的小妹，终于点了头。

就这样，玉无瑕留在我们家里了。起初，它只是一个没有人注意的丑东西。每天，只有小妹记得喂它东西吃，我和两个弟弟都认为它活不过一星期。像奇迹一般，这奄奄一息的小家伙，居然有着顽强的生命力。一星期之后，我们发现它竟能在小妹给它做的窝里摇摇摆摆地走起路来，眼睛也常常张开了。小妹所有的注意力都集中在这小猫上。一天，她兴奋地来找我说：

"姊姊，小猫的眼睛是绿的，好亮啊！"

小妹永远分不清"绿"和"蓝"。从此，我们常常听到她对她的小朋友们骄傲地说她有一只"绿"眼睛的小猫，这只"绿"眼睛的小猫也在我们这整个巷子里出了名。

　　小猫慢慢地长大了，而且出奇地漂亮，软而亮的白毛松松地披在身上，一对又大又蓝的眼睛老是骨碌碌地转着，全家对它都开始钟爱了起来。一天，当它蜷伏在走廊上晒太阳的时候，爸脱口而出地赞美了一声：

　　"啊！它真白得像一块玉一样！它还没有名字，就叫'玉无瑕'吧！"

　　我想，只有我那历史系的教授爸爸，才会给一只小猫取名字叫"玉无瑕"。总之，"玉无瑕"的名字就这样传开了！

　　小妹对玉无瑕的感情是难以形容的，不论吃饭或睡觉，她总要抱着玉无瑕。她给它洗澡，喂它吃东西，在它脖子上打蝴蝶结。每天晚上，她把玉无瑕放在床上，然后把她所知道的故事一个一个地讲给玉无瑕听，甚至于抚摸着它的脊背，哼着催眠曲哄它睡觉。久而久之，玉无瑕成为小妹一刻也不能离开的小伴侣。

　　暑假之后，小妹进了幼稚园。上学的第一天，她由于和玉无瑕分开了几小时而伤心万分，一回家就紧紧地抱住玉无瑕，向它道了半天歉。第二天早上，当小妹上学以后，我们突然发现玉无瑕失踪了。这可是一件大事，如果给小妹知道玉无瑕不见了，一定会吵翻了天。我和两个弟弟、妈、爸找遍了床底下、柜子里、沙发下，连玉无瑕的影子都没有找到。就在大家找玉无瑕找得人翻马仰的时候，幼稚园里的老师带着小妹回来了，尴尬地对爸说：

　　"陈教授，我实在没有办法让她放弃她那只小猫，她把它抱在怀里死也不放！使全体孩子都不肯上课了！"

我们一看，小妹正眼泪汪汪地抱着玉无瑕，用畏怯的、战战兢兢的神情望着爸说：

"我不可以带玉无瑕去上学吗？爸爸？它不会咬人的呢！"

原来，小妹把玉无瑕藏在裙子里带到学校里去了，这件事使我们足足地笑了一星期。

不久，玉无瑕病了，起先只是不想饮食。渐渐地，竟连动也懒得动了，小妹坚持说它是"伤风"了，强迫它吃咳嗽药水，这只有使玉无瑕的病势更重。我和大弟把它抱到兽医那儿，小妹又坚持不要给它打针，因为她自己最怕打针。可是，兽医还是给它打了一针。抱回来后，它的情况更坏了，小妹守在它的旁边，一步都不肯离开，要妈哄着骗着才肯去吃饭。到了晚上，玉无瑕似乎好得多了，竟摇摇摆摆地站起来喝了几口小妹给它冲的牛奶，小妹高兴得要命，又灌了它一次咳嗽药水，哼着催眠曲哄它睡觉。

夜深的时候，我们发现小妹蜷伏在沙发里，睡着了！玉无瑕在她的怀中，满嘴都是咳嗽药水的糖浆，硬了，死了！

我们到很远的郊外，埋了玉无瑕的尸首。妈妈把小妹抱到床上，我们一致决定第二天不告诉小妹，只说玉无瑕的病已经好了，跑到外面去玩，不知道为什么没有回来。小妹信了我们的话，可是，从此，不论刮风下雨，小妹总在窗口守着，带着坚定不移的信念，等待着她的玉无瑕倦游归来。这种固执的、不变的等待使爸和妈都心疼了，常常，在夜深的时候，把小妹从窗口抱到床上去，温柔地说：

"睡吧！宝贝，明天，玉无瑕就会回来了！"

当然，玉无瑕始终没有回来。

那是一个台风之夜，窗外下着倾盆大雨，小妹已经睡了，但并没有睡着，睁着一对大大的眼睛望着玻璃窗上的雨水，脸色显得沉重而忧愁。过了一会儿，她忽然从床上坐了起来，歪着头，静静地倾听，然后猛然掀开棉被，跳到地下来说：

"玉无瑕回来了！"

同时，我们也都听到一个清晰的、抓爬的声音。小妹迅速地跑到门口，打开了大门，立即，我们看到一个肮脏的、浑身湿漉漉的小猫犹疑地走了进来。当然，那并不是玉无瑕，只是一只无家可归的野猫而已。但，小妹却兴奋地把它一把抱了起来，嘴里喃喃地安慰着：

"你饿了吧！玉无瑕，你多脏呀！"

不顾家人的反对，小妹拌了一碗饭喂它（那时可没猫食），又用一块毛巾给它擦去了身上的泥水。然后，小妹诧异地张大了眼睛，呆呆地望着这只野猫。因为，这只猫并非全白的，在它的头顶上，有一块心形的黑斑。爸妈和我们，都不知该向小妹如何解释。大家面面相觑，不知所措。这时，却听到小妹温柔地、满足地、长长地叹了一口气说：

"玉无瑕老了，头发都黑了。人老的时候头发就白了，猫老了头发就黑了，是不是？爸爸？"她抬头天真地看着爸。

我想笑，但笑不出来，爸却对小妹严肃地点点头，表示着赞同。妈站在一边，嘴角带着个无比温柔的微笑，看着小妹和她怀里那只新来的流浪猫。

就这样，玉无瑕又生活在我们的家里了，只是我们常想，它的名字是不是要更改呢？总不能改成"玉有瑕"吧？对小妹来说，这完全不是问题，她满足地养着这只玉无瑕，养了十几年。在她读初三的时候，才突然问爸说：

"为什么你要给一只有黑斑的猫，取名叫'玉无瑕'呢？"她早就忘了前面那只玉无瑕了！四岁多的记忆，已经沉睡在时间的轨迹里。

"这……"爸抓着头发，又抓耳朵，再抓鼻子，清清喉咙说，"天下所有的玉，都是有瑕的，无瑕的玉找不到，有些玉石专家，就会拿有瑕疵的玉，来欺骗别人！咱们家的'玉无瑕'，就因为头上的黑斑太明显，'有瑕'反而变成它的优点，所以就叫'玉无瑕'了！"

爸这篇似是而非的答案，听得妈一直暗暗摇头。我和弟弟们差点喷饭。但是，我那聪明过人的小妹，居然没有异议地照单全收了。

这只玉无瑕，是我家养流浪猫的开始，以后，兄弟姊妹包括爸妈，都会捡回家或是留下无家可归的野猫。我家那日式宿舍，成了流浪猫穿堂越户的所在。爸在写通史或改考卷时，他坐在书桌前，膝上永远蜷缩着一只流浪猫。在那日式房子里，我家最多的时候，养了十七只流浪猫！只是，再也没有一只，有那么好听的名字了！

写作时期不详

我的父亲大人

一直想写一篇《我的父亲》，可是，每次执笔，都觉得我那爸爸大人，实在太难写了。可是，不论多么难写，我都希望能写出他的特色！在我这本书里，他更是一位不能缺席的人物！

他是一个精通历史的知名教授，又写了一部巨著《中华通史》，还有《秦汉史话》和《三国史话》。是个标准的读书人，他的一生，都和书本有关。在他年轻时，中学毕业就一面读大学，一面教小学。大学毕业后，开始教中学，然后在大学当助教，接着教大学。他这一生，除了教书，没有做过别的事业。他自己说："我就是个教书匠而已。"

可是，这个教书匠很厉害，他一面当教授，一面写历史。在我中学时代，他已经是位"名教授"。除了上面两件事，他还"演讲"。在师大的大礼堂，每周讲一次历史故事。那个时代，连电视都没有，人们没有娱乐。我爸的"历史故事"，居然讲得轰轰动动。每次讲多久，随他高兴，常常一讲就四小时。因为每周只讲一次，礼堂前面，老早就开始排队，座无虚席。有次去的人太多，礼堂的玻璃门还没开，大家怕没位子坐，居然把礼堂的玻璃门都挤破了。由此可见，父亲受欢迎的程度。

他教书、写历史、演讲之外，还特别喜欢和学生交朋友。我家那日式宿舍，不到二十坪大，他经常把学生带回家，家里纸门一拆，打通两间房间，坐满了学生（好在是榻榻米，大家都席地而坐）。他和学生们讲笑话、说故事，什么东方朔、曹操、吕布、诸葛亮……征服了一票大学生。房子里充满笑声，大家笑得嘻嘻哈哈，常常笑得忘形，滚了一地。我一定悄悄地坐在房间一隅，享受着这一片笑声。觉得我爸，实在太"可爱"了！我真佩服他！

我想，我的父亲在基本上，是个非常乐观而幽默的人。但是，他生于忧患，经过了中国最动乱的时代。为了这个国家，他饱经风霜，尝尽了悲欢离合。所以，他也有很严肃的一面。他这一生，有四件"最爱"。它们的顺序是这样的：一、国。二、家。三、历史。四、围棋。父亲对这四件"最爱"的热情，是从来不变的。他爱国，常常会为了国事，在那儿"先天下之忧而忧"。每当这时，他那乐观的部分就不见了。从小，我就听到他经常为了忧国忧民，长吁短叹，彻夜不寐，也常常为了国家大事，和朋友们辩论得面红耳赤。如果有谁，抵触了他的"爱国观"，那是翻天覆地的大事，他立即会翻脸不认人，从此断交。

我把父亲的第二爱列为"家"。其实，这个家很广义，表示包括我母亲，和我们四个兄弟姊妹。事实上，我直到现在，都常常和弟妹们分析，觉得父亲在整个家庭中，最爱的是我的母亲。父亲对母亲的这份感情，实在很难用笔墨来形容。他尊敬她，需要她，依恋她，纵容她。有时，我认为母亲像父亲的宗教和信仰，只有宗教和信仰，才能让一个人这样热诚和不变。母亲在五十岁以后，十分多病，缠绵病榻长达二十几年。这二十几年间，经常出入医院。每当母亲住院，父亲一定朝夕相伴，从不缺席。母亲在七十四岁时，终于走完了她的一生。父亲把母亲的遗像挂在房中，每天早晚两次，在母亲的遗像前燃香祝祷，一直到他自己倒下之前，天天如此。

父亲的专业"历史"，我已经把它排到第三位。他写书的时候非常认真，句斟字酌，一丝不苟。历史是不能出错的，为了写这部《中华通史》，他的参考书籍堆满了整个书房。所有的典故、出处，他都会详细注明。书中的表格、地图，他也不假手别人，一定亲自细心地描绘。至于出版时的一校，二校，三校，四校……他也是自己去做，生怕别人出错。他还非常固执，现在出书，没有人在姓名旁边画线，他一定要每个人名、地名、国名……旁边都画线。这画线的工作，简直繁重到极点。我看到父亲这样做学问，就对自己的写作感到惭愧。父亲写中国五千年来的英雄豪杰，历代兴亡，我却写一些世间儿女的小情小爱。和父亲相比，我的作品真的只是"小说"。

父亲唯一的嗜好，是下围棋。他对围棋的执着热爱，从来不会因为任何事情而中止。我前面说过，他对母亲是宠爱备至的，只有为了下围棋，他屡次让母亲生气。父亲下了一辈子的围棋，不论我们在多么艰难困苦的环境中，他都能找到棋友，都能下得不亦乐乎。为了下围棋，忘了回家吃晚餐，忘了对母亲的承诺，忘了重要的工作……这是经常发生的事。我最难忘的，是常常半夜三更地溜下床，给迟归的父亲开门。因为母亲三令五申，过了时间，就不许父亲回家，也不许任何人给父亲应门。冬夜苦寒，父亲常常被关在门外，都是我冒着被母亲惩罚的危险，去给父亲应门。

父亲就是这样一个人，为了他的四个"最爱"，鞠躬尽瘁。他一心一意地爱中国，一心一意地爱母亲，一心一意地爱历史，一心一意地爱围棋。这四件事，把他的生活填得满满的，使他活得忙碌，也活得充实。他一生的苦与乐，都与这四件事是分不开的。但是，在生活中的父亲，却是一个标准的"生活白痴"。这样写父亲好像有点不敬，可是，他的的确确就是那样，如果你不信，我可以写几件父亲在生活中的趣事。我发誓，完全没有夸张，百分之百地真实。而且，父亲每次发生的事，我们都觉得不可思议。他自己，却完全可以幽默以对，一笑了之。

父亲不喜欢穿西装，不管到了什么年代，他一定要穿他的中式长衫。夏天是薄长衫，冬天就是长棉袍。这样的服装，他穿了一辈子。我最小的印象，就是我们在上海的时候。冬天特别冷，有一天，我跟着父亲去上学，父亲穿着他那身已经很破烂的棉袍，两手分别插在另一手的袖子里，带着我一面走，一面谈谈笑笑。那时，我大概九岁，正是父亲帮我把《可怜的小青》投给《大公报》那段时期。走着走着，我们看到街边有一群孩子在玩球，孩子们不怕冷，奔跑着踢那颗球，抢那颗球，丢那颗球，玩得嘻嘻哈哈。我的爸爸大人看出兴趣，站在旁边旁观，也不管我冷得发抖。这样，那颗球忽然被踢到我父亲的脚下，父亲举起脚来，对着那颗球，就一脚狠狠踢去。孩子们蜂拥着前来抢球，可是，说来奇怪，那颗球不见了！孩子们到处找，我那爸爸大人和我，也跟着找，就是找不着。

"球！球！球！"孩子们嚷着，到处找球。那颗球显然不便宜。

"球不会丢！"父亲说，"它只会滚！四面八方找去！"父亲指挥着。

孩子们四面八方找球，父亲怎会把球踢得消失无踪呢？带着歉意，也找了半天，怎样都找不到。我还要赶去上学，不能再等了。父亲就吩咐他们继续找球，带着我向前走开了。我们走着走着，已经远离了那群孩子，我听到父亲的棉袍，一直发出"呼噜呼噜"的响声，走了好久，还是那样，我问他怎么了，他说：

"棉袍怎么一直打我的脚？"

棉袍会打脚？我非常惊讶，蹲下身子，我翻开父亲的棉袍一看，哎呀，不得了！原来父亲棉袍有棉内衬，下摆破了个洞，里面稳稳当当地装着那颗球！我惊喊着说：

"爸！你把那些孩子的球偷走了！"

"哎呀！"父亲喊，回头就走，"赶快还给他们去！"

我们折回了现场，哪儿还有孩子，那群孩子早已不知去向了。父亲把球拿出来，对着街边一丢，叹口气说：

"谁有福气，就给谁吧！我这不是偷，只是球也怕冷，要钻进棉袍躲冷，我也没办法！"

我想着那些找球的孩子，大概怎样也没想到这颗球的去向，就笑得弯了腰，快要岔气了。

当父亲已经是名教授的时候，他依旧是"生活白痴"！母亲对父亲的糊涂，经常又生气又困惑。他在师大当教授的时候，也发生了很多生活上的趣事。记得，有一天，他到学校去开校务会议，回来的时候，往沙发椅子里一坐，把头靠在椅背上，闭拢了眼睛，左右地摇摆着他的头，呻吟地说：

"哦，我不舒服，我生病了，只要一睁开眼睛就头晕！"

母亲有点紧张，看到父亲脸色发白，认为他一定中暑了，我和弟弟妹妹们手忙脚乱地弄了一碗清水，一个酱油碟子来，母亲解开了父亲的衣领，用酱油碟子一个劲儿地给父亲"刮痧"，刮了半天，父亲睁开了眼睛，马上又闭起来说：

"哦，不行，我还是不能睁开眼睛！"

我对父亲的脸仔细地看了一看，觉得他脸上有点不对劲，终于，我问：

"爸，你把谁的眼镜戴回来了？"

父亲恍然大悟地取下眼镜，头晕立即不治而愈。原来他错把同事的眼镜戴了回来，自己的眼镜却留在学校里了，而那个同事的眼镜比他的深了两百多度！

另一次，母亲给父亲买了一件新雨衣，那时的雨衣是土黄色，像风衣一样，很贵的。父亲得意扬扬地穿了去参加一个朋友的婚礼，回来之后，却对母亲说：

"你买的这件雨衣买得不对，我穿太小了一点，而且是旧的，会透水，一场大雨，把我里面的长衫都弄湿了！"

母亲赶快去检查那件雨衣，一看之下，气得瞪大了眼睛，原来父亲把自己的新雨衣，留在餐厅，把别人的一件又旧又破的雨衣穿了回来，不但如此，那件破雨衣居然还是件女性雨衣！

关于父亲这一类的糊涂事，简直数不胜数，母亲常叹息着说，她一定前世造了孽，这辈子才嫁给父亲这个"糊涂虫"！母亲用了几十年的时间，希望能把父亲的"糊涂"毛病治好，但，父亲却依然如故。

有一天，我的一位堂叔，是父亲的远亲，辈分算起来是他的堂弟，到我们家来看他，刚好家里还有别的客人，父亲就把他介绍给那位客人：

"这是舍侄某某人！"

老天！原来我的父亲大人，根本弄不清楚那位堂叔的身份！我那堂叔也不好意思更正，只得很尴尬地，瞪着眼睛坐了下来。父亲一眼看到他带了个包装考究的礼盒来，立即误认为是他送的"礼"，马上对他说：

"瞧你！这么客气干吗？还带东西来做什么？"

说着，就拿过了那个盒子，顺手交给了正在倒茶的我。我看到那位堂叔张大了嘴，瞪大了眼睛，一脸哭笑不得的样子，就知道父亲一定弄错了，但也不知怎么办才好，只得拿着盒子到卧室里去找母亲。打开盒子一看，是一件粉红色的上等衣料。原来这位堂叔是个现役军人，最近交了一位女朋友，军人薪水很少，不知道他积蓄了多久，才能买下这么一件名贵的衣料！母亲立刻分析，这是堂叔预备送给那位女朋友的，却给我父亲当作礼物"拦截"了下来！母亲很聪明，立刻吩咐我在送客的时候，设法把这件衣料还给堂叔。于是，当堂叔告辞的时候，我就叫小妹拿了盒子出去说：

"叔叔！你的东西忘了带！"

谁知，我那位亲爱的爸爸，却对小妹说：

"这是他送我们的，你真糊涂！"

于是，我那位倒霉的堂叔，只得留下了他的衣料，垂头丧气地走了！后来，母亲跟父亲分析了半天，责怪他把堂弟变成侄儿不说，还抢了人家的衣料！老爸大概也觉得不对，笑着说：

"他怎么不说话呢？我糊涂，他不糊涂呀！这下子，不是变成两个糊涂人吗？"然后，父亲对自己下了个评语：

"我是'大智若愚'！"

"哼！"母亲接口，"你明明就是'大愚若智'！"

我们四兄弟姊妹，又笑得东倒西歪了。

父亲除了糊涂之外，在生活上，也常有惊人之举。他是个很固执的人，如果开口说话，不能被打断，那对他是大不敬，一定要让他把话讲完。还有，他是个演讲家，应该口若悬河才对。但是，如果你打断他的话，他就会变成结巴。结巴没关系，话还是要说完。有次，父亲很难得，带着我们兄弟姊妹四个去看电影。电影！在那个时代，是多么奢侈的事，多么兴奋的事！我们四个，全部围绕着父亲，跳跳蹦蹦地走向电影院。一路上猜测着电影的内容，快乐得不得了！

到了电影院门口，才发现卖票口大排长龙，人山人海，父亲带着我们排在后面，我们急得不得了，就怕买不到票。那时，限制一人只能买四张票，我和爸爸两人排队，因为我们要买五张票。队伍慢慢前进，我跟着爸爸，好不容易，总算排到爸爸了。父亲慢吞吞地给了钱，对里面忙碌的卖票小姐说：

"请你给我四张票！请你给我不……"

"快一点！"

卖票小姐打断了爸爸，低头开票，一面说："后面还在排队！"

那卖票小姐动作很快，收了钱，就把四张票塞进我爸手里，可是，我爸话还没说完呀！这是不行的，我眼看着他握着票和找的零钱，开始结巴了：

"请你给我不要……不要……不……"

"后面！后面！"卖票小姐喊。我要挤上前去，父亲大人拦住我，继续对那卖票小姐说："给我不要……不要……不……"

我无法上前，后面一个大高个，伸手就进了卖票口，买走了四张票，我爸还拦在我前面，对那卖票小姐说：

"不要……不要……太前面的！"

哗啦一声，卖票口关起来了！票卖完了，我们差一张，没有买到票。我气得盯着父亲说：

"票已经在你手里了，为什么你还要跟她说'不要太前面'？"

"啊？我话没说完呀！"父亲看着手里的票，生气了，"第一排！我说了不要太前面，她还给我第一排！"

"有第一排已经不错了！"我说，"现在的问题是，谁不看？因为票不够！"

"这样吧！"父亲笑着，想出方法来了，"第一排太前面，我不要看，你们四个去看吧！"

"那……"我赶紧问，"你怎么办？"

"我去棋社下两盘棋，你们千万不要告诉妈妈，等到电影散场，我也回家了！"他对着我们笑，一股"因祸得福"的样子。

"不行！"我当机立断，"电影我不看了！爸爸大人，你还是带他们三个看电影吧！要不然，今晚我不能睡觉，必须为你守门，妈妈也会大发脾气！这个利害关系，我还有分析能力！"

所以，那场电影我没看，所以，我对我父亲的"话要说完"印象深刻！

父亲是个书生，一袭长衫，一副眼镜，很有徐志摩的味道。他的为人，也特别有儒家的气质，不论碰到什么事，他都是慢吞吞，不疾不徐，对人谦恭有礼。有次，我和妹妹跟他一起出门，我们很穷，交通工具只有一样，就是搭公车。但是，公车非常挤，排队的人也不守规矩，只要车子一来，大家就蜂拥到公车门前，争先恐后地挤上车，车上有车掌小姐，看到人数挤满了，就拉上车门，吹哨子，司机立刻开车。有时，如果车子太挤，这站又没人下车，车子会过站不停，扬长而去。所以，搭公车也是学问，必须在车子一停，就冲到车门前，等到车门一开，里面的挤着下车，外面的挤着上车。

那天，父亲带着我们姊妹两个，他规规矩矩地排着队，车子一来，大家都挤到车子门口，他不慌不忙地还站在原地，像教书一样地说：

"大家不要挤，排队排队！"

没有人听他的指挥，全体挤了过去，我和妹妹正想冲锋陷阵，却被父亲两手拉住，很权威地说：

"做人要守规矩！排队！排队！"

"爸！"我那妹妹脾气不好，大声说，"只有你一个人要排队！你看谁排队了？赶快冲呀！"

"不能冲！不能冲！"父亲借机会教育，"女孩子要优娴贞静！"

"什么优娴贞静？上车要紧！"妹妹大喊。

我们还在争执中，只听到车门一关，哨子一响，车子已扬长而去。

车牌下，我们和陆续又挤来搭车的人，站在那儿，父亲眼看车子已去，纳闷地说：

"怎么大家都不排队？怎么车子不等人？这样挤来挤去，太没规矩！"

"爸爸！"我家小妹气势凌人地说，"等到下一辆公车到了，你跟着我行动！"

"现在，我们排在前面了，没关系！"爸爸从容地说。

第二辆公车来了，小妹拉着我的手，我们姊妹俩一阵冲刺，就抢先上了车。其他乘客，也争先恐后地挤上来。我伸头去看车外，我那爸爸大人，正在礼让一位白发长者，自己退在后面。车子非常挤，白发长者上了车，车门立刻拉上了，我听到父亲在车外大喊：

"还有一个人！还有一个人！"

车掌小姐可不管那个人，哨子一吹，车子冲了出去。我和妹妹，都伸长了头，看着我们那亲爱的爸爸，在那儿跌足长叹：

"还有一个人，还有我这个人呢！"

我和妹妹面面相觑，不知道该哭还是该笑。

父亲的生活趣事，可以写一本书，这儿就不再多写。时光匆匆，父亲教了一辈子书，老了，退休了。母亲去世后，父亲依旧在校对他的《中国通史》，依旧下围棋。但是，他开始想念他的家乡了！想念他住了很久的北平。一九九三年春天，父亲下定决心，要回祖国大陆探亲，并返北京一行。那年他已八十四岁，离开他从小生长的北京，已经很多很多年了。他少年离乡，再来时已是白发萧萧，当然百感交集。返台后写了一首长诗《燕京行》以抒怀，其中有这样几句，我看了最为感动：

六十年前家何在？曾在银锭桥边住，

北海什刹琼岛荫，常时都是流连处！

新巢初筑双燕子，飞去飞来朝朝暮，

朝暮瞬间白发新，最悲再到五龙亭，

五龙亭上满游屐，谁识衰翁断肠情？

看了父亲的诗，就可以知道，父亲虽然是个历史学家，却不是一个食古不化的学究，而是个非常重感情的性情中人。

父亲的青少年时期，都在北京度过。在那儿读大学，在那儿和母亲相识相爱而结婚（上面那首诗中，所写的"新巢初筑双燕子，飞去飞来朝朝暮"指的就是和母亲的新婚）。父亲深爱北京，常说北京是他的第二故乡。七七事变，把父亲一生的命运都转变了。他离开北京，毁家纾难，从此，就开始了一段颠沛流离的生活。我和弟弟们都出生在抗战时期，只有妹妹是生在胜利第二年。小时候，我们跟着父母逃难，从湖南一路走到四川，几次三番，都面对生死关头。父亲不肯停留在沦陷区，因此，我们一家大大小小，餐风饮露，经常过着衣不蔽体、三餐不济的日子。我从没有看过父母手上有结婚戒指。原来，就在我们家已经山穷水尽的时候，赶上抗战时的"献金运动"，父母没有任何东西可献，双双脱下结婚戒指，投进了献金箱。父亲的爱国，由这件小事就可想而知。

抗战胜利后，我们家辗转迁徙，由重庆到上海，由上海到衡阳，由衡阳到广州，由广州到台湾，这才开始过着比较稳定的生活。父亲的一生，就在他的四个最爱中度过，就在他的著述和他的迷糊中度过。他的老年，因为除了小妹定居美国，我和两个弟弟都在台湾，随侍左右，他也生活得很知足。他八十五岁那年，还写了一首诗，应该是他生活跟心情的写照：

　　蓬瀛八五揽揆日，喜见儿孙齐举觞，
　　劫后余生老尚健，庭间兰卉亦芬芳。
　　传家清白承先绪，教子修文守义方，
　　种树前人今已去，绿荫留得满华堂。

父亲在二〇〇二年七月三十日，九十四岁的时候，因为小中风跌倒，脑出血而去世。他送到医院时就失去了意识，十六天之后，在睡眠中走了。他走的时候，我在他身边，一直握住他的手，护士们还在帮他做人工呼吸，可是，他的手从还有余温，很快就变冷了。我阻止了护士的动作，仆伏在父亲的耳边说：

"爸爸，妈妈已经等你很多年了！如果还能相聚，少下一点围棋，多陪陪妈妈！至于弟弟妹妹，我会照顾的！你安心地走吧！我爱你……你不知道有多深！我崇拜你，你也不知道有多深！你的著作，你的为人，你的敬业，包括你的糊涂，都是我永远永远的记忆！"我一面说，一面拭去我面颊上的泪水。心里想起孔子的话，也是父亲常常摇头晃脑，感慨着说的话：

泰山其颓乎？梁木其坏乎？哲人其萎乎？

哲人其萎，著作长存！亲爱的爸爸，安息吧！

二〇一八年八月十五日

重新写于台北可园

阿唐和他的笛子

如果有人问我会不会弹钢琴，我不会。

如果有人问我会不会拉小提琴，我不会。

如果有人问我会不会弹吉他，我不会。

如果有人问我会不会奏琵琶、古筝、三弦等乐器，我都不会。

但，如果有人问我会不会吹笛子，我会十分犹豫地回答："会一点点。"

会吹"一点点"笛子，似乎没有任何值得炫耀或骄傲的地方，可是，却有谁知道，我的笛子后面，藏着一个怎样的故事？

一九四七年冬天，我的实际年龄还没有满十岁。

在上海度过了两年多的都市生活，这年，由于上海处于国共战事紧张的边缘，我们举家回到了故乡湖南。

一个在繁华的城市里生活了两年多的女孩，骤然来到一个最淳朴、最单纯的乡间，谁也不难想到我有多么地不习惯。而且，从服装、态度、言语……各方面，我都变成了那乡间最特殊的女孩子。

我和"兰馨园"的距离是在一开始就发生了的。"兰馨园"这名字听起来像个小花园，实际上，它却是个拥有几十间屋子，好几个三合院和四合院组成的"建筑群"。这"建筑群"据说是我曾祖父的祖父最初建立的，当时有个风水先生看中了这块地，说是"宜子宜孙"。于是，我那位祖宗也不管这地方距离最近的衡阳城还有整整两百里路，就大兴土木起来。"兰馨园"本来并没有这么多的建筑，但，我曾祖父的父亲和我曾祖父，以至于到我祖父这一辈，都陆续增建，陆续翻修，因此，这"兰馨园"就越变越大，终于成为了我所看到的"建筑群"。

"兰馨园"是属于我们整个陈家的，从我曾祖父的祖父初建"兰馨园"起，陈家就没有分过家。当初那位"风水先生"确实看得不错，陈家是个多子多孙的家庭，繁衍到我这一代，"兰馨园"已有数百个人，五代同堂，简直是人才济济。虽然都是一家人，但，你可能花上好几个月的时间，还弄不清楚那些人与人间的亲属关系。

那时，我的曾祖父已经去世，我的祖父是"陈家"的长子，在我祖父下面，却有七个弟弟，换言之，我有七个"叔祖父"。"兰馨园"的历代子弟中，都有出外闯天下的，我祖父也曾离家二十年之久，但最后，叶落归根，一个个又都回到老家来。而"兰馨园"还有许多嫁到外姓去的女性，由于守寡，或婆媳不和，或夫妻不睦，而又携子带女回到"兰馨园"来的，因此，"兰馨园"中也不乏别姓的子弟。

就这样，我这个自幼生长在小家庭中的女孩子，就猛然间一下子卷进了一个最复杂的环境里。

初抵"兰馨园"，父亲母亲带着我和弟妹拜见长辈，从祖父、叔祖父开始，到叔父、姑妈辈。要命，我一生没见过那么多的长辈！偏偏陈家还守着"古礼"，见到长辈必须下跪磕头。父亲虽受新式教育，却不肯"废礼"。老天！这下我可惨了！跪下，磕头，跪下，磕头，跪下，磕头，足足三天，我和弟妹们简直成了小磕头虫了。弟妹尚小，每磕一次头还有不少糖果可收，就照磕不误。我已稍解人事，又自幼心高气傲，像母亲说的"倔强得像根大木桩子，弯一弯都弯不动。"如今，这根大木桩子，成了可怜兮兮的小磕头虫，这还成！不到一天，我就大提抗议了。

"干吗见了每个人我都要磕头？我给他磕一个头，他也不会多长一块肉！"

我的祖父听了，眼睛瞪得比铜铃还大，仿佛我发表了天下最大的谬论！气得他胡子都飞了起来，怪叫着说：

"什么话？！见了长辈不磕头？！你还是书香门第出身的孩子，连'礼'都不懂，你父母教了你些什么？"

这一下，连父母都有了不是。我虽然还想继续"抗辩"，却被母亲死命拖住，蒙住了嘴不许说话。当晚，我被父母狠狠地训了一顿，又再三"晓以大义"，总算让我弄清楚了一件事：此"头"是绝对不能不"磕"。

好吧！我整整磕了三天的头。

第四天，我见到了阿唐。阿唐，很难看到那么漂亮的年轻人，高大、文雅，浓眉下有对深邃的眸子，带着抹不太属于乡间的"忧郁"。对我而言，我只知道他和我所见过的那些"长辈"完全不同，他没有那些长辈的气焰，也没有那些长辈的架子，他显得亲切而温和。

不过，管他怎么亲切，管他怎么温和，我总是要磕头的，"礼"不能"废"也。我已经屈下膝去，准备磕头了，却被站在一边的堂姑拉住了。

"等等，小琼不能给阿唐磕头，算算辈分，阿唐是小琼三叔祖的女儿的外孙，跟着他妈住在我们家的。所以，他妈只能算小琼的表姊，阿唐嘛，他还要叫小琼一声表姨才对呢！"

我张大了眼睛，对阿唐和我的那份亲属关系，我是怎样也弄不清楚的，唯一让我明白的事，是面前这个又高又大的"大人"，竟是我的"小辈"。

"那么，"我对堂姑说，"阿唐比我小一辈了？"

"不错，不错。"堂姑笑眯眯地说。

哈！多么难得的机会！我的眉毛高高地挑了起来，往厅上的一张太师椅上一坐，我板着脸，一本正经地对阿唐说：

"阿唐，过来，跪下磕头！"

阿唐怔了，侧着头，怀疑地望着我，我高高地昂着下巴，骄傲地挺着胸，只等他那一"头"。磕过这么多的头，现在也轮到我来收收本了。

"别胡闹，小琼！"妈出面来阻挠我了，"人家阿唐是十八岁的大人了，还给你这个小孩子磕头？别不害臊了，还不从椅子上下来！"

"不成，不成，"我理由十足地说，"辈分不论年龄，而且，礼不可废也，我们是书香门第嘛！"

从没看过妈那么尴尬，她想骂我，却又忍不住要笑。堂姑有些儿不知所措，她看看阿唐，又看看我，强词夺理地说：

"阿唐姓唐，是唐家人，严格说起来，不是我们陈家人，这个'礼'嘛，我看也可以免了！"

眼看这个"头"要飞了，我气极起来：

"不成，不成，我磕了那么多的头，从没管过人家是不是姓陈，现在我是长辈，他就要给我磕头！"

阿唐凝视着我，挺着胸，他有份高傲，也有份从容，在我们讨论时不说话，到这时才慢吞吞地开了口：

"我给你磕头，你又有什么好处呢？"

"哈！"我怪叫，"这就是我说的嘛，我说过这话，爷爷骂我不懂规矩，妈妈爸爸教训了我一个晚上。现在，你比我大了八岁，竟然也敢讲这种不懂规矩的话！"

阿唐退后了一步，他的脸色变了，浓眉在眉心打了个结，说：

"对不起，我不给你磕头！"他干干脆脆地说，"我从不给小孩子磕头，现在这种新旧交替的教育，把小孩子都教成了怪物！我不磕这个头，了不起卷铺盖回唐家庄去当农夫，有什么大不了？！"

他转身就往门外走，忽然间，一个声音厉声喊：

"阿唐，站住！"

阿唐站住了，我回头一看，是祖父从内屋走出来，他显然已听到了整个"磕头风波"。他严肃地瞪视着阿唐，说：

"我白白给你读了高中，还要送你去读大学，你连大丈夫能屈能伸都不懂！何况，小琼说得有理，她是比你大了一辈嘛，以前八十岁的老臣子还要跪拜三岁的小皇帝呢！你不许走！回来，给小琼磕头！"

阿唐的气焰顿时消弭无踪。我这时才知道祖父在整个"兰馨园"的威望与尊严。阿唐折回了我的面前，他的脸色那样苍白，他的神情那样萧索，他注视着我的眼神那样充满了敌意。使我想立即溜下那张太师椅，逃之夭夭，我也不想接受他那个"头"了。但是，来不及了，他已经插烛似的跪在我的面前，恭恭敬敬地磕下头去。

这是我生平接受的第一个"头"。

"磕头"事件是过去了。奇怪的是，那一整天我都并不愉快，也没有预料中的骄傲感，反而有点儿犯罪的感觉，使我对于一般长辈喜欢接受"磕头"更加大惑不解起来。

那天夜里，我第一次听到笛子的声音。

接连两天晚上，我都听到有人吹笛子，声音悠悠扬扬，袅袅绕绕。我从小不通音律，对这笛子的声音，却发出一种特殊的感情。它那样清幽，那样抑扬，像是人间最美的声音。

第四晚，我依循着那笛声，走到了后边院落的短篱边，在那儿，有一株矮松，有几排冬青，有数枝修竹，有一块大山字石，有满园明月……在那假山石上，阿唐正坐在那儿，静静地吹着他的笛子。

我没有料到吹笛子的是阿唐，想溜，阿唐却已经发现了我。他放下笛子，看着我问：

"你来做什么？"

"听你吹笛子。"我傻傻地说。

"你懂得音乐？"

"我什么都不懂，只知道你吹得好听。"

"谢谢你的赞美，'阿姨'。"他嘲谑地说，特别强调了"阿姨"两个字。

我怯怯地挨了过去，十岁，毕竟是个孩子呢！我掩饰不住对那笛子的喜爱和对阿唐的好感。

"你怎么能吹得这么好！"我赞叹地说，用手指轻触着那支笛子，叹了口气，"我从没听过这么好听的曲子，真的！"

他的眼睛闪亮了一下，注视了我好一会儿。

"为什么那天一定要我对你磕头？"他问。

"因为……"我忽然害羞起来。

"因为你是个调皮骄傲的小坏蛋！"他接着说。

"哈，你不可以骂你的阿姨！"我说，接着，却忍不住笑了起来，因为，我在他的声音里已经听出了谅解与友谊，孩子对于友谊是十分敏感的，而我又是个特别敏感的孩子。

"哈，阿姨！"他的眼里充满了笑谑，"好一个娃娃阿姨！"说完，他也大笑了起来，把我揽进了他的怀里，他爽朗地说："别做阿姨，让我们做朋友吧！"

于是，我和阿唐做了朋友。

有好长的一段时间，我成为了阿唐的跟班，我刻不离身地跟着他，听他讲故事，听他吹笛子，让他带着我在那乡间的山前、山后跑，到池塘里钓鱼，到山谷里采香菌。那生活是快乐而惬意的。奇怪，在整个的"兰馨园"，不乏和我年龄相若的孩子，而唯一能和我成为朋友的，却是比我大了八岁、小了一辈、给我磕过一个头的阿唐。

没多久，我就发现那支笛子是阿唐的命根，他把它藏在怀里，从不随便乱放。我问他睡觉时是不是也带在身上睡，他一本正经地说：

"那怎么可以？！压坏了怎么办？我把它放在枕头边上睡。"

从没见过那样爱笛子的人。有一天，我对他说：

"你教我吹笛子好吗？"

"好呀！"他欣然同意，"你可以用我的笛子学，但是不能弄坏了。"

他把笛子交给我，不厌其烦地告诉我每一个洞的用意，告诉我手指的运用和吹奏时力量的大小。我把玩着那支笛子，发现那笛子是用一种有斑点的细竹雕刻而成，笛子本身由于成年累月的摩挲而变得光滑无比。我玩着玩着，一时顽皮心起，假装失手，差点把笛子掉在山石上。阿唐的脸霎时变得雪白，他一把抢过笛子，声音都颤抖了：

"小琼，你当心！"他大喊着。

自从我们成为"朋友"后，他从不肯叫我"阿姨"的。

"你干什么这样紧张？"我轻轻地耸耸肩，"竹子满山都是，这支摔坏了，顶多再砍根竹子雕一个，有什么了不起呢？"

"你懂什么？"阿唐蹙着眉，严肃地说，"世界上有无数的笛子，但是我这支笛子，却仅有一支。"

"又怎么样呢？"我说，"反正笛子都一样。"

"不一样。"他低沉地说，"完全不一样。"摇摇头，他怜惜地抚摸着那支笛子，眼神深邃而凄凉："你不懂，你太小，你只是个小孩子。"

"我懂，"我最恨他叫我小孩子，"你对这支笛子有感情。"

他倏然回头望着我。

"你真的懂。"他感叹地说。

天知道，我懂个鬼！我只是顺口说说而已。你能要求一个九岁半的孩子懂多少呢？事实上，我连"感情"两字的意思，也还糊里糊涂呢！

"我告诉你关于这笛子的故事吧，我从没有对任何人说这件事。"他说，在山边的石头上坐了下来。那时，我们是在"兰馨园"后面的山上，这山是我和阿唐最喜欢来的地方，尤其是我们正停留的那个所在，是个山崖，有参天的松柏，有大块的巨石，阿唐喜欢坐在那巨石上，眺望山下的平原和青葱的田野。他说，那是他常常"独自沉思"和"吹笛"的所在。

我挨在他身边坐了下来。

"你告诉我，我决不告诉别人。"我热心地说，听到有"故事"可听，我的兴趣就全来了。

"这不是一个很好听的故事，既不复杂，也不曲折。"阿唐幽幽地说，把那笛子横放在他的膝上，用双手紧紧地握着，他的眼睛定定地望着山下的原野，"这支笛子是用一种特殊的竹子雕出来的，那种竹子名叫湘妃竹。在湖南，湘妃竹很多，但是，像这种紫红色的湘妃竹却非常难找。"

"我懂了，"我插嘴，"这是支很贵重的笛子。"

"它真正的贵重还不在竹子的本身。"阿唐继续说，"它本来不属于我，而是我一个最要好的朋友阿吉的。阿吉是个天才，你一生也遇不见第二个的那种天才。如果你觉得我的笛子吹得好，那你该听听阿吉的，他吹起来才是真正的神仙之音，我的笛子，完全是他教出来的。"他顿了顿，叹口气，"阿吉来自长乐（湖南乡间某小镇），在衡阳和我同念一个中学，他家中贫寒，父母却望子成龙，送他来衡阳读书。这笛子是他手制的，他爱如珍宝，刻不离身。我和他认识之后，感情好得不得了，我们结拜为兄弟，形影不离。他教会我吹笛子之后，我买了一支普通的笛子，常和他一起吹。他对我那支笛子非常不满意，认为质地太差，影响音韵。而他那支笛子，是取材于他家乡的后山上。于是，他发誓放暑假回家乡时，要帮我雕一支最好的笛子。但是，每年他放假回家，都太忙了，他要帮家里做事赚钱，要耕田，要做工，要赚他的学费……他没有时间去找这种稀有的竹子，他也找过几次，却都找不到中意的。这样，到他高二那年暑假，他回家前告诉我，这次，他一定要帮我带了笛子来，我也再三叮嘱他，不能再失信了，于是，他回去了。"

他停住了，咬住嘴唇，他有好长一段时间的沉默，我不耐地推了他，追着问：

"怎样了？开学时他带了笛子来吗？"

阿唐用手捧住了头。

"开学了，阿吉没有到学校里来，一星期，两星期，一个月过去了，他始终没到学校里来。我写信去长乐给他，信件如石沉大海，你知道，乡间的信件是常常遗失的。这样，我终于忍耐不住了，请了一个星期的假，我到长乐去找他。"

他再度停止，脸色苍白，而眼睛深幽。

"怎样？你找到了他？"我急急地问，"是吗？"

"是的，我找到了他，"他的声音艰涩而古怪，"他已经死去了两个月，我看到的是他的坟墓。他父亲告诉我，他是在深山里被毒蛇咬死的。为什么他会到深山里去？这世界上恐怕只有我一个人知道：他要去找那种竹子。总之，他们发现他被咬伤，抬回家时，他已经奄奄一息了，他的遗言很少，却再三叮嘱他父亲，若有姓唐的来时，把他刻不离身的那支笛子送给他。"

"那支笛子——"我迟疑地望着他，"就是这支了？"

"是的，就是这支。"他的眼光从遥远的田野间收了回来，凄凉地落在那支笛子上。他的手指爱抚地从那笛子上轻轻地抚摸过去，脸上布满一片迷茫的凄惶。一时间，我没有说话，我被他那神色所震慑住了。对一个孩子来说，他那故事的本身，远赶不上阿唐那寥落凄惨的神态更能感动我。我虽小，却很能体会他那深切的悲哀。不知道自己能为他做些什么，我只能对他呆呆地发起怔来。

好一会儿，我们就那样默不作声地坐着。终于，阿唐忽然醒觉过来，他拍拍我的肩，振作了一下，大声说：

"好了，小琼，我们干什么要说这些烦恼的事呢？事情都已经过去了。来吧，你不是要我教你吹笛子吗？让我们马上开始吧！"

从这一天之后，他再也没有重提那个笛子的故事，只是热衷地教我吹笛子，我也很热心地学过一阵。但是，唉！孩子毕竟是孩子，而且，我还是个最没有耐性、没有恒心、没有毅力的孩子。不到两星期，我就厌倦了那支笛子，不只厌倦了那支笛子，我也厌倦了阿唐，厌倦了"兰馨园"，和整个乡间那份单纯的生活。

我想念上海的都市生活，想念上海的学校，也忘了在上海时，我曾经怎样被同学霸凌过。总之，我对乡下的日子厌烦了！对那些小树林，小房间，小四合院统统厌烦了。那阵子，我的个性喜怒无常。我知道阿唐喜欢我，像溺爱一个小妹妹般纵容我。我也知道我辈分比他大，他必须处处让我三分。于是，不知从何时开始，阿唐成为我泄愤与捉弄的对象。当我的坏脾气发作时，我欺侮他，要他当众叫我阿姨，要他帮我做一切办不到的事情，要他磕头下跪，要他这样，要他那样……他处处容忍我，他处处迁就我，他处处依顺我。他总是叹着气说：

"谁叫她是个娃娃阿姨呢！"

唉，人类的劣根性是不能纵容的，它像株幼苗般会发芽长大。在阿唐对我的依顺下，我变得越来越不可理喻，越来越无法无天了。阿唐和我的友谊，完全进展成了一个单方面的奉献。有时，他被我弄得忍无可忍而发怒时，他的母亲反而会大声地斥责他：

"小琼论年龄只是个孩子，论辈分比你大了一辈，你不知让着她，还惹她生气做什么？"

阿唐无可奈何地摇摇头，叹口气，瞅着我说：

"总之，小琼，当初我那个头磕坏了，磕了那个头就永远矮了一截，再也没办法抬头了。"

然后，那天的事情，毫无预警地发生了。

那天，他刚刚吹过笛子，坐在山崖上和我谈天，他告诉我他怎样用双手制服一条蛮牛，我以一种不服气的心情去听他述说。他讲完后，非常得意地把袖子卷起来，让我看他手臂上的肌肉，我轻蔑地对他看了一眼，不服气地哼了一声。为了让我服气起见，他举起拳头在一棵大树上猛捶了一拳，发出"砰"的一声，他看看我，得意地说：

"你做得到吗？谁能打得这么响？"

我讨厌他那份得意的表情，想找一件事来折折他的锐气，一回头，正好看到他那支笛子放在一边，我不假思索地拿起了那支笛子，猛然地向岩石上一敲，口里喊：

"看谁打得响？！"

笛子在岩石上发出"啪"的一声巨响，只见阿唐像触电一般地跳了起来，劈手抢过了笛子，但笛子已经裂开了！他铁青着脸，望着笛子，半天都没有说话。然后把笛子送到唇边去吹了几个音，音调完全是破裂的。他狠狠地把笛子撕成好几片，用力地丢到山崖下面去，然后转过身来对着我，眼睛里像要冒出火来。他一把握住了我的肩膀，把我狠命地摇了一阵，嘴里恨恨地喊着：

"你这个见了鬼的野丫头！鬼迷了你做这种事……"

我被他摇得发昏。他骂完了，松开手放了我，又急匆匆地滑行到山崖下面，拾起了那几块破竹片，用手抚摸着，然后一声不响地垂着头走了，根本没有再回头看我一眼。这是以前从来没有过的事，如果他带我到山崖来，一定会带我回家。他怕我被毒蛇咬到，怕我被石头绊倒，怕我被不知名的动物吓到，还怕我被陌生人带走……可是，那天，我是一个人走回家的。一路上，我在后悔我做的事！

这之后一连三天，他不和任何人说话，不笑、不玩，也不看书。每次看到了我，他就狠狠地瞪我两眼再掉头离开。其实，我并不是有意要毁掉他的笛子，我完全没有想到那样一敲会使笛子裂开。我虽然有点傲慢，却不是一个狠心的坏孩子，决不至于坏到要毁掉他笛子的那一步，因为我知道他爱那笛子胜过了他爱任何东西。

第四天，我忍不住了，黄昏的时候，我在山崖上找到了他，他坐在那固定的位子上，手里握着那些笛子的碎片。我怯怯地走了过去，靠近了他，低声喊：

"阿唐！"

他没有理我。我提高了一点声音，再喊：

"阿唐！"

这次，他有了反应，他猛然间转身来面对着我，他的眼睛是血红的，他的眉毛是纠结的，他的面容狰狞而可怖，他的声音像崩泻的山石般令人惊心动魄：

"你给我滚！滚得远远的！让我再也见不到你！下次你再敢走近我……"他咬牙切齿，沉重的呼吸鼓动着他的胸腔，"我会把你撕成一块一块的，从这山崖上丢下去！"他又大吼一声，"快！你给我滚！"

他惊吓了我，我恐怖地大叫了一声，反身跑走了。

就这样，我和阿唐的友谊完全结束了。他变了，变成一个游魂，常常整日坐在那山崖上。我呢？我悄悄地窥探他，却又忙不迭地躲避他。我那样渴望走近他，渴望向他忏悔，渴望告诉他，我不是故意的。却又那么怕他，那么恐惧他。而且，自从听不到他吹笛子之后，看不到他的笑容之后，我才知道我做了多么可怕的事！

十天过去了。那天父亲要去衡阳城里办事，我捧出了我的扑满，打碎了，取出里面所有的钱，交给父亲。

"你要我从衡阳城里帮你买什么东西吗？"爸爸问。

"是的，要一支笛子。"我说。

"笛子？"父亲好惊异。

"是的，要一支笛子，"我热烈地说，"要湘妃竹做的，一定要买来，如果钱不够，我以后不再要零用钱！"

父亲笑了。

"好吧，一支湘妃竹做的笛子，我一定买来！"

"要最好最好的！"我追着喊，"要紫红色的！"

父亲摸摸我的脑袋，宠爱地笑笑，说：

"最好最好的！"

父亲去了，我整日倚门盼望，等待父亲，等待笛子。第四天晚上，父亲才从城里回来，轿子才抵门，我就扑了上去。立刻，我拿到了一支笛子——有斑点的湘妃竹做的。当然，它赶不上阿唐原有的那支，却也聊胜于无了。没有耽搁一分钟，我握着笛子飞奔着去找阿唐。

阿唐不在他屋里，也不在整个的"兰馨园"。我知道，他一定在那山崖上。于是，我奔出了"兰馨园"，奔上了后山，我在山石嵯峨中奔跑，在树影参差下奔跑，一面兴高采烈地呼唤着：

"阿唐！阿唐！阿唐！"

我看到阿唐了，他正站在那山崖上，我跑得上气不接下气，冲过去，我叫着说：

"阿唐！你猜——你猜——"

我的话还没说完，他对我大吼了一声：

"滚开！"

我悚然一惊，仓皇后退，我忘了我已冲到山崖边，这一退，脚就踩了一个空。顿时间，我整个失去了平衡，大叫一声之后，我就沿着山崖，一骨碌一骨碌地滚了下去。

我听到阿唐在山崖顶上声嘶力竭地狂叫：

"小琼！"

我下滚的冲势终于停止了，但，我的身子搁浅在一个树根处，动弹不得，浑身像被撕裂般地痛楚，而头晕目眩。我看到阿唐连滚带滑地冲下山崖，一直冲到我的身边。他把我从地上抱了起来，他的脸色比月光还白，声音颤抖着：

"小琼，你怎样了？"

我努力地对他微笑，一面举起我手中紧握着的那支笛子，幸好这一跌并没把笛子跌掉，我笑着，急于向他托出我全部的友谊和忏悔：

"你看，我给你带了一支笛子来！"说完，我就晕了过去。

醒来的时候，我躺在自己的床上了。我没有骨折，没有脑震荡或受什么严重的伤害，只能算是不幸中的大幸。但是，我全身都擦破了皮，到处都伤痕累累。阿唐坐在我的床边，望着我，他手里握着我那支笛子。

"阿唐！"我喊，急切地问，"你试吹过那支笛子了吗？"

"还没有。"他说，眨动着眼睑，他眼里有着泪光。

"恐怕没有原来那支那么好，"我歉然地望着他，这时才说出我砸笛子之后一直要说的话，"对不起，阿唐。我不是故意的，我不知道笛子一敲会碎！"

他低下头去，一语不发，然后，他举起那支笛子，送到唇边去吹了一支我最爱听的民歌《小放牛》。吹完，他抬头望着我：

"你听，这笛子一点也不比那支差。"

我开心地笑了，问：

"你还肯教我吹笛子吗？"

"永远。"他对我眨眨眼睛，"阿姨。"

我安心地笑着，很快地睡着了。

第二年，我跟着父母离开了故乡，离开了"兰馨园"，离开了阿唐和他的笛子。临行，阿唐一直送我们到数里以外，一路吹笛子给我听，到必须分手的时候，我对他说：

"小心你的笛子，如果再碰到一个像我这样难缠的小阿姨，千万别让她碰你的笛子！"

他"扑哧"一声笑了。

以后，来到台湾，一去故园，已几十年。童年往事，有多多少少，都已随着岁月的流逝，在记忆里褪色而消失。但是，我始终没有忘记阿唐和他的笛子。

所以，你不应该奇怪一件事，那就是——我会吹"一点点"笛子。

二〇一八年九月十五日

三度重写于可园

《阿唐和他的笛子》后记

这篇《阿唐和他的笛子》，我在一九五九年第一次写，发表在香港《中国学生周报》。童年，有许多发生过的事，我都忘了！但是，在我记忆里，一直有"阿唐"这个人物，和"笛子"这件事。但是，那篇散文中，我写实地记述，我没有买到笛子还给阿唐，甚至没有道歉。到一九七二年，我再度重写了这篇散文，改成我买到了笛子，圆了我想做而未曾做到的事，发表在《联合报副刊》。由此可见，这支笛子，在我内心占据的分量有多么沉重！现在，这本《握三下，我爱你》的书即将出版，这篇散文，我又第三次改写。虽然它是我童年的往事，因为加了一些杜撰的情节进去，我不能用我老家"兰芝堂"的名字，也不能用我的小名。可是，它却是我童年片断的回忆。

从小命运坎坷的我，童年受过很多苦难。我也常常被欺负，奇怪的是，有些别人负我的事，我都忘了。唯独对我负别人的事，却记忆深刻。笛子，教会了我爱，教会了我尊重别人，并且，让我长大成熟了！

一九八九年我回湖南祭祖，许多亲人都从四面八方赶来看我。我一直追问我砸碎了谁的笛子，大家都不承认有这回事。我忙忙碌碌，也没有深究。后来我在武汉，见到了比我大八岁的侄儿唐昭学，他才告诉我，他就是阿唐！我确实砸碎了他的笛子，他喊我"姑姑"，而不是"阿姨"。我依旧弄不清楚这关系，便维持原著中"阿姨"的称呼。在武汉那旅社中，我终于亲口对他说了："对不起！"

二〇一八年九月十五日

三度重写于可园

第二辑

织锦集

爱情，不纯砍头

方大为第一次看到叶星旋是在一位艺术家画展的庆功酒会上。那天的酒会很热闹，他被好几位准女艺术家包围着，谈着各种艺术家的八卦。至于那个开画展的大艺术家，根本没有时间来招呼他。大为正在那儿百无聊赖，想找个借口溜之大吉，却忽然被窗边的一个年轻女子吸引了。那女子穿着一身淡绿色的小礼服，像刚出水的新荷嫩叶，也被一群准艺术家包围着，男男女女都有。好几个男士争着对她送酒献殷勤，她却一直带着个飘逸的微笑，从容地点头应付。在她眼中，有种他熟悉的感觉：百无聊赖！

大为有兴趣了，虽然自己一直被女性包围，也经验丰富。但是，初次见面就被对方吸引，还是生平第一次，他从来不相信什么"一见钟情"的事。当然，他也没有被这女子吸引到"一见钟情"的地步。只是，这个酒会不那么单调了。他摆脱了身边的女艺术家们，穿过衣香鬓影的人群，穿过侍者和高谈阔论的宾客，好不容易走向了那个窗边，却忽然一愣，那些人群都在，可是，那个穿着绿色小礼服的年轻女子，却已经不见踪影。他四面找了一找，到处搜寻，不见了！真是"惊鸿一瞥"！

他溜出了酒会大厅，外面是个长廊，他眼前一亮，那枝"出水新荷"正躲在长廊一角，迎着初夏的夜风，看着天上的星辰。他心里掠过一阵兴奋，走了过去。女子没注意他，正在专心地看着天上，好像那儿有什么新奇的东西似的。直到他站在她身边，对她伸出手去，自我介绍地说：

"我是方大为，在传播界服务，请问你是……"

女子讶异地回头看了看他，立即落落大方地伸手握了握他的手。

"叶星旋！"她说，"星星的星，旋转的旋，我打赌你没听说过我的名字！"

"星旋？"他坦白而愕然地说，"我确实没有听过，很特别的名字！有什么典故吗？"

"我爸是天文学家……"星旋微笑着，"他说地球的产生，是宇宙里星河旋转出来的，如果没有星河的旋转撞击，就不会有地球，如果没有地球，就没人类，如果没有人类，就没有我。所以……我的名字就叫'星旋'了！"

"哦？"他一瞬也不瞬地看着她，忽然觉得，自己这个"大为"的名字，实在太俗气了！就是父亲希望自己"大有所为"嘛！可是，混到现在，也算不上"大有所为"！他立刻决定，不要谈姓名，还是先把她带出这个酒会为妙！看着她，他简单明了地说："想不想离开这儿？大厅里的人越来越多了，我们去阳明山看灯海如何？"

她嫣然一笑，点了点头。跟着他离开了那个会场。

几天后，星旋的母亲就知道了这个名字，方大为。

"听我说，星旋，"叶太太望着星旋说，"对男孩子千万不能太老实，男人十个有九个都是贱骨头，你对他越好他就越神气，如果你不理他，他倒会像个小狗似的紧跟着你。所以，等会儿你和大为出去玩，可不要露出你喜欢他的样子来！像他这样的人品家世，一定有不少的女孩子想得到他。上次你在酒会里跟着他走，就是一个错误！你年纪不小了，到八月就满二十六岁了！别再东挑西挑，这个方大为，妈都打听清楚了！就是他没错！"

"什么没错？"星旋失笑地说，"人家是黄金单身汉呢！你没看到他在酒会里那个吃香的劲儿，一群女艺术家包围着，他会来找我，不过因为我是生面孔而已！喜新厌旧，是他们这些'高富帅'的毛病，玩玩可以，不能认真的！"

"听我说，这个你一定要认真！今天和他出去，虽然只是第一次约会，你要在这第一次里就抓住他！"

"妈！"星旋摇摇头，望着她的母亲，"我又不是天仙美女，怎么能第一次就抓住他呢？何况，我还没深入了解他，不知道他是不是'对的'那个人！"

"你还挑？你不是说，他给你的印象非常深刻吗？这'深刻'就是'对的人'了！这些年来，我还没听你赞美过谁，所以，把握机会吧！"叶太太欣赏地看了星旋一眼，"你虽然不是天仙美女，也是人上之人，这使你在基本条件上就占了优势，另外就是手段的问题，你必须对他玩一点小手段……例如，你可以在有意无意间漏出你还有几个亲密的男朋友，表示你对他并不在乎，或者编出一个故事来，假说你有一个男友在国外……反正，你要激起他的好胜心，男人就喜欢和别人竞争，从别人怀里抢来的女友仿佛就特别珍贵些。只要你了解了他们的这种弱点，随机应变地去对付他们，他们就逃不出你的手掌心了！"

叶太太说着，就去自己的首饰盒里，挑出一个小小的翡翠戒指。那戒指中间是颗半圆形翡翠，四周用小碎钻镶着，镶得非常艺术，典雅而高贵，却没有普通珠宝那种俗气。叶太太不由分说，就把戒指套在星旋的中指上，不大不小刚刚好。

"一点小小的点缀，会让你有与众不同的感觉！"叶太太说。

"这个太老气了，现在我们都戴'潘朵拉'！"星旋抗拒地说。

"你不懂！"叶太太接口，"那个太幼稚了，这戒指才显得出你的分量！一定是长辈拿出手的！你想，如果有长辈送你首饰，那代表什么？"

星旋斜睨着母亲，真没想到，母亲是这样"有手段"的！至于那个方大为，值得她去"用手段"吗？她深思起来，眼前又浮起那个玉树临风般的男人，成熟潇洒，的确出众！她转着手上的小戒指，心想，说不定那个方大为，根本不会注意她穿什么戴什么？男人嘛！像蜜蜂，跟在她身边转了多少年，也没注意过她的穿戴！当然，蜜蜂和她太熟了，熟悉得像亲人，绝不可能成为"情人"！

门铃蓦地响了起来，星旋不知怎的，竟然有点紧张。她从椅子里跳了起来，匆匆地在穿衣镜里再打量了自己一眼：白衬衫，浅绿色的裙子，长长的头发自然披泻，脖子上系着一条绿色小围巾……一切装束都显得她清新而脱俗，像一朵小小的、刚绽开的百合花。叶太太给了女儿鼓励的一瞥，就走去开了大门，于是，星旋听到母亲愉快的声音：

"要出去玩吗？"

"是的，伯母。叶小姐在吧？"是大为的声音。星旋不由自主地亢奋起来，转过身子，她向门口走去，脸上带着个泄露秘密般的明艳笑容。

"啊，我正在等你呢！"她说，明亮的眼睛坦白地望着那个站在门口的漂亮青年。

碧潭的水是暗绿色的，迎着日光发出柔和的，像宝石般的翠绿色，和星旋手上那个小翡翠戒指相映成趣。碧潭曾经是手划的大船和小船的游览胜地。现在，随着都市的开发，这儿只剩下了"天鹅船"可以荡漾在水面。星旋和大为并坐在天鹅船的座位上，两人踩着脚下的划船扇片前进。这方大为实在是个怪人，约她出来，居然跑到碧潭来踩天鹅船！难道还活在二十年前吗？可是，一会儿后，她就觉得这个选择太好了！可以晒到太阳，可以避开人群，还可以运动双脚！

风吹拂着星旋的长发，不时飘到大为的脸上去，大为轻轻用手拂开，眼角就飘向星旋。星旋也一面悄悄地打量着大为。大为确实是个出色的青年，他有一对会说话的眼睛，和两道挺秀的眉毛，嘴唇很饱满，笑起来常露出两排整齐的白牙齿。他身高大约一百八十公分，是个模特儿的身材，有两条长腿。他穿得随便中有考究，一件简单的白衬衫，牛仔裤，敞着衣领，露出里面健康的肤色，看起来非常潇洒自如。星旋感到他身上有一种特殊的、男性的磁力，强而有力地吸引着她，使她那二十多年来一平如镜的心湖，荡漾起一片无法遏制的涟漪。

"叶小姐，你是不是特别喜欢绿色？"忽然，大为望着她问，同时停止了船行，默默地观察着她。

"怎么？"星旋抬起头来，答非所问地说了一句。

"喏，你看，我第一次看到你的时候你也穿着浅绿色的礼服，戴着一副绿耳环，像两滴绿色水珠似的垂在你的耳朵下面。今天又是绿，绿裙子，绿围巾，绿戒指！"

星旋微微一笑，真佩服母亲，他还是注意到那翡翠戒指了！

"你可以当侦探，你的记忆力很强！"她说，下意识地玩弄着手上的戒指。

"并不是对每个人都有这么强的记忆的！"大为说，赞赏地望着星旋那若有所思的眼神，"你也是画家吗？"

"不是！只是有很多艺术家的朋友，因为蜜蜂的关系！"

"蜜蜂？"大为不解地问，睁大眼睛看着星旋，"因为蜜蜂？怎么说？"

"不是真的蜜蜂啦！"星旋"扑哧"一声地笑了，"蜜蜂是我的一个朋友，因为从小就爱吵爱闹，飞来飞去的，同学给他取了个绰号，叫他蜜蜂！叫了十几年，大家都快忘记他的真名字了，都叫他蜜蜂！他学艺术，一堆艺术界的朋友！把我也拉进他的朋友圈里了！"

"哦！蜜蜂！"大为深思着，继续踩着天鹅船，星旋也跟着踩起来，"这位蜜蜂真名叫什么？你说同学？那么，他和你是同学？"

"是！从小学四年级开始就是同学！他是转学生，四年级转到我们班来的！"星旋一叹，眼睛亮晶晶地闪着光彩，"一转眼，我们都二十六岁了！是十五年的好朋友！"

"十五年？"他看着她，眼睛深邃起来。原来她还有个学艺术的"两小无猜"！他心底有股不是滋味，"这蜜蜂的大名是……"

"谢可飞！"星旋淡淡地说，"就因为他又吵又闹，又叫'可飞'，才会变成蜜蜂的！"

"谢可飞！"大为脱口而出地喊，"画了一张国际闻名的画，叫作'生死接触'的谢可飞！青年艺术家谢可飞？"

"是的！"星旋微笑，眼光迷迷蒙蒙，"那张画现在被美国一家艺术馆收藏了！我说应该拿回台湾的，蜜蜂说，随便放在哪儿都一样，只是一件小创作！等到画出更好的，再拿回台湾，那才有价值！"

"哦！"大为不能不对这位蜜蜂刮目相看。

接下来，星旋不再谈蜜蜂，开始谈自己的兴趣，她学历史，对于现在历史要去"中国化"感慨良多，发表了人不能"数典忘祖"、中国文学的价值、历史的意义等等理论。这，和大为的观念不谋而合，两人越谈越投机，越谈越"欲罢不能"。这样一谈，就谈到黄昏了！浴在金色的夕阳光芒下，大为发现他已经被星旋深深地迷住了！她就像夕阳光线编织出来的女子，浑身散发着光芒！

当他们上岸的时候，大为伸手去牵着星旋的手，把她牵上码头，夕阳射在她手指那戒指上，大为对那戒指望了一会儿，问：

"你这戒指镶得很别致，买的吗？"

"噢，不。"星旋说，她垂着眼睛，含糊其词地说，"是……是人家送的！"

"哦，人家送的吗？"大为狠狠地望了那戒指一眼，显然注意力集中了，他细心地问，"是你的什么姑姑姨妈或者是干妈送的吧？我知道那些女士太太最喜欢送这些小东西，什么戒指啦，项圈啦，小别针啦！"

"哦，不，是……"星旋悄悄地从睫毛底下窥视着大为，一面不动声色地说，"是蜜蜂送的！"

"蜜蜂！"大为轻声喊，"那个谢可飞？"

"就是！"

大为狠狠地再看了那戒指一眼，站在岸边，他凝视着星旋，想把状况弄弄清楚。他直视着她的眼睛，问：

"他很关心你吧！"

星旋有点迟疑地把头一低，脸颊绯红起来。偷偷地看了他一眼，他正紧紧地盯着她，微微地眯起了眼睛。星旋把头转开，含糊地说：

"应该是吧！"

"他……常送你东西吧？"突然，他定定地看着她，决定不再打哑谜了。他开门见山地问："他是你的男朋友吗？你已经名花有主了，是不是？"

星旋惊愕地抬起眼睛看着他，有点迷糊地说：

"名花有主？我又不是名花！蜜蜂和我的亲人一样，他就喜欢送我东西嘛！他现在也不在台湾，正在美国继续学艺呢！怎么？我们一定要谈他吗？"

一定要谈他吗？人家远在美国，难道他要不战而降？如果星旋心里真搁着那位蜜蜂，恐怕也不会跟他约会出游了！现在是什么时代？就算她订婚了，他也可以抢呀！他看着星旋，咬了咬牙，决定不撤退！

那是非常愉快的一天，他们在新店吃了晚饭，又在湖畔散步看月亮，那位"蜜蜂"没有再被提起来。可是大为的眼光却常常溜到那个戒指上面去，每当他的眼光接触到了那个戒指，就会皱着眉把眼光调开，好像那戒指上有火烧了他似的。在这段同游的时间里，星旋的手机通讯软体响了好几次，她低头看看手机，用录音棒轻言细语地回复：

"我在外面，正在忙，等我回家再 call 你！"

大为的手机也响过几次，都是公事，还有立峰和雅如发来的讯息："你死到哪儿去了？周末要不要聚一聚？"他干脆把手机关机了。

当夜深人静，大为送星旋回家时，星旋在心里暗暗地笑着，她知道她已经快抓住这个男人了，正如同这男人已经快抓住了她一样。

接下来，大为和星旋开始交往了。两人除了上班时间之外，几乎都在一起。可是，星旋一直对大为保持着距离，她手上那戒指，却从来没有取下来过。星旋也不再谈起她的"蜜蜂"，大为也从不再问起那位"蜜蜂"。可是，往往在他们谈得很愉快的时候，他会忽然蹙着眉，用担忧而不悦的眼光瞬了那戒指一眼，然后气愤地说：

"我真不懂，为什么许多女孩子都喜欢用一些俗里俗气的首饰去破坏她天然的美！"

星旋会抿着嘴儿一笑，眼光闪烁，避而不答。

一天，星旋正在滑手机，有人发了好多图片给她，她一面看一面笑。大为不知何时来到她身边，伸头一看，就看到一张结婚照片。星旋不住地滑过照片，看得津津有味，大为忍不住冷冷地开了口：

"什么照片让你看得那样出神？我相信，你起码已经看了三遍了吧？"

星旋赶紧关掉手机，抬起头来，大为正站在她的前面，歪着头蹙着眉瞪着她。星旋有点不安地说：

"你什么时候进来的？我一点都不知道！"

"你当然不知道啦，这手机一定是外星人发明，为了来毁灭地球的！"他气呼呼地说，"怎么会有人对着一只手机在那儿傻笑？你到底在手机里看到了什么伟大的照片？还是那位蜜蜂有新作发给你看？"

"哎呀，是我的美国朋友，发来的一些美国人的疯狂结婚照！"星旋笑着说，"你相信吗？居然有人爬到钢绳上举行婚礼，有人在电梯里举行婚礼，还有人爬到高山的山顶上去举行婚礼，还有人骑着骆驼举行婚礼……"

"他尽管发婚礼照片给你做什么？"大为多疑地望着她，搜索着她的表情，看到她若有所思的微笑，使他立刻以为找到了答案。他扳过她的脸来，盯着她的眼睛说："我猜，他向你求婚了是吧？他一定在短信里写着'我亲爱的星旋，你愿意我们采取怎样的婚礼呢？'是不是？"

星旋挣脱了他的手，为了掩饰自己忍不住的笑容，她走到窗子旁边，用手玩弄着窗帘的穗子，一面支吾地、低声地说：

"别乱讲！"

大为望着她的背影，更加肯定了自己的见解。他走到她身边去，用手按住了她的肩膀，郑重其事地说：

"星旋，你不能这样继续下去！美国一个，台湾一个！这叫劈腿，你知道吗？快说！在我和蜜蜂里，你只能选一个！选我？还是选他？"

星旋知道她赢了，应该把真相赶紧和盘托出的。但是，她太得意了！这个游戏玩得太入戏了！她居然鼓着腮帮子，不满地说：

"什么叫劈腿？你说得那么难听！我和你又没怎样，不过看看电影散散步，蜜蜂和我十几年的交情，跟你怎么比？你知道吗？他是蜜蜂，蜜蜂！没有人可以在我面前攻击蜜蜂！"

大为默默地望了星旋好一会儿，然后恨恨地转过身子，大踏步地走出了房间，甚至于没有向星旋说"再见"。

从星旋家里出来，大为一肚子的气。星旋那张像新荷，又像百合花的脸庞在他脑子里打着圈儿。那样一个有智慧、有深度、有气质、有灵性的女孩子，却偏偏又有一个青梅竹马，从小一块儿长大的"蜜蜂"！而他也认得成打的女孩子，其中不乏比星旋长得更好的，可是他却又偏偏爱上了星旋！哼！那只蜜蜂该是怎样一个迷人的男性啊！虽然身在异域，和星旋远隔了十万八千里，却可以单凭一只手机，就挽住了伊人芳心，而他天天造访，都无法打倒这个蜜蜂！

"方大为，"他对自己愤愤地说，"你要垮在一只蜜蜂身上了！"

经过一家饭馆，他进去喝了两杯酒，带着酒意，他冲到了立峰和雅如家里。赵立峰是他最好的朋友，半年前和他们的一个同班女同学徐雅如结了婚，他做的伴郎。立峰和雅如热诚地招待他，他进了门就倒在沙发里，只是不住地唉声叹气。立峰审视了他几秒钟，然后点着头说：

"怎么样，你也尝到恋爱滋味了，是不是？在哪里碰了钉子？说出来听听，让我们帮你拿一个主意！"

"喏，告诉你，"大为带着几分醉意说，"那是一个谜一样的女郎，谈起历史政治都头头是道，长得像刚刚出水的荷花，就是那种还没盛开的荷花……"

"少描写几句吧，这样的女子应该并不难追呀！"徐雅如笑着说。

"哼，你们不知道，她有一个从小一块儿长大的，可恶透了的'蜜蜂'！"大为悻悻地说，特别加强了"蜜蜂"两个字。

"蜜蜂？"雅如挑起了眉毛，她是相当漂亮的女子，"这是什么称谓？"

"就是一个绰号！蜜蜂！叫蜜蜂的男人是什么？"大为气冲冲地喊，"一定女性化，嘴巴甜，还专门出产蜂蜜！"

"出产蜂蜜？"赵立峰和徐雅如相对一看，两人异口同声地喊，"不纯砍头！不纯砍头！"

"不纯砍头？"大为呆了，瞪大眼睛说，"我怎么忘了那个

'不纯砍头'？"他像从梦中惊醒，想想，这两件事毫无关系，就接口说，"我告诉你们，星旋说，这个蜜蜂就是旅美青年画家，鼎鼎大名的谢可飞！"

"谢可飞？"立峰一瞪眼，"谢可飞是你的情敌？那你还有什么戏可唱？"

"蜜蜂！谢可飞……"雅如思索着，"这是同一个人吗？"她掏出手机，就开始搜寻，然后，她出示了谢可飞的照片，一个英挺高大的男人，有张带点玩世不恭的脸孔。雅如说："一个长得这么'性格'的男人，怎么可能有个绰号叫蜜蜂？这里面有问题！"

"有问题！"立峰接口，"绝对有问题，八成是两个人！"他看向大为，"你说这女人像个谜？你会不会被骗了？蜜蜂酿的蜜……"

室内三人，都异口同声地喊了出来：

"不纯砍头！不纯砍头！不纯砍头！"

原来，这"不纯砍头"是有典故的。在若干年前，大为、立峰、雅如和几位同学，开车环游台湾，他们到了南部，从"枫港"穿过山脉去"达仁"，这是一段有茂林的山路，只见每隔几步，路边就竖着一个招牌，上面斗大的字写着"不纯砍头"，这可把大家都弄糊涂了。这儿又不是蛮荒地区，怎么公然竖着招牌要"砍头"？车子开了一段，才发现进了养蜂区，蜂农们就在路边卖一罐罐新鲜的蜂蜜，看到车子经过，一个拉长喉咙嚷：

"不纯砍头！不纯砍头！买我的，不纯砍头！"

其他的蜂农，也在路边卖蜂蜜，为了抢生意，个个拉长喉咙喊：

"龙眼蜂蜜！没有杂质，不纯砍头！不纯砍头！"

这可让这些从台北来的年轻人开了眼界，大为还不相信，问一个农夫说：

"不纯砍谁的头？"

"我的头！"老农夫脖子一伸，一股"引刀成一快，不负'老'年头"的慷慨状，比汪精卫当初的名句"引刀成一快，不负少年头"更来得悲壮。那汪精卫后来成了汉奸，万人唾骂。但是，他这两句诗实在太好，不能不服！

这件事，一直让大为和立峰他们感慨良深。台湾的农民，已经用自己的脑袋来竞争蜂蜜生意，何等苍凉。从此，"不纯砍头"也成了他们的口头禅。只要对任何事情有怀疑，就会冒出一句："不纯砍头！"

"大为！"雅如微笑而深思地说，"你这个女朋友不简单！我用脚指头想，也觉得她深藏不露，恐怕你不是她的对手！"

"如果你对她认真了，"立峰正色说，"你得把整个经过跟我们谈谈，让我们帮你出出主意，爱情这玩意儿，又偏偏掺和了一只蜜蜂，不妙不妙！你跟她到底进行到什么地步了？上床了吗？"

"什么？"大为怪叫，"人家冰清玉洁，我怎能冒犯？什么上床？交往三个多月，我才拉过她的手而已！"

"你的意思是说……"立峰睁大眼睛，"连接吻都没有吗？"

"当机立断，宁缺毋滥！"雅如一脸正气地接口，"不纯砍头，回头是岸！"

"雅如，你在作诗吗？虽然你是文学系的，也别这样嘲笑我!"大为涨红了脸,"什么宁缺毋滥,回头是岸?我已经一头栽下去了,绝不回头!"

立峰和雅如用极度严肃和悲哀的眼光看着大为,然后,雅如叹口长气说:

"大为,如果她在跟你玩游戏,你也是居于劣势,人家有蜜蜂,等于有蜂蜜!你什么都没有!"她正视着大为,诚挚地说,"爱情是不能容忍任何杂质的,有杂质就不纯,何况你还想走长远的路!假若你一定不肯认输,也得试试这蜂蜜纯不纯,不纯砍头!"

大为听进去了,他看着莫测高深的雅如,怯怯地问:"不纯砍头?"

"不纯砍头!"雅如正色说,"引刀成一快,不负少年头!"

大为呆住了。怔怔地看着他那两个生死之交,下意识地摸摸自己的脖子。是啊,该拿定主意了,不纯砍头!从一开始,就该砍的!

星旋从办公大楼里出来,觉得心情特别坏,平常每天她都要加班的,今天,她说什么也不肯加班。她想快一点回家,或者大为会在家里等她,事实上,自从上次为了那手机里的几张结婚照片吵嘴后,大为已经有四天没有到她家来过了。她发了微信给他,没回音。又发了 LINE 给他,居然连"已读"都没有!直接打电话给他,手机没人接听!他真的生气了吗?还是病了吗?星旋感到说不出的怅惘和迷惑,这几天缺少了"他"的日子,真空虚而又冗长。如果不是为了她那份女性的矜持,星旋真想闯到他的寓所里去看看他。

转了一个弯，星旋急急地向家里走去。可是，在街的转角处，一家百货商店的门口，星旋发现了一个熟悉的人影，大为那高高瘦瘦的个子正倚在百货商店的柜台前面，似乎在选购什么东西。星旋几乎高兴得叫起来，她向前赶了几步，想去和大为打招呼。但，她立刻发现了另外一个打扮得华丽而高贵的女子，正挽着大为的手臂，在亲亲热热地对大为说着什么。星旋大吃一惊，被眼前的情况震慑住了。然后，她看到大为选了一副耳环，当着街上和商店里所有人的面，很亲密地给那个女子戴在耳朵上面。那女人满意地对着镜子，摇摆着头，一面甜甜地对大为微笑着。

　　星旋感到一阵晕眩，她想从他们面前绕过去，装作没有看见他们。可是，她才向前走了几步，大为突然抬起头来，他们的目光在一刹那间接触了。大为不由自主地"啊"了一声，似乎显得非常窘迫，同时，那女子也回过头来，诧异地望着大为，又望望星旋。大为尴尬地对星旋点了点头，含糊地说：

　　"啊，叶小姐！"

　　叶小姐！他居然不称呼她作"星旋"，而称呼她"叶小姐"！星旋感到被严重地刺伤了。不禁用薄怒的眼光去打量他身边的女人，她立刻发现那女人非常美，大大的眼睛，美好的脸庞，而且有一副傲人的身材。那女人也很不客气地打量着她，一面把自己整个身子贴在大为的手臂上，对大为说：

　　"喂，亲爱的，她是谁呀？"

　　那种亲热的态度和那个亲热的称呼使星旋浑身都冒起火来，一种强烈的醋意使她愤怒得俏脸发红。大为却不在意似的对身边的那女子说：

"她是我同学妹妹的朋友，见过一两面的！"一面对星旋说，"喏，我给你们介绍一下吧，这是叶星旋小姐，这是徐雅如小姐！"

两个女人彼此点了点头，但都十分冷淡而充满了敌意，然后徐雅如推了推大为的手臂，用一种甜蜜的、亲切的口气说：

"走吧，电影要开演了！"

大为匆匆地对星旋点了一个头，那个女人也对星旋点了点头，同时用得意和胜利的眼光扫了星旋一眼，两人就手挽手地走了。徐雅如的脑袋几乎偎进了大为的肩窝里，甜得快要挤出蜜来了！星旋目送两人离开，在街心站了好一会儿，才向家里走去，心中充满了失败的悲哀和一份说不出来的沮丧。

又过了两天，大为始终没有再来看过星旋，星旋在两天之中，却神不守舍，坐立不安。而且，食不知味。所有"失恋"的症状，都在她身上发作。她矜持地不去找大为，但内心却像燃烧着一盆烈火。

这天是周末，不用上班。下午，星旋刚睡了一个午觉起来，百无聊赖地坐在沙发里看小说，事实上，那本小说放在她的膝上已经半个小时了，却始终没有翻过一页，她只是坐在那儿怔怔地出神。眼睛瞪着桌上那只手机，会骗人的手机！每次发来的声音，都不是她期望的！她恨死这只手机了！

突然间，门铃清脆地响了起来，星旋的直觉认为是大为来了。她跳了起来，匆匆地掠了掠头发，由于母亲和女佣都出去了，她自己跑过去开了大门。可是，出乎意料地，门外并不是大为，却是盛装的徐雅如小姐。

星旋愣了一下，诧异地望着徐雅如，徐雅如却含笑地打量了星旋一眼，淡淡地说：

"叶小姐不认得我了吧？我是徐雅如，有一次和大为在街上见过你的！"

"哦，是的，请进！"星旋狐疑地说，一面把雅如让了进来，事实上，她当然不会忘记徐雅如是谁的，不但不会忘记，而且还印象深刻呢！

"请坐！徐小姐！"

徐雅如在沙发上坐了下来，星旋倒了一杯茶，放在徐雅如面前的桌子上，一面在对面的沙发上坐下来，怀疑地望着她。

"叶小姐一定很诧异我来拜访吧！"徐雅如落落大方地说。

"哦，你有什么事吗？"星旋问，充满了狐疑。

"哦，是这样的，叶小姐，"徐雅如盯着星旋的脸，微笑着，"我来和你谈一件小事，首先我要告诉你，我和大为是从小的朋友，事实上在两年前我们已经私下里有了婚约，虽然没有正式订过婚，我也总算是他的未婚妻了。而且我家里和他家里是世交，他的父母也很希望看到我们结婚，本来，我们在今年年底就准备结婚了。"

"我不懂这事和我有什么关系！"星旋皱了皱眉头，敌意地望着徐雅如，心里一肚子火，那个该死的方大为，明明有了女朋友，还来追求她！幸好，她没有让他占到丝毫便宜。

"哦，我相信你懂的！"徐雅如耸耸肩，威胁地望着星旋，"如果你真不懂，我就告诉你吧！最近几个月，我突然发现大为另外有了女朋友，可是抓不着他的证据，一直到昨天晚上，我偷看了他的手机，才发现原来是你叶小姐！从他的手机里，从你们来往的微信和 LINE 里，我看出你们的交情很深，而且，显然的，他还很为你所迷惑……"

星旋把身子向前倾，仔细地听着。徐雅如很快地瞬了星旋一眼，接着说：

"不过，叶小姐，我希望你以后不要再和大为来往，要知道，他是我的未婚夫，破坏别人夫妻感情是犯法的，而且，你也不可能和他结婚……"

"噢，徐小姐，"星旋猛烈昂起头来，红着脸，坚决地说，"我想你没有资格干涉我的自由，何况你也不是大为的太太，我有权利和他来往，如果他向我求婚，我也有权利做他的妻子！"

"我希望你的意思不是想嫁给他吧？"徐雅如眯着眼睛，望着星旋说，"要知道我和他有过婚约的……"

"假如他向我求婚，我是会嫁给他的！"星旋斩钉截铁地打断了徐雅如，由于愤怒和激动，脸颊涨得通红，眼睛里闪着光，像一只发怒的小狮子。

"哦，你不能这样不讲理，我认识他已经十几年了，你认识他才半年多，抢别人的未婚夫是不道德的事，叶小姐，我希望你三思而后行！"

"我并不认为嫁给他有什么不对，徐小姐，再见吧，假如你爱他，你应该拴住他的！"星旋昂着头说。

"叶小姐，你真不肯让步吗？"

"在爱情上是没有退让的！"

"好吧！我们看谁得到他吧！"徐雅如静静地说，站起身来，头也不回地向前走，走了几步，又回头说，"叶小姐，你听过'不纯砍头'这句话吗？"

"不纯砍头？"星旋莫名其妙地问，"这是什么东西？"

"这不是'东西'，是一个小典故，一个关于蜂蜜的小典故！蜂蜜的种类很多，有荔枝蜂蜜，有柑橘蜂蜜，有龙眼蜂蜜，有洋槐蜂蜜……这些蜂蜜，都要纯正没有杂质的才好。如果不纯，那些蜂农，会站在路边喊'不纯砍头'！不知道，叶小姐那只蜜蜂，生产哪一种蜂蜜？有的蜂蜜有毒，吃了会送命！"

星旋怔怔地站着，还在摸不着头绪的时候，雅如不等她回答，就昂首阔步，径自地大踏步而去。星旋却站在房间里，陷进一团迷雾中，望着徐雅如的背影消失。不纯砍头？蜂蜜？蜜蜂？难道这事和谢可飞有关系？她困惑着，忍不住伸手去拿那只手机。

半小时之后，星旋和徐雅如的这段对白就被绘声绘色地说给大为听了。大为和雅如、立峰，又密切地分析了半天后，便恨不得立刻飞奔到星旋那儿去。但在雅如和立峰的禁止下，他只得按兵不动。两小时之后，大为的手机响了起来，大为接听了手机，星旋的声音传了过来：

"大为，我在等你！家里见？还是外面见？"

"我去找你！等我！"

大为神采奕奕地来到了星旋家里，发现家里只有星旋，显然其他人都回避了。星旋立刻热烈而亲切地招呼着他。大为有点尴尬地、解释似的说：

"那天在百货公司……"

"哦！我没看到什么！"星旋打断了他，为他调着饮料，端着玻璃杯到他面前，他惊奇地注意到，她手指上的戒指已经不见了。星旋放下杯子，笑吟吟地看着他说："我帮你调了一杯蜂蜜汁，是很纯很纯的'柠檬蜂蜜汁'，特别酸，你如果喜欢吃醋，一定喜欢这种蜂蜜汁！"

大为不知怎的，脸红了。活了快三十年，这还是他第一次，在女人面前脸红。星旋在他身边的沙发上坐下，挨着他，凝视着他的眼睛说：

"你那个好朋友的太太，徐雅如小姐，戏演得很好，给我的当头棒喝也够厉害，下次她再要演小姐，应该把婚戒的痕迹遮掉，而且……千万不要加入脸书，那脸书没有秘密可言，只要辗转一查，她几年的照片，婚姻记录，生日宴会，每天吃什么，和什么人在一起……全都逃不掉！"

这下，大为的脸色红得像猪肝了，他喊着说：

"你居然去查脸书！好了好了，我招了！你那个蜜蜂一直威胁着我，我没办法了！只好去求助雅如……"

"雅如告诉我，爱情里不能有杂质，不纯砍头！"

大为瞪大眼睛，还没说话，星旋的嘴唇就蓦然地贴上了他的唇，他大大一震，所有的思想都飞走了，意识也飞走了，他不由自主地抱住了她，反应着她那炙热、温存、甜蜜、缠绵的吻。这一吻，天旋地转，所有的星球都在天外翻转碰撞，撞出无数的火花和灿烂的焰火。当两人终于分开的时候，大为痴痴地看着星旋，心中有几百个问题要问，似乎又觉得都不必问。但是，星旋握住了他的双手，看着他的眼睛深处，诚挚地说了一句：

"爱情里不应该有杂质，却允许有催化剂，蜜蜂一直只是催化剂而已！"

大为哑口无言，看着星旋那闪亮的眸子，心里还有好多问题卡着，最后却化成一句：

"你实在让人扑朔迷离，却不能不爱！"说着，他端起那杯蜂蜜汁，才喝一口，就"噗"的一声，把蜂蜜汁喷了出来，他喘着气问："这是什么？"

"爱情果汁，酸甜苦辣都有，我用我的配方调的，保证……"她拉长了声音，"不——纯——砍——头"！

三个月后。

方家这晚灯烛辉煌，高朋满座，大厅里布置着许多鲜花，侍者拿着香槟和点心，穿梭在挤满房间的年轻人中间。至于长辈们，都刻意把这个"订婚派对"让给年轻的一代，大家都到二楼去聊天喝酒。这豪华的大客厅里，有艺术家，有传播界的，有音乐人，有舞蹈家……大家嘻嘻哈哈，又笑又闹，个个都是浪漫不羁的，无拘无束的，彼此大声说话，毫无顾忌。星旋和大为被簇拥在人群中间，成为大家取笑的对象，什么翡翠戒指，什么美国蜜蜂……都成为众人的笑谈。星旋和大为也不在意，跟着大家闹，跟着大家笑。

雅如的妹妹这天也来了，专门负责鸡尾酒，带着一脸恬淡的笑，周旋在众人之间。她白皙而灵巧，是艺术家们争取的模特儿，因为她眉目如画，身材均匀。但是她统统拒绝了，她和姊姊不同，雅如活泼，她却文静。在这群人当中，她是很特殊的一个。雅如悄悄对星旋说：

"如果今晚这些青年才俊，都不能让我妹妹感到兴趣，她注定要独身一辈子！你帮我看看，到底哪一个有资格，拉拉线如何？"

"你少操心！"星旋说，"时候到了，逃都逃不掉！时候没到，找也找不来！老天自有他的安排！"

正说着，门铃又响，用人匆匆地跑去开门，没料到这么晚，还有新的客人驾到。房门一开，一个穿着牛仔衣，牛仔裤，背上背着个大行囊的年轻男子走进来，淋了满身的雨，原来外面不知何时开始下雨了。这个满身雨雾的男子，因为背着东西，又风尘仆仆，一进门就大动作地东撞西撞，背上的行囊，不住地撞到宾客身上，引起一阵喧嚣。

星旋惊奇地看着来客，还没来得及打招呼，雅如的妹妹端着一盘饮料出来，被来客的大行囊一扫，只听到"哎呀"一声，饮料盘子摔落地上，妹妹也跌倒在地，来客惊呼一声，伸手想去抢救，脚下一滑，整个人都压在雅如妹妹的身上。雅如大惊失色，喊着：

"这是怎么回事？"

来客赶紧起身，顺手拉起了被他几乎压扁的少女，他若无其事地伸手给少女，自我介绍地说：

"我是蜜蜂！请问你是……"

"我是双愉！"

"双鱼？"蜜蜂大叫，"怎么这样巧？"他一面叫，一面卸下背上的行囊。嘴里乱七八糟地喊着："星旋！还有那个什么大卫，你们赶快来看，我画了一幅画来送给你们，是两条鱼！正好是双鱼，就碰倒了一位双鱼！哈哈哈哈……"

"谢可飞！"宾客们发出各种尖叫，冲了过来，有的是谢可飞的旧识，有的不认识谢可飞，都争着奔向这位突然出现的画家。

谢可飞展示了他的双鱼图，一面仔细地看着被他撞得七荤八素的双愉，问：

"你……能当我的模特儿吗？双鱼？我正缺一个像你这样的模特儿！"

"我……"双愉愣愣地看着面前这张有棱有角的脸孔，和那发光的双眸，居然被催眠似的回答，"好……的！好的！"

"小鱼儿，太棒了！"蜜蜂大叫着，抱起双愉就转了一圈再放下，大声喊叫不停，"星旋，赶上了你的订婚，还找到了模特儿，星旋！星旋！"他左看右看，大呼小叫，"你躲在哪儿？还不给我出来！"

星旋带着大为，来到谢可飞面前，笑吟吟地递上一杯饮料，说：

"你的出现，真是惊天动地！一定从飞机场直接赶来的！先问一句，在美国有女朋友了吗？"

"女朋友？没有！"蜜蜂大声嚷，"如果有，你第一个就知道了！"

"太好了！"星旋笑得灿烂，"渴了吧？先喝一杯饮料，再帮你介绍大家！"

"不用介绍了！"大为看着这位抢风头的来客，心想，好险！

原来此人如此"出类拔萃，一鸣惊人"！怎么没有把星旋追走呢？难道姻缘前定？他笑嘻嘻地说："谢可飞！你是我和星旋的'催化剂'！谢谢你！"

谢可飞接过星旋的饮料，一口气地喝光了，惊奇地说：

"这是什么酒？这么甜？"

"这是蜜蜂的产品，龙眼蜂蜜，而且……"

一堆人同声接了下去，大喊着说：

"不——纯——砍——头！"

谢可飞瞪大眼睛，不知道大家在说什么，可是，大厅里人人都大笑起来。他就跟着大家，大笑起来。那个小双愉，也站在他旁边笑着。星旋和雅如相对一笑，难道，大自然已经开始安排了？

这是一个属于爱，属于笑的晚上。

这也是一个属于爱，属于笑的故事。

写于可园

二〇一七年十二月三日深夜

小
家
伙

　　当那只绿色的鸟儿飞坠到他的窗棂上时，他正在电脑前埋首写一篇短篇小说。那"噗"的一声轻响惊动了他，抬起头来，他就一眼看到那只翠绿色的小生物正在窗台上扑动翅膀喘息，一对乌黑的小眼珠带着一股戒备与惊惧似的神情瞅着他。

　　"嗨!"他离开书桌，不由自主站起身来，停在窗边。窗子是敞开的，那鸟儿仍然在扑动着翅膀，却无法飞起来。他仔细一看，居然是只很漂亮的鹦鹉。跟鸽子差不多大，却比鸽子修长，绿色的翅膀，绿色的肚子，黄色的鸟喙。

　　"你从什么地方来的?"

　　他问，惊奇地看着那个稚弱而美丽的小家伙。

　　"你一定受了伤，让我看看伤在哪儿?"

　　伸出手来，他小心地去捕捉那只绿鸟。望着对自己伸展过来的手臂，那鹦鹉惊惶了，恐惧了，它努力地扇动翅膀，振翅欲飞，却"噗"地一下，整个摔倒在窗台上。那对乌黑的眼珠无奈而愤怒地闪着光，充满了敌意，充满了恐惧。

"哦，怎么，你并不友善啊？"

他说着，伸手触到了它，不料它蓦地回过头来，用力地在他手背啄了一下。他慌忙缩回手，流血了，他恼怒了。

"不识好歹的小混蛋！"他诅咒着，恶狠狠地盯着它，"你连好意与恶意都分不出来！我是安心想救你呢！既然你不许我碰你，你就躺在那儿等死吧！"

那小家伙无力地躺着，那对黑眼珠仍然瞅着他。不知怎的，他竟在这对黑眼珠里看出一份骄傲与冷漠，仿佛在那儿冷冷地说：

"我宁可死，也不稀罕你救我！"

他忽然忍俊不禁了。这是第一次，他在一个小动物的眼中读出一份属于"人类"的傲慢来。这触动了他心中的幽默感，引发出他浓厚的兴趣。他再度向它伸出手去。

"喏，喏，小家伙，让我们讲和吧！"他笑嘻嘻地说，"我并不想伤害你呢！"

那只鹦鹉没有讲和的意思，蓦然间，他的手背上又被啄了一下，他立即缩手。

"怎的？你竟然是个'死硬派'哦？"他瞪大眼睛说，"不过，你只是一只鹦鹉，我就不信我连一只受伤的鹦鹉也征服不了！我今天非捉到你不可。"

"不好！不好！坏东西！"鹦鹉忽然张口说出几句人话！这使他的眼珠都快掉出来！它居然会说话，太不可思议了！而且还会骂人！

"不好也得好，这可由不得你！"

他睁大眼睛说，迅速地伸出手去，一下子握住了它。它也迅速地回过头来，向这只手攻击。但他的手指限制了它颈项的转动，它啄不到他。几次徒劳无功的尝试之后，它终于放弃了，只是愤怒而无奈地瞅着他，那对小小的黑眼珠好像在那儿抗议地喊：

"你不公平！你以大欺小！"

他失笑了。拿起那只鸟来，他仔细检查着它，翻看着它的翅膀，于是，他发现它左边的翅膀上有一道伤口，正流着血。他怜惜地抚摸着它，那鹦鹉在他手中拼命挣扎，连续说了几句：

"不好！坏东西，糟了个糕……"

他轻拍着它的头颅，喃喃地说：

"不是'不好'，是'好，好，好！'学说话也该学好听的话，什么'糟了个糕'？吉祥话会不会说？注意你的 EQ，OK？"

"OK！OK！OK……"鹦鹉回答。

"原来你还会说 OK？"他惊喜莫名，看着鸟儿说，"让我帮你治疗吧！瞧，你会说话，你被训练过，决不是一只野生的鸟，是哪一家的笼子关不住你呢？竟让你负伤而逃！"

他一面喃喃地说着，一面去找了一管消炎软膏，也不管这软膏对鸟类是否合用。他给它敷了伤口，拿到窗前，正想放掉它，却忽然愣住了。

"嗨，我把你怎么办？"他望着那对仍然充满着敌意的小黑眼珠说，"你不会飞，放出去就是死路一条。养你吧，我又从没有养过小动物，而且，你知道吗？你投奔到一个最不适宜的地方来了！我穷得连自己都快养不起了呢！"

那小家伙歪着头凝视着他，黑眼珠里仍然充满了傲慢与冷漠，仿佛在那儿回答：

"谁要你养我呢？我死活关你什么事？"

他再一次为之失笑。一只奇异的鹦鹉，不只会说话，还有一对充满表情的眼睛！一个无助的小生命，却有份傲慢与倔强！他的兴味更浓了，一种近乎温柔的情绪打他心底软绵绵地膨胀了起来。他微笑地叹口气：

"算了，让我想办法来安置你吧。"

找了一个大纸盒子，他把那只鹦鹉先关进纸盒中，在盒盖上穿了几个孔透空气。然后，他从那小孔中望着那在里面极不安静的小家伙说：

"等着，我必须出去给你买个笼子，买些鸟食和水碗，你别发脾气了，我可没预料到你会从天而降的呀！"

走到书桌前面，他打开抽屉，取出自己的全部存款，数了数，一千两百元！他摇摇头，叹口气，把钱塞进牛仔裤的口袋里，打开房门，向外走去。

刚跨出房门，房东太太便拦住了他。"糟了个糕！"是他心里在说，还是那只鸟儿在说？千万别来收房租！他心一紧，迅速地在盘算如何应对。那房东太太却微笑地递上了一个信封：

"柯先生，你的信！"

糟了个糕！他的心又一紧，准是退稿！慌乱地接了过来，怎么，竟这样薄呀！看看信封，没错，风云杂志社，他对这家杂志投资的邮费和稿纸已不计其数了！想必编辑先生对他已经不耐烦，写封信教他以后少麻烦了！他想着，一面撕开信封，抽出了信笺，急急地念下去：

柯先生：

　　来稿《狂澜》已收到，本编辑部同仁一致认为是近
年来难得一见的佳作，决定要慎重推出，并希望对作者
作一次访问，以便推介……

　　他来不及读完那封信，就发疯似的大叫了一声，身子直跳了
起来，足足跳了三尺高，以至于头撞在那低矮的门楣上。顾不得
脑袋上的疼痛，过分的喜悦使他无法去找抒发的对象，只能对房
东太太欢呼着叫：

　　"他们采用了我的稿子！你知道吗？他们终于发现我了！以
后再也不欠你房租了！不过……"他陡地缩住口，羞赧地加了一
句，"现在还付不出来。"

　　房东太太笑了，那样温和而鼓励地望了他一眼，就微笑地退
开了。他定了定心，这才猛然想起房里那只鹦鹉，冲回了房里，
他对那纸盒子大叫着说：

　　"你是我的幸运之神！你给我带来了幸运！小家伙，幸亏我
收养了你！"

　　喊完，他雀跃着飞奔出去，三步并作两步地奔下楼梯，一层
楼，两层楼，三层楼，四层楼……那么多级楼梯，平常总是诅咒
着这些爬不完的楼梯，和自己那间狭窄的"阁楼小屋"，现在呢？
每级楼梯都有着喜悦，每块空间都盛满幸福！天下有比他更快乐
的人吗？没有！他要去给他那幸运的小神仙买个精致的笼子，他
要养着这个会骂人的小家伙！他奔跑着，跳跃着……冲下了楼，

冲出了公寓的大门，冲到了大街上……然后，他一头撞在一个骑脚踏车的少女身上，那少女摔下了车子，一声惊呼，他慌忙伸手一拉，拉住了那车子，连带那少女。

"啊呀！"他一迭连声地叫，"对不起！对不起！对不起！"

那少女站稳了，立即破口大骂：

"你是智障吗？你是神经病吗？你没有长眼睛吗？你是脑残吗？你不会走路吗？你是从什么鬼地方钻出来的冒失鬼？你……"

她骂得真流利，他愣愣地站在那儿，好奇地望着她，从来不知道女孩子骂人的声音也会这样好听，琳琳琅琅，清清脆脆，如瀑布溅在岩石上的声音。他倾听着，带着一种欣赏的感觉，一面打量着这少女，短发、圆脸、乌溜溜的一对黑眼珠——似曾相识。蓝色短袖的紧身衫，白色短裤下有双修长的腿……他认出来了，她就是上个月才搬到对面那家花园别墅里的女孩子。他见过她好多次，每次和一大群不三不四的男男女女在大门口吵吵闹闹，一个骄纵的"嚣张大小姐"——他暗中这样称呼她的。现在，这大小姐的嘴终于停住了，瀑布流完了，她惊愕地瞪住他：

"你……"半天，她才愕然地说，"是不是真的智障？谁挨了骂还这样笑嘻嘻的？"

"是我不对，撞了你，该挨骂，"他笑着说。他胸腔里满溢着那么多的喜悦，急于要从他每个毛孔中散发出来。今天，这个神奇的日子里，他不会和任何人发脾气，即使对这个嚣张大小姐。"所以我让你骂个痛快！"

她微张着嘴，一瞬也不瞬地望着他。他发现她的睫毛是湿润的，眼眶微红，她曾经哭过。噢，别哭！他心中在说。老天造了

85

你那么漂亮的一对眼睛是要你笑的，何况这世界如此可爱，有什么值得哭的事呢？大小姐！

"你……"她撇撇嘴，一甩头，低低地抛下了句，"书呆子！"

骑上车，她自顾自地走了。

他目送她离去，耸了耸肩，他吹着口哨，昂着头，向阳光灿烂的街头走去。

五百元买了个特价的鸟笼。两百元买了盛鸟食和水的小瓷碗。两百元买了鸟食。一千两百元还剩三百元。买面包喝开水的话还可以过好几天呢！到时候，《狂澜》的稿费该来了。

拎着鸟笼，他回到他的小房间里。

"来吧，幸运小神！"他说，伸手到纸盒内，捉出了那只鹦鹉，那小家伙毫不含糊地又啄了他好几口，啄得可真疼。幸运小神有时也会带刺呢！他笑着想，把那小家伙装进了笼子，盛满了水碗和食料。然后，他注视着那个小家伙。一经发现了水和食料，那鹦鹉立即扑过去，狼吞虎咽地大吃大喝起来。他笑了。

"吃吧！"他低声说，用手指轻叩着鸟笼，"我今天必须请客，请不起别人，请请你也好！"

那鹦鹉不断啄着饲料，仰头喝着水，大吃大喝一顿之后，它饱了，开始用它那弯曲的小嘴梳理着它的羽毛，整理着它的伤口。一切就绪，它歪歪头，斜睨着它的新主人，那眼里的敌意似乎消失了不少，它开始一连串地说话：

"不好！不好！糟了个糕！坏东西，OK？"

"嗨，小家伙，"他说，"看样子，你总算接受我了！是吗？"他敲敲鸟笼，"既然我们要继续相处下去，你应该有个名字，叫你什么呢？"他望着它。"叫你坏东西？不好！糟了个糕？不好！你的口头禅一定要改！名字呢？就叫你'小家伙'吧！很写实的名字，至于我呢？我是大作家柯华，"他对鸟笼煞有介事地一弯腰，"不过，你叫我小柯也可以。"他对着鸟儿，不住口地说了好多好多次："小柯！小柯！小柯……"

小家伙侧头注视他，突然发出一声：

"小柯……"

"哇！"他大喊，"你学会了！我是智障，你是天才！哈哈！哈哈！"今天，是属于笑的日子呵！

这是属于笑的日子，因此，当他晚上走出公寓，在街对面那花园洋房的门口，发现那正跳着脚在哭泣叫骂的嚣张大小姐时，他不由自主地停住了脚步，惊奇着这世界上竟会有如此悲哀与烦恼的人！

那花园的门是洞开的，大小姐在门口跳着脚哭骂：

"不行！你赔我翡翠！我的翡翠丢了！我怎么也不饶你！不管！你赔来！赔来！"

"小姐，我真的不知道，我真的不知道！"一个年纪轻轻的小女佣哭丧着脸回答。

"不管！不管！不管！"少女甩着头，跺着脚，声震四邻，"还我翡翠！还我翡翠！"

一个中年男人走了出来，呵叱着：

"一个翡翠有什么了不起！再买给你就是了！值得这样大呼小叫让人笑话？！你还不关上大门给我进来！我答应再买个一模一样的给你怎么样？"

"一模一样？"少女尖声吼，"世界上怎会有一模一样的东西？你有本事，什么都找得着替代品！妈死了，你再娶一个，如果这个死了，你还可以再娶一个！你不怕失去，因为你永远有新的来递补……"

"住口！"中年男人大叫，"你简直越说越不像话了！就该揍你一顿！你给我滚进来！"

"我不！我不！我不！"少女大哭着，反向大门外跑去，她冲得那么快，使那呆立在街边的他根本没有退避的余地。这次，是她一头撞上了他。

她站住，抬起泪痕狼藉的脸来，正想大骂，却立刻呆住了，惊愕得连哭泣都忘了。

"怎么，又是你？！"她喊，声音里依旧带着哭音，"为什么每次我哭的时候都撞上你？！"

"因为，"他笑嘻嘻地拉住她，"我是快乐之神！老天派我来帮助你的！"

她微侧着头看他，那黑眼珠里带着疑惑、敌意和研判。一对似曾相识的眼睛……他深思着，什么地方见过？对了！他恍然大悟，正像小家伙的眼睛，他忍不住笑了起来。

他的笑似乎具有传染性，那位"嚣张大小姐"始而惊愕，继而迷惑，接着，也忽然跟着笑了起来，一面笑，一面说：

"你真是我碰到过的最奇怪的人！你永远这样爱笑吗？"

"尤其今天，"他说，"今天是属于喜悦的日子！"

她再侧头看他，那么熟悉的动作！他又要笑。

"你怎么有这么多的笑容呢？"她奇怪地问，泪珠仍在睫毛上闪烁，"对我，这并不是喜悦的日子，我失去了我的翡翠！"

翡翠！富家女的奢侈品呵！人生值得为一块石头而流泪吗？傻呵！小姑娘，他想着，就冲口而出地说出来了：

"为一块石头而流泪的人是傻瓜！"

"翡翠不是一块石头！"她恼怒了，瞪大了那对乌溜溜而亮晶晶的圆眼睛，那神态更像小家伙了，"它是我唯一的朋友，唯一的！只有它能懂得我的烦恼和痛苦，只有它能够了解我！但是，我失去它了！"新的泪珠又在她的眼眶中滚动，她的声音震颤着，那样悲切而伤痛，"我失去了我唯一的朋友！"

"怎么？"他愕然地瞪着她，心中有种模糊而不成形的概念在滋生着，"那翡翠，那翡翠……不是一块宝石吗？"

"宝石？"她喊，高高地扬着眉毛，"我要一块宝石干什么？"

"那么……"

"它是一只鸟呀！一只绿颜色的鹦鹉呀！一只亚马孙鹦鹉呀！一只会说话的鸟儿呀！你再也找不到那么聪明的鸟！它会和我后母的猫吵架！会骂它坏东西！那猫天天和翡翠作对，就像我后母天天和我作对一样。今天，今天糟了个糕……"

她没有说完她的话，他一把握住了她的手，大声问：

"你能一口气跑上四层楼吗？"

"为什么？"她瞪大眼睛。

"那儿有个幸运的小神仙在等着你！"他喊。

喊完，不由分说地，他拉着她向对面的公寓跑去。一层楼，两层楼，三层楼，四层楼……一口气冲上四层楼，再冲进了他那间杂乱的小屋，冲进了他那欢娱的小天地，一阵唧啾之声正在迎接着他们。

"不好！不好！ OK ？ OK……"

"翡翠！"

她欢呼了一声，扑过去，举起那鸟笼来，把满是泪痕的面颊紧贴在鸟笼上。那善解人意的鹦鹉立即认出了它的主人，它喜悦地跳动，鸣叫，用它那弯弯的小嘴轻轻地碰触着她的面颊，再把它的脑袋钻进她伸过去的手里，在她手心里转动摩擦，不住口地说：

"糟了个糕！糟了个糕！糟了个糕……"

他动容地看着这一切，那"嚣张大小姐"……不，她实在不嚣张，也不像个"大小姐"，而像个纯洁、天真、温柔、善良的小仙女！她正把充满了感激与温柔的眼光对他热烈地投了过来。这眼光如此闪亮，像天上的星河蓦然地聚会，发出无数的"重力波"。他立刻被这无法抗拒的重力波击中了，他对她伸过手去，她迷迷蒙蒙地看着他，握住了他的手。

鹦鹉微侧着头，它看看它的新主人，又看看它的旧主人。跳跃着，它发出一连串嫉妒的喊声：

"糟了个糕！糟了个糕……小柯……坏东西……"

"怎么你教了它这么多骂人话？"他忍不住问。

"糟了个糕……"她歪着头，灿烂地笑着，"是它最爱吃的一种'糙米果糕'，这四个字它一直没学会，偏偏有天我说了一句'糟了个糕'，它立刻学会了，想吃'糙米果糕'时，就大喊'糟了个糕'了！"

"哈哈！哈哈！哈哈……"柯华大笑。少女在这种气氛下，双颊如醉，不能不跟着大笑。

　　本来嘛，这是个喜悦的日子，是个属于笑的日子，是重力波的日子，是充满希望的日子，是失去等于获得的日子！是重生的日子！也是燃烧的日子！

根据旧作，改写于可园
二〇一七年十月二十二日，夜

旋风之恋

　　我从楼梯上慢慢地走下去，自己也不知道为什么，步子竟是如此地沉滞；每走下一层楼梯，我的心就加快地跳一下。在楼梯的转角处，我很想停下来镇静一下自己。但我并没有停留，一步又一步，终于，我看见他了！我目不转睛地凝视着，让步子缓慢地把我带到楼梯口。然后，我停在那里，低着头，深深地注视着他。

　　依然是那样坚毅的嘴角，依然是那样深沉的目光，疲乏不能遮蔽他眼睛中的热情，风尘不能掩饰住他浑身的英爽。是的，这依然是他！

　　靠在那张桌子上，他始终没有移动他的脚步，我们互相捉住了对方的眼光，像要穿透对方灵魂似的注视。时间一分一秒地消失，我们全沉在沉默的圈子里，良久，良久。终于我缓慢地伸出了手，他向我移过来，移过来，最后，握住了我的手。还是那么有力，还是那么使人战栗。我抬起头，仍然凝视着他的眼光，终于喊出见面后的第一句话：

"石峰！"

我爱原野，更爱原野上的黄昏。

靠着一根柱子，我全神贯注地削着一根木棍，我的爱犬小白，正躺在我的脚边。但，忽然间，小白警戒地站了起来，对远方低低地吠了两声。我昂起头，远远地，看到一人一骑，正向我这边驰来。

"不要吵！小白！"我压下了那狗的吠声，望着那人走近。

马停在我的面前，一个高大而陌生的男子跨在马上。从那匹马，以及这人身上的尘土，我知道，他已经跋涉了一段长长的路程。

"喂！请问你，到逸园怎么走？"

"是田家的逸园？"我怀疑地问。

"是的。"

我打量了他一下，指示了他路程，他微微地弯了一下腰，说了一声谢，骑着马走了！目送他消失之后，我才怀疑地问自己："他找我家干什么？"不过，对于一切访问我家的人，我都不感兴趣，虽然他是一个陌生人。

当落日的光芒染遍了原野的时候，我带着小白走进那小小的竹林里，竹林旁边有一条浅浅的清溪。我爱这儿的幽雅、静谧和美丽。我喜欢躺在地下，头枕在青石上，从竹林中望出去，看那平原、小屋，在落日下所显出的美丽。这竹林已成为我生活中的一部分。每日下午，我总会在这儿消磨几个小时，等到太阳隐没在地平线下，我才带着小白回家。

和往常一样，小白先我进入了家门。在父亲的房间里，我听到了谈话的声音。于是，我直接走入了后面，找着了妈妈：

"小湄！怎么回来这么晚？"

"那人来干什么？"我答非所问。

"他要收买我们的地！"

当然，在不景气的时候卖地，这是一种普遍现象，我不经心地又问：

"谈妥了吗？"

"差不多了，明天一起去看地，如果双方同意，就立刻成交！"

"爸预备卖哪一块地？"

"西面那一块！"

"包括竹林和小溪？"

"是的！"

"当"的一声，我正在玩弄的一个小铜装饰品，突然掉到地下去了，我俯身把它拾起，掩饰了脸上失望的表情。

晚饭桌上，那位客人石峰，在打量着我：

"刚才你没有告诉我，你就姓田！"

我淡淡地笑了笑，没有答话。我正在怨恨着这个掠夺了我的"竹林"的人。

第二天，双方的交易成功了！怪的是，石峰并不预备在此久留，他把土地仍然交给父亲耕种，自己再每年抽岁收的一部分，他提出的条件是极公允的，父亲也立即欣然同意。

午后，石峰出去了。这人有着过多的沉默，但很得父亲的信任。黄昏，我骑了马，带了小白，在竹林面前停住。考虑了一下，我把马拴好了，和平常一样走进那已属于石姓的竹林。可是，刹那间我呆住了，在那我平日躺着的地方，现在正躺着另一个人，他用手枕着头，和我一样地望着林外的落日，显然正在沉思。我的撞入，打断了他的思潮。他霍然地坐了起来，但我已转过头去招呼小白，预备退出我这深爱的小天地。

"你不用走的！田——"

他似乎不知道该怎么称呼我，我转过身子面对着他：

"我名叫小湄，如果你高兴，请称呼我的名字！"

"愿意坐下来谈吗？"

我毫不犹豫地坐了下来，小白躺在我的脚前。他望着我，我沉默着，对于失去竹林，有一种说不出的怨恨。

"你年龄还很小，是吗？"

"十四，并不太小！"

他眼中掠过了一个很淡的浅笑。我习惯性地躺了下来。

"我爱这里，而且爱落日，几年以来，我都在这里度过我的黄昏。"

"我打扰你了？"他问。

我望了他一眼，没有回答，只默然注视着天边的彩霞，他也不再说话。等到太阳完全隐没了，我才站了起来，说：

"我要回去了，你呢？今晚家里请客，你也是其中之一，最好早一点回来！"

走出竹林，我跃上了马背，他却仍然逗留在竹林里。我一拉马缰，向前驰去，忽然，我听见一阵如泣如诉的洞箫声。我停住马，对竹林望了一望，一直倾听到箫声停止，然后才疾驰而归。

晚上，家中充满了喧嚣和叫闹，他们纵情地喝酒高歌，只有石峰，沉默地坐在一旁，并不参加他们的喧哗。他的眼光深沉，嘴角坚毅，给我一个极深的印象。这时，一个父亲的朋友，已喝得八成醉，倒满一杯酒，递给石峰，高声地喊：

"为了田家土地买卖的成功，敬您一杯！"

于是，许多人都把杯子举起来，对着石峰。石峰站了起来，冷峻地接过杯子，把杯子往桌上一放，冷冷地说：

"很抱歉，我不会喝酒……"

一时室内显得很尴尬，静了一会儿，父亲的朋友重新举起了杯子，说：

"不行！你非喝下这一杯不可！"

石峰昂然地站着，所有的客人也都站着，大家都已经喝得醉醺醺的，我感到空气中有几分紧张。父亲的那位朋友开口了：

"你太不给人留面子了！"

"我很尊敬您，只是我不愿喝酒！"石峰仍然冷然地说。

一刹那间，在我还没料到事件会发生时，父亲的那位朋友已经向石峰挥去了一拳，他立即被父亲拉住了。所有的人都注视着石峰，石峰脸色苍白，鲜血从鼻子中流下来。但他的神色是安静的，对室中的人环视了一圈，才缓缓地退出了屋子。

我在竹林中找到了他。

"他们不该这样对你！"我说，把带来的白手巾交给他。他接过了手巾，注视着竹林外的月光，慢慢地说：

"有一天，当你长大的时候，你或者会了解，喝醉酒的人所做的一切，都不该负责的，我一点都不怪他！"

"你为什么不肯接受那一杯酒？"

他迅速地望住我，脸色显得异样地苍白。我帮他拭去脸上的血迹，他深沉地说：

"不谈了吧！但，你虽然是一个女孩子，我倒感觉，在我们之间，能建立一层了解的友谊！"

他从口袋中拿出一支洞箫。

"会吹这个吗？"

我摇头，他把它送到嘴边，轻轻吹出一个哀怨缠绵的调子。如此凄凉，如此幽怨，婉转低回，动人心弦。我神往地抱住膝头坐着，倾听那震撼心灵的箫声。终于，他吹完了，我静静地凝视着他，问：

"这太美了！是什么曲子？"

"没有名字的曲子，发自我内心的感情！"

他把箫放进我手里：

"送给你！"

我感叹地抚弄着那支箫，他突然地说：

"你愿意帮我倒杯水来吗？"

"好的！"我站了起来，先把箫交还给他，再急速地走出竹林，用最快的速度奔回家里，倒了一杯水来。但当我返回原地，只看到落月的光芒，穿过层层的竹叶，洒在那冷冷的青石上。那青石上，横躺着那支洞箫，我拿起箫，看到青石上有用尖石块写下的字迹：

你曾捕捉过旋风吗？来也匆匆，去也匆匆，不留一点痕迹！数年后，我会再来喝你那杯水！

我迅速地再冲出竹林，远远地，一点如豆的人和马，正消失在月色之中。

以后，父亲每年总把西面那块地的岁收扣下一半，预备将来偿还那个奇异的陌生人。而我，一天比一天地长大，也一天比一天更爱那竹林。那块青石依旧是我枕着思索的地方，也无数次回味那青石上的句子。是的，旋风是不会留下痕迹的，但它却在人的心底，留下了多少无形的痕迹。在那小小的竹林里，我度过了更多的黄昏。洞箫的音乐常伴着夜风的低鸣，落日的光芒，常照着淡绿的青石。春去秋来，岁月如流，在那小小的竹林内，我又送走了四个春天。

小白已长成一只高大的猎犬，终日追随在我的身边。当那天的黄昏，我依然头枕青石，吹着那支幽雅哀怨的洞箫，小白不安地蠕动着，并没有打断我的兴致。直到吹完，我才发现落日正把一个长长的黑影投在我的身上，接着，一个清楚的声音震荡着我的耳鼓：

"你帮我倒的水呢？"

我转过头，他在俯身对我微笑。我一跃而起，伸出我的手，他握住我，一阵战栗竟然穿过了我的全身。

"石峰！"我喊，好像这名字是经常被我唤着一般。

"小湄!"

"这次还是旋风吗?"

"不!"他笑了,"我决定在这儿多住一段时期,我已经见过了你的父亲!"

"住在我们家里?"

"是的!"

我心中由于欢乐而低唱起无声的歌。

"你来看看你的土地?"

"是的,尤其是那竹林中的小天地!"

我们并肩回家,途中,我感到那平原上的暮色比任何一个时候都美,都神奇。

这好像是一种自然现象:早晨,我和石峰纵马于平原之上。黄昏,我和石峰在竹林中欣赏着落日的余晖。月夜,我们以一支洞箫吹尽心中的言语。在我一生中,从没有感到如此地幸福和快乐过。

我们都有不爱说话的个性,用我们的眼睛和微笑,我们的交谈比言语更有力。我们喜欢当一个人沉思的时候,另一个人去猜测对方的心思,然后再宣布出来是否猜中。思想的领域是无涯的,可是,我们却常能一语道中对方所想的,真可说是"身无彩凤双飞翼,心有灵犀一点通"了。

一个十八岁的少女,常有许多无谓的烦恼,我也是这样的。不知从什么时候起,我变成附近许多男孩子纠缠的目标。其中,尤其一个姓方的青年,写给我无数的情书,送来无数的礼品。

但，天知道，他那些成千成万的辞句，怎能抵过石峰的一个眼波？他那一件又一件的礼品，又怎能赛过石峰的一个微笑？可是，他却被父亲看中了！

石峰在年龄上比我大十五岁，许多时候，他以一个长兄的态度对我。无论我们怎样地亲切和互相了解，他却从没有对我有任何越礼的行为。在父亲示意我接近方之后，他却开始疏远我。女孩子都是敏感的，虽然他的疏远很谨慎，但我已感觉到了。

一个黄昏，我们都在竹林之中，他在沉思，我开口了：

"石峰，我什么时候得罪你了？"

"为什么问这样奇怪的问题？"他注视着我。

"你的态度告诉我！"

他沉默地望着地下，很久之后，才猛然抬起头来。

"你知不知道关于我的故事？"

我摇摇头。

"我有一个妻子，年轻而美丽。我们由于相爱而结合，但，我有一副刚愎自负的个性，并且，酷爱喝酒。结婚一年，我们有了一个孩子，被我们宠爱到极点。一天晚上，我的妻子要出门，把孩子交给我，我把孩子放在床上，然后独斟独酌，喝得酩酊大醉。我的妻子回来，发现我伏在桌上，醉得毫无知觉。孩子跌在地下，头撞在床脚上，死了！这给予我们极大的打击，从此，我发誓戒酒，可是，我的妻子却不原谅我，她恨死我，骂我是刽子手，要我还她孩子。在内疚和痛苦下，我被她逼得要发疯，终于，一天我们大吵了一架，我离家出走了！那就是我第一次到你们这里来的原因，我想买一块地，然后浪迹四方。那夜，在你家里，我又深受刺激，于是，我又不告而别了。浪荡两年后，我回到妻子那里，而她已别嫁他人。我的生活变得毫无目的，就这样，再度过了两年，我忽然想起这里的一块地，以及一个女孩给我的慰藉，还有那杯我没喝到的水！所以，我来了！但，我并不想因为我来，而影响你们平静的生活——"

"我不想听你讲这些，别说了吧！天黑了，我们该回去了！"我打断了他要说的话，跃上了马背。如果他想以他的自述来使我不爱他，那他错了。

父亲开始更积极地准备把我嫁给方，那是一个狂风暴雨的夜晚，我和父亲发生剧烈的冲突。

"方是一个好青年，你为什么不肯嫁给他？在这附近，没有任何一个人能赛过他！"

"我承认他是好青年，但我不爱他！"

"难道你心中另有爱人？"

我沉默了很久，终于摇了摇头。

"那你为什么不肯嫁给他？他哪一点配不过你？"父亲发怒了。

"你们为什么急着把我嫁出去？"我大声叫起来。

"我们何尝是急着把你嫁出去？可是你已不小，难得有那样合适的青年！"

"可是，我一点也不爱他，我决不愿嫁给他！"

"我一定要你嫁给他！"

我们愤怒地争执了两小时，最后，父亲大喊：

"你不肯嫁给他，就别做我的女儿！"

这时，石峰走到我面前，婉转地说：

"为什么你不肯答应这门婚事，方确实很好呀！"

我颤抖地望着石峰，连他都劝我嫁给方！回转头，我对大门外冲出去，在马厩里拉出我的马，跃上去开始无目的地狂奔。大雨倾盆，我似乎毫无所觉，拼命地狂驰着。雨水湿透了我的衣服，马在我的鞭策下疯狂地跑，隐约听见后面石峰高声呼唤的声音，我不知道他已追来，我已乏力，而后面的马离我越来越近，我勉力飞驰，石峰已赶上了我。

"小湄！小湄！"

石峰向前冲了一下，一手勒住了我的马缰，马陡然停住，我晃了一下，从马上滚了下来。石峰翻身下马，急切地望着我，问：

"小湄！你没有怎样吧？……"

我喘息着，而且发抖，石峰脱下他的外套，紧紧地裹住我。

"小湄！你怎么了？"

我抬头注视着他的脸，含泪说：

"如果你也要我嫁给方，那我只有嫁了！"

他用手托起了我的脸，黑暗中，我只能看见他发亮的眼睛。

"小湄！"

他热情地低唤着，我被拥进了他的怀里，刹那间，他的嘴唇捉住了我的唇。我浑身炙热起来，那种战栗又穿透了我的全身。这是我的初吻，我的心急促地跳动，我的思想停驻在此时此刻，我全心全意，献出了我整颗的心。我们深深地吻着，不知道吻了多久，让大雨直泻吧！现在，我不再怕任何的风雨！我已得到了整个的世界，整个的宇宙！

当我被石峰抱在马前带回家的时候，我幸福地微笑着，虽然我浑身抖颤，头晕目眩。父亲正预备出来找我，看见我已归来，才默默地退回屋里去。石峰把我裹在衣服里抱下马来，我躺在他怀里，感到说不出来的心满意足。母亲看见我，发出一声高喊，对我冲过来：

"小湄，你怎么了？"

石峰把我放在床上，我浑身是水，牙齿在和牙齿打战，石峰一面搓着我的手脚，一面喊着：

"生一个火来！赶快！"

一个钟头后，我已换上干的衣服，躺在火炉旁边。石峰不住搓弄我的手脚，想使它恢复体温。母亲强迫我喝了一大碗姜汤。我随他们摆弄，只固执地注视着石峰，被他所伺候，这是何等地舒适！渐渐地，我感到头痛欲裂，昏昏沉沉。石峰撤除了火，用手放在我的额前，我满足地把面颊贴在他的手上，发出一声低低的叹息，睡着了。

醒来的时候，已是第二天的早上。窗外雨已停，但风很大。我睁开眼睛，找寻石峰的踪迹。但，室内没有人，房门虚掩着。立刻，我听到隔壁屋子中父亲暴怒的喊声：

"这简直是荒谬绝伦，我决不能允许！"

"但，我向您保证，我是真心真意爱您的女儿！"是石峰的声音。

我想挣扎起来，但浑身无力。

"不行！你的年龄，你的一切，你以为你配吗？"

啊！父亲不能用这种口气对高傲的石峰讲话的！我倾听着，隔了半晌，石峰说话了：

"或者我不配，但她爱我……"

"你是一个伪君子，你使我信任你、接待你，而你却引诱我的女儿！你使她反叛家庭，顶撞父亲……"

"啊！不是这样的，这样说是不公平的……"我开始喊了，但那屋中一片人声，没有人听见我。石峰显然生气了：

"我爱小湄，我决不会亏待她……"

"废话！"父亲在大喊，"你立刻给我滚出去！你这个骗子、流氓！我不能把女儿嫁给你这种离过婚的男人！还是一个害死自己孩子的凶手！"

我拼命地喊叫着石峰，但那屋子里已闹得一塌糊涂。接着，我听见母亲啜泣的恳求声：

"石峰！我求你，没有一个父母不爱他的孩子。为了她的前途，别带她走！她会爱上方的，如果你肯离开这儿！"

"难道你们认为她跟着我，就没有前途吗？"石峰的声音已失去了刚才的坚强，而充满了沮丧。

他们不能这样对石峰，我拼命挣扎，奈何浑身无力，然后，我失去了知觉。

神志迷茫中，我感到有人在轻吻着我的额角，并且轻轻地对我说话。我没有醒过来，就又迷糊地睡了过去。

不知道过了多久，我睁开眼睛，喊着石峰的名字。

"他不在这儿！"母亲说。

"石峰！石峰！"我尖锐地大喊。

但，石峰已经走了！

后来，从女仆的口中，我知道石峰走前的晚上，曾吻遍我的面颊，并想带我私奔，但我没有任何一句话的回答。第二天，他们发现石峰和他的马一同消失了！

　　一个月后，我勉力走到了竹林之内，依然是以前的落日，依然是以前的青石，可是，虽然景物依旧，而却人事全非。对着广大的平原，我高声喊：

　　"石峰！"

　　我的声音回荡在空中，然后随风而去。

　　之后的我，生活在半生半死之中，固执地等待着石峰的归来。我相信，有一天他又会像一阵旋风般飘然而来。

　　一天天，一月月，一年年。他没有归来，我却全心全意地等待着。几年后，我们离开了家乡，由于战争，又举家迁到台湾。战乱打断了各种生活节奏，连我的爱犬小白也留在家乡送人了！到了台湾，我不死心，虽然找到一个牧场的工作，我却孤独无助。我在各处的报纸上登着广告，明知希望渺茫，却不肯放弃。

　　韶光易逝，似水流年。十年的光阴，又在一支寂寞的箫声中溜过。我却没有放弃找寻他的希望。父亲在内疚的心情下，到处帮我打听，他没有想到，当日由于一时偏见，造成我终身的寂寞。一个早上，一份电报突然报道：石峰正远在美国。我狂喜地发电到美国，但回电却宣称：此人已赴瑞士。于是，又发电到瑞士，可是，回电却说在印度，又有人说在巴西。我发出无数的电报，也寄出无数的希望。

　　今天，他终于又突然站在我的面前了。十年的等待，十年的盼望，送走了多少个清晨和黄昏，又送走了几许的岁月和年华，他，终于又站在我面前了！

"石峰！"

"小湄！"

多么熟悉而亲切的声音，我闭上眼睛，把头移向他的胸前，紧紧地拉住了他：

"不要再像一股旋风，让我无从把握！"

"但旋风总之是旋风……"

"不！石峰！你不能再走！石峰，答应我！你不要再走！"

"小湄！醒醒！醒醒！你又做梦了！"在母亲的呼唤下，我睁开眼睛，发现我正伏在楼梯口的桌子前面。哪儿有石峰？哪儿有那亲切的声音？我手中紧握的，不过是那支永不离身的洞箫而已。啊！这又是多少个梦中的一个！

我迷茫地站了起来，拖着沉重的步子，走到窗前。窗外，阵阵的秋风卷着飘飘的黄叶，我抬起头，对着漠漠长空，含泪高声地大喊：

"石峰……"

声音在空中盘旋着，终于消失在那不留痕迹的旋风里。

一九六〇年春初稿

二〇一八年九月二十八日修正

《旋风之恋》后记

　　本文原刊载于一九六〇年出版的台湾《中国文艺》第七卷第五期，是我用"心如"为笔名写的小说。那时，我还在寻寻觅觅地找寻固定笔名。"心如"是我母亲的"字"，母亲名字里有个"恕"字，在母亲那年代，有名以外，还要有"字"，她的字就是把"恕"拆开的"心如"。在我的记忆里，我用"心如"为笔名，只发表过两篇小说，这是其中之一。我一九四九年迁台时，只有十一岁。早期写的小说，都有从大陆迁往台湾的背景。这篇小说也是。

　　谢谢牧人、曾波、许德成两岸合作，帮我找回这篇我早已遗失的小说。

小屋

　　她第一次看到那幢小屋，还在她是个小女孩的时候，十岁，或者十一岁。一天，只是在那些乡间的小径上无目的逛着，一面收集着大把大把的芦苇和蒲公英。然后，她忽然发现了那栋小屋。

　　掩映在一片竹林之中，那空旷的小屋有着绿瓦红墙，和长满青苔的石阶。菱形的窗子上，嵌着彩色的玻璃。厚重而结实的木门前，已爬满了藤蔓。门前门后的荒烟蔓草中，杂乱地开着一些黄色和紫色的小野花。在竹林的入口处，歪歪地竖着一块雨渍斑驳的木牌，上面的字迹已只能隐约可辨，写着：

　　吉屋廉售

　　在"吉屋廉售"四个字下面，还有小字写着接洽的地址。她望着这小屋，忽然萌生出一种强烈的、难解的感情来，她认为生平没有看过比这小屋更美的东西。绕着这屋子，前前后后，她不住地兜着圈子，打量它、欣赏它、研究它，自己对自己说："如果有一天，我有了钱，我要买下这栋小屋来，让它成为我的堡垒。"

于是，坐在那门前的台阶上，沐浴在初春的阳光中，她开始做梦了。她的小屋、她的小巢！她要把小屋四周栽满了玫瑰，她要让紫藤花一直爬上屋顶，她要听阶下虫声，她要听窗前竹籁……呵，她的小屋！

她经常去那小屋了，在荒草中散步，在竹林中做梦，在小台阶上长长久久地静坐沉思。她也曾把父亲拉到这小屋前来，祈求地说：

"爸爸，你买下这栋小屋好吗？"

父亲瞪视着那小屋，咆哮地喊：

"什么？什么？你特地拉我来看这样一栋破房子？你是发了疯了！你这个古古怪怪的疯丫头！哈！一栋破房子！哈！"

她是那样严重地受了伤害，她不再对父亲提起这栋小屋！她的堡垒，她的世界，她那小小的天堂！这不是一栋破房子，这是一个五彩缤纷的梦的乐园，她不再对父亲提起。但是，这儿却成为她经常逗留的所在。她高兴时，她跑来对着小屋欢腾雀跃，她悲伤时，她在小屋前倾吐衷怀。就这样，春去秋来，日升日落，许许多多年过去了。她深深庆幸的，是那"吉屋廉售"的木牌始终没有除去。她等待着，期盼着，喃喃地自语着：

"等我长大了！等我有了钱，我要买下这栋小屋！"于是，在这样的等待中，时间的轮子在不停不断地滚动，也无情地辗过了这栋小屋。那绿瓦红墙，都被荒烟蔓草所遮盖，那彩色玻璃，早在风吹雨打中碎成片片，那木门龟裂，那门框倾圮，那长满青苔的台阶，已成为蜥蜴筑巢的所在。但是，这小屋在她眼中，却依然完美、依然绚丽。

然后，她遇见了他——那个主宰了她后半生的大男孩子。

他年轻，他热情，他像一团烧着了的火，那样燃烧着、燃烧着、燃烧着，烧得她头晕目眩，烧得她神志恍惚。他贫穷，他孤苦，他却有用不完的精力和做不完的梦！当她第一次把他带到这栋小屋前面来，他站在那儿，严肃地、眩惑地、着迷地看着那小屋。半晌，才长长地透出一口气来，说：

"啊！这小屋！它美得像个卡通里的建筑！有朝一日，我们要买下它来，让我们在这儿，奠定下生生世世爱情的基础！这是个筑梦之乡啊！"

没有嘲笑，没有挖苦，没有轻蔑，他爱它，和她一样！她是怎样感动怎样痴迷啊！握紧了他的手，他们并肩站在竹林里，看夕阳染红那屋瓦，那藤蔓，那门窗不全的小红墙……他们伫立着，为他们的未来，为他们的梦，为那些"生生世世"而祈祷，而许愿。

于是，小屋前的人影，由一个而变成了两个。他们常躺在竹林中，枕着荒草看夕阳，或枕着青苔数星星。他们收集过树枝上的露珠，也收集过原野上的暮色。"我们的小屋………"成为了他们之间的口头语，每当一个提起，另一个必然报以会心的微笑。

就这样，又是多少年过去了，他们终于结为了夫妇。刚结婚，他们面临的是一连串生活的困扰与挣扎。他们贫穷、清苦、艰难，但是，"购买小屋"的愿望却一直没有放弃，他总是说：

"等我有钱的时候……"

“要把小屋买下来！”她会立即接口，然后，两个人会长长久久地相视而笑。

“我要修理那扇门……”他说。

“还有那窗子！”

“仍然用彩色玻璃……”

“仍然用木材的原色，不加油漆……”

“屋子前可以加一排矮篱……”

“沿着矮篱种一排玫瑰花！”

啊！他们的小屋！那盛满了他们的梦与爱情的小屋！

接着，他的事业忽然忙碌了起来，有好多年的时间，他卷入了事业的洪流中，挣扎、奋斗、努力，在芸芸众生中要崭露头角，在茫茫人海中要争一席之地。忙碌使他不再有时间做梦，不再有时间去关怀那栋小屋。她是个贤惠的妻子，很快就成为他最好的帮手，她帮助他，周旋于上流社会中。他们的社会地位越爬越高，事业越来越成功。于是，有一天，他们发现他们不再贫穷了。

“我们需要买一栋房子。”他说，没有提起那栋小屋。他忘了吗？

“是的。”她回答，也没有提起那栋小屋。也忘了吗？

“你要怎样的房子？”他问。

“你呢？”她反问。

“豪华、实用，而比较现代化的。我们要有一栋考究的住宅来招待朋友。”

他们迁入了新居中，一栋精致、华丽，而考究的花园洋房，有一切最现代化的设备。这住宅立即发挥了它最高的效能，家中经常座无虚席，高朋满座。他们周旋于宾客群中，谈笑风生。他是个成功的企业家，她是个能干的贵妇人。

他有了汽车，有了仆人，有了用不完的金钱。她有了珠宝，有了礼服，也有了打发不完的酬酢。他们见面的机会越来越少，他有他的工作，有他的享受。她也有她的。于是，有一天晚上，当他们难得地相聚在那华丽的大客厅中时，他们所谈论的，竟是一般走上了成功之路的夫妇所最容易谈论的问题：离婚。

他们得到了协议，分配了财产。人生有聚必有散，他们也将劳燕分飞。那最后的一个晚上，她却强烈地思念起那栋小屋来。啊，那竹林掩映的绿瓦红墙，那筑梦的所在！她哭了，哭得伤心，哭得悲痛，在这一刹那间，她才了解她已失去了那么多的东西，那些梦，那些欢乐，和那栋小屋！

夜深时候，她驾着车子，独自回到那栋小屋前，她要再看一看那栋小屋，看看它已倒塌成怎样的形状。停了车，她走下来，触目所及，是那块"吉屋廉售"的牌子已不翼而飞。且喜的是小屋依然，只是草更深，竹林更密，藤蔓已爬上了屋顶，青苔已掩上了红墙。她悄然伫立，奇异的是：它依然美丽！

泪滑下她的面颊，她又哭了。忽然间，她听到了一声低叹，她回过头来，赫然发现，站在自己面前的，竟然是他。

他们有好一会儿只是呆呆地彼此注视着。然后，她含着泪，可怜兮兮地说：

"我找不到那吉屋廉售的牌子了，他们把它卖掉了。"

"是的，"他说，深深地望着她，"是我买下的，在一小时以前。"

她望着他，张大了眼睛，半晌都说不出话来。然后，他张开了手臂，她轻喊了一声，就纵身投入了他的怀里，他抱紧了她，那样紧，那样亲密，他的声音在她耳边轻轻地响着：

　　"我必须买下它来，才能奠定下那生生世世的爱情基础啊！"

　　她抱紧他，在他怀中哭泣，那样喜悦地哭泣。月光爬上了小屋的屋脊，美丽如梦。啊，他们的小屋！

写于一九七〇年一月

二〇一八年九月修正

幸运符号——圆

这个时代，人离开了手机，大概就不能活。它已经变成生活的一部分，手里没握到手机，会失去安全感。这天早晨上班前，他和往常一样，先把前夜关机的电话解开，手机上端，显出一堆提示，简讯、微信、微博、错过的电话、新的更新程式……他心不在焉地滑动手指，却惊奇地看到手机上出现一行字：

> 白羊，今天你的幸运符号是圆，只要圆的东西都不要错过，可能会带给你意外的惊喜！

这是什么东西？正想看看是谁的简讯，一不小心，就把这行简讯给删除了！星座？圆？完全没有概念。是谁在跟他开玩笑？还是发错了人，或者是某个星座专家的广告……这时代，广告无所不在。星座、算命、紫微斗数、风水和任何宗教，对他这个三十六岁的科技人来说，都是白搭！他什么都不相信！虽然很巧的，他是白羊座！出门前，已经结婚八年的妻子小林还穿着睡袍，疏离地看着他，用一种像是命令又像是习惯的语气，说了每天都会说的一句话："下班早点回来！"

汽车在停车场熄了火，他心事重重地往办公大楼的电梯走去。心里想着，这种生活实在太单调了！最近，深深困扰着他的问题是，他该怎么向小林提出离婚的请求？八年的婚姻，早就磨光了当年的热情和浪漫，剩下的只是制式的生活，没有热情，没有波澜，没有刺激，没有新鲜感！幸好也没孩子！连做那件事，都是规律的，机械的。他觉得自己快被这种生活压垮了！

他看过一篇文章，说这种感觉是"中年危机"！总之，他真想改变，工作是乏味的，婚姻也是乏味的，他快窒息了！改变，是不是该从婚姻里跳出来重新开始？

心里想着事，他走向停车场通电梯的门。忽然，一个坐着电动轮椅的老先生熟练地操纵着轮椅，飞快地抢先进了门，轮子差点辗过他的脚。他一惊，急忙退了退，让老先生进门。老先生进门后，瞪了他一眼，不满地说了句：

"年轻人，这是残障人士专用的门！你该走左边！"

是吗？居然走错了门，他慌忙退开，看着那老先生冲进刚好下来的电梯，抛下他直接上去了。他愣了愣，一个念头在他心里闪过：轮椅！轮子，圆！难道这是什么暗示？幸运符号？算了，轮椅怎么可能带来幸运？他下意识看看自己的手脚，想到"残障人士"，忽然对自己好手好脚，还在怨怼生命，有了几分犯罪感。

走进办公厅，和那些"熟悉的陌生人"——同事，点头打招呼，然后走进自己那有着小小隔间的"设计科——科长办公厅"。

一进门，就看到了墙上挂着的一张复制画，也不知道是哪个画家画的，落日下的稻田，有圆滚滚的稻草卷。这张画挂了好几年了吧？他从来没有注意，落日，圆！稻草堆，圆！一张很美的画，只是挂在那儿多年，他已经视而不见了！这时，不禁多看了两眼。真的，圆！

秘书送来了咖啡，他端着杯子发呆。看着那杯子口，圆！他坐进椅子，发现坐垫也是圆形的。他摇摇头，什么跟什么？自己怎么会被一条莫名其妙的简讯影响？打开电脑，庆幸电脑荧幕是方形的，不会让他胡思乱想。找出工作档案，他埋头在那些档案中，终于忘记了"圆"。直到房门忽然被推开，同事小胡向他丢来一样东西，他反射般伸手一接，是一个高尔夫球！小胡笑着问：

"下班后要不要一起去练习场练高尔夫？"

他握着球发呆。圆！没有比球更圆的东西了吧！高尔夫？没兴趣，今晚有重要的事要办！要和小林摊牌，不能再耽误了！

接下来，是疑神疑鬼的一天，他好像跟"圆"结了不解之缘。新电脑游戏设计图，好多的圆！糖果，圆！消消看，圆！钻石星空，圆！中餐吃了鱼丸和包子，圆！一杯珍珠奶茶里都是小珍珠，圆！抬头就看到餐厅的钟，圆形的！然后，他发现了一件事，他根本整天都被"圆"包围着！

手机里无数圆形符号，常用的表情符号是笑脸的圆，哭脸的圆，抓狂的圆！他下意识地拿起一支铅笔，开始在一张白纸上画圆，无数的圆！画着画着，忽然醒悟到，圆是一笔画出来的！不像其他任何的形状，三角形、方形、菱形……都无法一笔画出来。所以，圆是最简单的图形！

午后，他已经把各种"圆"归类。什么幸运符号？圆就是生活中的一部分！你逃不掉的一部分！太阳是圆的，月亮是圆的，那些闪亮的星星都是圆的，连你居住的地球也是圆的！然后，坐在办公椅中，他开始跌进了某种冥想，回忆着生命里许多的"圆"。第一次玩肥皂泡泡是什么时候？第一次打棒球、第一次拿气球、第一次吃冰淇淋球……都是什么时候？想到吃的，烧饼、煎饼、月饼、太阳饼都浮到眼前，更别提那些水果，苹果、樱桃、橘子、葡萄、蓝莓……都是数不胜数的圆。

　　接着，一张年轻的、美丽的脸孔跳进他的回忆里。圆圆的大眼睛，圆圆的脸庞，唇边一个圆圆的小酒窝……

　　"嗨！"年轻女孩眼中闪着光彩，"学长，那篇《生命的弧度》是你写的吗？我喜欢！"

　　生命的弧度，是圆吗？那个年轻女孩……他的心猛然被触动了！小林！那个崇拜我的你到哪儿去了？什么时候，你变了样？逐渐消失了？

　　不行！今晚一定要开口。没有外遇，没有第三者，逃开这种"千古孤寂"的办法，就是改变生活！改变生活就是从结束婚姻开始，热情不再的婚姻像是一潭死水，他要逃！他像即将爆发的火山，火焰急于冲出火山口！火山口，他觉得喉咙里有点苦涩和干燥，火山口也是圆的！这就是那个暗示吗？火山口，圆！摊牌！摊牌之后，才是幸运的开始！

　　下班回家时，心里已经千回百转，打了很多开口的腹稿。想想这个二十就跟自己相恋的女子，已经在他生活里存在了十四年！希望好聚好散，这样想着，他在路上停车，买了一个小蛋糕，可以在很好的环境下开口吧！烛光晚餐，静静地开口，干脆简洁："我们离婚吧！"

走进熟悉的家门，拎着那个蛋糕盒，他茫然地想着，怎么？蛋糕也是圆的？听到钥匙开门的声音，小林迎了过来，看到蛋糕，惊愕的脸孔上，是圆圆的，惊愕的眼珠。她张着嘴，好像有点猝不及防。

"哦！我以为你忘了！你居然记得！"

记得什么？他惊诧着，接着，蓦然想起，今天是他们结婚八年的纪念日！不会吧？不可能吧？太巧合了吧？在纪念日提离婚，会不会太寡情了？

蛋糕放在桌上，简单的晚餐陈列着，圆形的餐桌上，杯杯盘盘都是圆！在这些圆的包围下，两人有点尴尬地对坐着。你看着我，我看着你。然后，小林鼓足勇气地说话了：

"我知道不该在今晚开口的，尤其你带了蛋糕回来！但是我想了太久，不想再浪费生命了，我要说的是……我们离婚吧！"

他几乎惊跳起来，听到自己反射般的声音：

"什么？离婚？你出轨了？有了男朋友？"

"没有！完全不是你想的那样！只是你变了，那个热情的你，早已不见了！我们之间，已经没有爱，只有义务和责任，生活像一潭死水，我讨厌这样的日子，我要结束它，给自己一个重新开始的机会，要不然太辜负生命了！"

他瞪着她，这些话是他想说的，她居然抢先说了！该死！她竟然在今晚开口！今晚是他们结婚纪念日，而且他买了蛋糕！见鬼！今天他接到暗示，幸运符号是圆！是啊，她那闪着勇敢的光芒，充满了热力的眸子依旧是圆的，像十四年前一样！幸运符号在那时就敲过门了！她怎敢再用这样的眼光看他？混账！他心里咒骂着：今天是个特别的日子，他发现地球是圆的，月亮是圆的，生命是有弧度的，一笔可以画一个圆，很简单的！他心里乱七八糟，瞪着她，怎会这样？！她不安地抿着嘴角，露出唇边那个小酒窝——居然也是圆的！

接着发生的事，是他完全没有计划，也完全不在意料之中的！他扑上前去，捉住了她，用十几年前那种热情的唇，堵住了她的嘴。这一吻来得强烈而狂热，更胜当年两人那青涩的初吻。然后，他发现她居然反应着他，引起他全身的战栗。一切急速的变化，像是电影里的镜头，什么蛋糕，什么烛光晚餐，他都丢到九霄云外去了。他的吻沿着她的唇，滑向她的脖子，拉开她的上衣，滑向她小巧却挺立的蓓蕾……他开始撕开她的衣服，她也在做同样的动作，那份突然涌来的激情，把什么思想都赶走了，他抱起她的身子，大踏步冲进了卧室。把她抛在床上，再扑向了她。然后，就是一番有如狂风暴雨般的占有和给予。

好久没有这样激烈而满足的云雨之情。事后，他还紧紧抱着她的身子，不舍得放开。两人又情不自禁地吻着，好像陷进初恋的时代。

"记得吗？"吻完，他拥住她，在她耳边说，"刚认识你的时候，你胖嘟嘟的，还有婴儿肥，我都叫你圆仔，和动物园里后来那只小熊猫一样！"

她没说话，眼里闪耀着光彩。他看着这样的眼光，心脏怦然跳动，他又看到了当年那个"圆仔"！他在她眼中看到复苏的热情，那么闪亮的眼睛，那样圆圆的眸子，他觉得生理状况再度有了反应，他搂住她，正想再次温存的时候，手机煞风景地响了起来，他才发现手机掉在床前地上。带着不耐烦，他拾起手机来听，竟然是公司的女总裁，被称为"急惊风女杀手"的总裁！

"喂！"总裁嚷着，"一早就发给大家星座的概念，全体工程师都有作品拿出来，为什么你到现在，一点成绩都没有？"

"啊？"他大惊失色，"原来那个圆，是总裁的'概念'？我以为……"

"以为什么？明天早上来开会！"总裁干脆地挂断了电话。

他有点怔忡，知道明天这个会，说不定会给这"女杀手"杀了！可是，他会补上报告，他有一堆"概念"呢！原来，一幅美丽的画，看久了就会视而不见！原来，你不是残障，却从来不知道好手好脚的珍贵！原来，圆充满在你的生活里，你却会一再忽视它！他正想着，忽然感到她用温暖的胳臂，圈住了他的身子，圆！他无法思想了，反身再度拥住了她，这番，不像上次那样狂风暴雨，而是细细腻腻，徐徐缓缓，引出流水潺潺。

一年以后，他们的儿子出生了！小名"圆满"。至于公司那个有关星座的游戏，并没有开发出来，因为，第二天开会的时候，女总裁宣布，星座已经过时，放弃了！年轻人现在最爱的是"喵星人"！他很快交出了他的设计图，喵星人有圆圆的脑袋，圆圆的大眼睛，圆圆的眸子，圆圆的身子……萌到翻天！当"圆满"满月时，他们公司的"圆圆喵"已经在手机游戏里异军突起，冲进热销榜的前三名里了！

生命是有弧度的，圆，是最好的形状！一笔就可以画出来，由始到终，有始有终，中间没有任何缺口！

二〇一三年十月二十八日写于台北可园

二〇一八年十月八日重写于台北可园

拒婚记

天空是一片纯净的蓝色，几朵浮云在远处的山巅上缓缓地移动着。我独自坐在溪边的大树底下，靠在树干上，双手抱住膝，嘴里衔着一根新鲜的稻草，头上歪戴着一顶大草帽，在那儿优哉游哉地看着小说。那年我正是二十岁，带着一腔少年的盛气和天生的倔强，反对着家里为我所做的一切事情。

"心怡！快去，妈在到处找你呢！志从香港来了！"

茵姊沿着河岸对我跑了过来，气急败坏地向我喊着，我却漠不关心地翻了一页书，抬头看了她一眼，毫不在意地说："他来与我有什么关系？"

"哎！心怡，你总得去呀！无论如何，他现在是你名正言顺的未婚夫，你不能躲起来不见他呀！"

"名正言顺？去他的名正言顺！在这二十一世纪，要强迫我和一个从未谋面的男人结婚，这叫名正言顺？"

"心怡，你不能这么说，妈也是为了你好，何况这是爸的遗志，你和他不是从小在一块儿玩吗？怎么说是从未谋面？虽然你俩在小时候就分开了，但我相信你现在看见他还是会喜欢他的！"

"你真这么相信吗？"

"当然！"

"他很可爱吗？"

"你看到就会知道，又英俊，又漂亮，高，而且帅！"

"嗯，高富帅！"我哼哼着，"那你去嫁给他好了，何必拖我……"

"心怡！你这算什么话？"

我知道我已经伤了茵姊的心，对于一个寡居数年而不肯改嫁的姊姊说这种话，未免太不应该了，何况她向来都如此爱我！于是我烦恼地望着书本，不敢去看她那对责备而愠怒的眼睛。但，片刻之后，她却温柔地说：

"心怡！别再固执，去吧！要不然会让妈难堪！"

我从草地上跳起来，狠狠地把书往地上一摔，大声喊：

"好！我去，我去！"

"别生气，先去换一身干净衣服，梳梳头，给他一个好印象！"

"他又不是皇帝，我还得为他打扮？"

我气呼呼地任性把草帽丢在地下，让满头乱七八糟的头发落在肩上，也不理那带着泥土的衣服，像赛跑似的往家中跑，一冲进客厅，立即大喊：

"妈！那家伙在哪里？"

"对不起，那家伙就在此地！"

一声低沉而有力的声音在我身边响了起来，我抬起头来，看见一个高大的青年，他出乎我意料地漂亮，两眼闪烁而有神。我狠狠地打量了他一番，然后高高地挑起眉梢，冷冷地问："你就是康志？"

"不错，就是在下！"他答，一面也安静地打量着我。这时，妈紧张地跑了过来，生怕我第一次见面就把这位佳宾给得罪了。我却不顾一切地说：

"好吧！你现在来干什么呢？"

"你问得很好，可是，连我自己都无法回答。别人告诉我你是我的未婚妻，我想我该作礼貌的拜访，也欣赏一下你的容颜和才华！"

"那么，你认为我美得像天仙吗？"我存心要给他一个最坏的印象，好让他自动提出退婚。

"你吗？我想并不！但已超过了我的理想！"

我从鼻子里做出一个很不文雅的怪声音，以表示我对他不满，妈给了我愤怒的一瞥，我也置之不理。

"好，我也没办法，你既然是我的未婚夫，我也只好做你的未婚妻了！现在，我该以什么态度来对待你呢？"

"只要你高兴，你可以以任何态度对我！"

我又从鼻子里冒出一个怪声音来，一面对跑进屋子里的茵姊做了个鬼脸。一回头，却发现志正斜靠在桌子上，双手插在口袋里，嘴角带着个调侃的、嘲弄的微笑，对我很有兴趣地注视着。

"真是活见鬼！"我在肚子里面诅咒着。于是，第一次的见面就在这种惰形下结束了。他被留在我们家小住一段时间，我恨得咬牙切齿，但又无可奈何。

第二天一清早，我和平常一样到小溪边去看小说。忽然，一个高大的人影投在地上，我抬头一看，他正站在我的面前。我没好气地说：

　　"你来干什么？"

　　"找寻一些儿时的回忆！"

　　"对不起！我很不喜欢别人来打扰我清静的早晨！"

　　"心怡！我想这样称呼你比较好些。你不用对我做出那个怪样子来，我今天早上来找你，实在是想和你谈一件事。"说着，他在我身边的草地上坐了下来，继续说，"你知道，我和你的婚约是很不正常的，我从小没有母亲，父亲远去他方。我在你家住了十年，之后虽被父亲带走，对你一家的恩情却从来没有忘记。你父亲临终时指定了要我做你的丈夫，为了他对我的恩情，我对他的遗言，不忍违逆。可是说真的，我并不爱你，非但如此，我还另有爱人。我知道如果我提出退婚，对你是很难堪的，但是我爱她，也不能离开她！"

　　我诧异地瞪大了眼睛，他从衣袋里找出一张照片给我，照片中是个美丽绝伦的少女，照片背面写着：

　　　　给我最爱的哥

　　　　　玲赠

　　突然间，一股莫名的怒火燃遍了我的全身。

　　"既然你爱她，为什么还要和我订婚？"

　　"那是由父亲做主的，我只是牺牲品！"

"哼!"我心里酸溜溜的不是滋味,"那你昨天为什么不告诉我?"

"当着你母亲,我怎么能说呀!不过,心怡,我并不要你立即和我解除婚约,你可以好好地考虑一下,假如你不肯,我也无可奈何。在别人面前,我们最好还是装得亲密一点,等你同意了,我们再去通知他们好吗?好,现在我不打扰你清静的早晨了,再见!"

望着他的背影,我浑身充满了怒气,不禁恨恨地自言自语:

"你要订婚就订婚,你要退婚就退婚,怎么想得那么好?"

这一天里,我和他很少有机会谈话,许多亲戚朋友知道他来了,全到我们家中来拜访。晚上,家里又大宴宾客,我和他俨然一对小夫妻,朋友们个个对我们赞不绝口,几个和我年龄相仿的女孩子,更不时对我射来无数羡慕的眼光。

志对亲友们应付得很好,谈笑风生的。态度从容而高贵,使人人都喜欢他。或者,为了不让别人知道我们之间的不愉快,他不时殷勤地招呼着我,他那善于表达的眼睛,更时时对我做深情而恒久的注视。可是,我心中却明白,他那深情的眼光虽然向着我,他的心底却在想念着他的玲。

一个忙碌的星期过去了。一天,我又独自在河边散步,忽然童心大发,把鞋袜都脱了下来,跑到水中间去踩水玩,湍急的流水从我两腿之间冲下去,使人感到无限的凉爽和舒适。

"嗨!好一个书香人家的大家闺秀!"

一个调侃的声音在我附近响了起来,我抬起头,简直是阴魂不散!志正靠在树上对我咧着嘴笑呢!

再一看我自己，裙子提得高高的，光着两条腿，敞着衣领，披散着头发，一副野丫头相。我不禁羞红了脸，一放手，裙子接触到水面，一圈都打湿了！

"快上来，你的裙子湿了！"志对我喊着。

"你下十八层地狱去吧！全是你！"我咒骂着，一面提了裙子走上来。

"别冒火，心怡，让我帮你把头发整理一下，你的三婶在客厅里等你呢！"

"哦，老天！"

我望着自己这副狼狈相，不禁懊恼万分，志从草地上拾起我扎头发的发带，帮我拢着头发，一面在我耳边低低地、深情地说：

"你知道，刚才你站在水中的样子真美到极点，只有在这种时候，我才能看到真正的你！这几天，你被打扮得像个洋娃娃似的坐在客厅里，看起来才真别扭呢！"

这几句话可说到我的心坎里去了，我抬头注视着他，他丝毫没有开玩笑或嘲弄的样子，而是一脸的诚恳和真挚，他的手从我头发上滑下来，扣上了我衣领上的扣子，笑了笑说：

"穿上鞋子吧，他们在等你呢！"

猛然，一个思想从我脑中掠过：他是我名正言顺的未婚夫，不是吗？去他的玲！让她滚得远远的！

离志回香港的日子没有多久了，我感到自己每天都是失魂落魄，好像胸口压着几千斤的重担，那该死的玲！一天晚上，乘志不在屋里，我溜进他的房间里，在他的上衣口袋里找出了那张玲的照片，我对着镜子和那个照片上的人物比较看，是的，她比我美，一股幽娴贞静的样子，弯弯的眉毛，大大的眼睛，我恨她！抓起了桌子上的一把剪刀，我把它横一刀竖一刀地剪成了好几段，忽然间，我的手腕被人抓住了。

"你在干什么？"

志望着我和那照片的残骸，眼睛中闪耀着一种奇异的火焰。我像是一个偷糖吃而被发现了的孩子，变得恼羞成怒了。

"你！你这个混蛋，放开我！你既然不爱我，为什么还要逗留在这里？你一点都不管别人的感情，以为别人全是木头任你摆布吗？"

"你怎么知道我不管别人的感情？"他盯住我的眼睛问。

"你管了？你让我受苦，让我……"猛然，我停了下来，这好像是在自己招认爱他了。于是，我想跑出去，但他紧紧地拉住了我，说：

"心怡，听我几句话，你有一点爱我了吗？"

我茫然地望着他，泪水模糊了我的视线，他抚摸着我的头发说：

"你知道玲是谁吗？她是我异母的妹妹！我并没有这样一个爱人，你知道，我来台见你的时候是非常勉强的。但是，当你蓬着头从屋外冲进来的那一刹那，我立即爱上了你。你那火辣辣的脾气，无拘无束的个性，使我马上下定决心要得到你。可是，你并不爱我，嫉妒是我能够请到的最好的助手，如果没有玲的话，你恐怕早已把我赶出去了，你知道吗？这一切都是我的诡计，我爱你！心怡！"

我瞪大了眼睛，半天后才用全力喊出一句：

"你这个刁钻、滑头、阴险的坏蛋！你……"

立刻，我被拥进一双结实的胳臂里，我的嘴唇被他的嘴唇迅速地封住了。我还有很多的骂人话，全部咽进了肚子里。我浑身无力，只能被动地，却热烈地反应着他那个把我融化的吻。

三个月后，我们结了婚，当婚礼完成后，志在我的耳边悄悄说：

"你知道吗？心怡，你现在是我名正言顺的妻子了！"

在另一个角落，茵姊在对我调侃地微笑着。

初稿写作时期不详

二〇一八年十月十五日修正

一封旧信

晚上，小琴和小勇都睡了，孩子的吵闹声一静止，房里就显得出奇地安静和寂寥，志远在书桌前坐了下来，拿出稿纸和笔，想趁这宁静的晚上来写篇小说。可是，不知为了什么，他觉得无法定下心来写东西，四周是太安静了，安静得使他烦恼。奇怪，平常的夜晚也很安静，他倒没有感到不安，为什么今晚就这么烦乱呢？

起身煮了壶咖啡，他倒了一杯，放了颗方糖，把咖啡杯放在书桌上。他用小匙搅动着咖啡，再度坐进书桌前的椅子里，把头靠在椅背上，看着咖啡的热气上升，想要给那篇小说打个腹稿。但，他忽然想起文馨常常笑他的话：

"要写小说拿起笔就写吧，瞧你，先要歪头晃脑地待上半小时，再喝两杯咖啡，起身走来走去，上一次厕所，小说还一个字没写呢！"

一想起文馨的话，他就不由自主地微笑了起来，文馨说这话倒并无恶意，他们之间向来是喜欢互相嘲笑一番的，这种打情骂俏不会损伤彼此间的感情，只能增进夫妻间的乐趣。他喜爱文馨，也因为她有一份幽默感，不像有些女人只会谈别人家的八卦，或是女星的服饰。

他微笑地回过头去，似乎是想找寻文馨，等到发现屋里并没有文馨时，这才想起她到台南娘家去了。志远并不反对文馨回娘家去玩上一星期，只是，每年文馨一回娘家，他就像一只失去主人的羊一般，总是失魂落魄的，什么事都做不下去。所以，对于文馨一年一次的回娘家，他总有一种无可奈何的情绪。

他还记得自己和文馨的认识，那时他刚从台大毕业没有多久，喜欢写写小说，对交女朋友却没什么兴趣。在一个偶然的场合里，他在台南认识了魏子城。子城是略带一点忧郁气息的中年人，别人告诉志远，子城有一个美到极点的妹妹，并且夸张地说她简直是人间找不出的美女，这倒引起了志远的兴趣。恰好那天是魏子城太太的生日，他就和那位夸奖子城妹妹的朋友小丁，一起登门祝寿，表面上是给魏太太拜寿，实际上当然是想见见魏小姐。

当他和小丁到了魏家门口，小丁一面伸手按门铃，一面望着他说：

"我保管你一见她就会堕入情网！"

"真的吗？打赌怎么样？我决不那么轻易地堕入情网！"志远不服地说。

"好！赌十场电影！"

志远听到一阵细碎的脚步声跑到门口来开门，一打开门，志远立即愣住了，心想，这次的赌是输定了！他一直以为魏子城的妹妹会是个浓妆艳抹的都市女孩子，他生平就最讨厌这种女孩。可是，出现在他面前的这位少女，竟如此地不染铅华，而有一份高贵典雅的气质，她随意地披着长长的头发，穿着一件白色的洋装，大而明澈的眼睛望着他们，微微含笑地说：

"请进！"

他跟着小丁走进大门，心里晕陶陶的，就在这一瞥之下，他觉得自己已经被那对晶莹的眼睛所捉住了。忽然，他听到小丁在和她打招呼：

"江小姐，魏先生和魏太太在家吗？"

"都在家！而且……"她回过头来，含笑地扫了他们一眼，"魏小姐也在！"

什么？难道她不是魏小姐吗？志远疑惑地望着小丁，小丁在他耳边悄悄说：

"这是魏小姐的同学江文馨，魏小姐在里面！"

这是他第一次见到文馨，诚如小丁所说，他一见到就堕入了情网，只是，不是对魏小姐，而是对文馨。正像他所想的，魏小姐确实很美，尤其身材火辣，她显然知道自己的优点，一袭低胸紧身的洋装令人垂涎欲滴。娇媚的声调和谈吐，故意谈着一些外国的诗人和音乐家，以表现她的不俗。志远并不讨厌她，但是，对她一点感觉都没有。无论如何，那天大家都很愉快，文馨不大爱说话，喜欢默默地望着别人沉思，那股若有所思的神情更使他销魂。魏太太是个不太重要的角色，但她表现的态度很好，显然她热爱着她的丈夫，也热爱着所有的朋友，是个标准的、善良的女人。魏子城和善地招呼着客人，只是，总带着他那股忧郁气息。

那天晚上，当他请求送文馨回家的时候，文馨似乎有点诧异，魏子城也有点诧异，大概他认为到他们家的青年都应该是他妹妹的追求者吧！但，不管怎样，他追求文馨的经过非常顺利，每次他请文馨出去玩，几乎从不会被她拒绝，一直到他对她提出求婚，她才犹豫了起来。她要他给她时间考虑，这一段考虑的时间一直延长了两个月。

那是他生命中最紧张的一段时间，他好像在等待着他的生死判决，每一天，他都失魂落魄，生怕被拒绝。但，最后，她答应了，他的快乐是无法言喻的，他们在台南结了婚，后来因为他的工作调到台北，他们又举家迁到台北。

六年了！不是吗？小琴都已五岁，小勇也四岁了！婚后，他们一直是那么快乐，他常常觉得自己是世界上最幸福的人，能够爱人而又被人爱。世界上还有比这个更幸福、更愉快的事吗？

夜已经深了，志远惊觉地望望桌上，空白的稿纸依然铺在那儿，没有一个字迹，桌上的咖啡杯，已经续了两次，他想起文馨的话，不禁又哑然失笑了。他记起他和文馨恋爱时，曾给她照过许多相，都由文馨收着。忽然，他想再看看那些照片，反正小说已经写不下去了，何不再来重温一下旧日的甜蜜？

翻出了文馨收集照片和信札的小箱子，他尝试打开，箱子是锁着的，他用身边那串钥匙试了一下，没办法！都开不开。他转身去开文馨梳妆台的抽屉，终于找出一枚压在很多杂物下的钥匙，他拿来一试，居然打开了！这箱子是他从来没有看过的，现在他很想看看文馨到底收集了些什么东西。他找着了那一沓相片，每一张的后面，文馨都写着拍摄的日期地点，他对一张文馨婚后的照片注视了很久，这是他们在台南结婚后不久拍的，照片后面，他发现文馨用娟秀的字迹写着：

> 旧时天气旧时衣，
> 唯有情怀不似旧家时！

为什么她要写这两句话？他觉得不解，难道文馨怀念婚前的日子吗？忽然，他的眼光被一些信件所吸引，那是清一色的米黄色信封，被蓝色的丝带系成一束。他随手抽了一封，打开信纸，看了下去：

> 馨：
>
> 我该怎么说呢？我有资格请求你不要嫁给志远吗？最近，我的心情紊乱到极点，好几次，我想和她谈离婚，可是，你是了解我的，不是吗？我但愿她是个残暴泼辣的女人，我就可以摆脱她了。但她那么善良、温柔，倚赖着我就像一只狗倚赖着它的主人，啊，馨，我该怎么办呢？
>
> 我爱你，无论如何我不能失去你，馨，给我时间，我会有办法的。我不能忍受看着你去嫁给别人，何况你并不爱他！馨，你千万不能嫁给志远，我知道，为了解除我的矛盾和痛苦，也为了我的妻子，你已经准备牺牲自己去嫁给一个并不爱的人，但你这样做只能使我更痛苦……

志远呆住了，信很长，但他已了解了信中的意思，信尾的签名是简简单单的一个"城"字。一刹那间，他明白了一切。六年以来，他爱着他的妻子，并且以为他的妻子也爱着他。可是，事实上，她并不爱他，她爱的是魏子城，嫁给他只是为了解决另外一个三角关系。他不知道，在他和文馨的婚姻里，到底谁是牺牲者？是他还是文馨？

地球好像翻了一个身，世界完全大变了，他绝望地把头埋在掌心里，怪不得文馨婚前要考虑那么久，怪不得她每年都要回一次台南，怪不得她要在照片后面写那些字！原来她并不爱他！他想立即追到台南，但，当他看到小琴和小勇时，他忍住了，决定等文馨回来再解决。

漫长的两天后，文馨终于回来了，一阵迎接的浪潮过去之后，孩子们睡了，夜晚又来临了。他和文馨坐在沙发里，四周静悄悄的，他望着文馨，依然那么清幽，那么素净，那么飘然若仙！他觉得紧张而痛苦，文馨有点不安地望着他，终于，他开口了：

"文馨，我要和你谈一件事！"

"等一下，志远！"文馨忽然咬着嘴唇说，脸上有一种果决的神情，"我也要告诉你一件事，这件事我早就该告诉你了！"她溜到他的脚下，坐在地板上，突然冲动地抱着他的腿，把下巴放在他的膝上，仰头看着他，急促地，激动地，一口气地说：

"志远，我曾经爱过一个人，嫁给你的时候我并不爱你，我爱的是他！但是，志远，我不知道该怎么说，时间一天天过去，我爱你一天比一天深，你的谈吐、行为、个性，都那么可爱，啊！志远，直到这次我回台南去，我才发现我是那么爱你，我竟迫不及待地想回来，我几乎每一小时都在想你，志远。我不能再隐瞒这件事，我要把一切经过情形告诉你，但是，我要你先了解，我爱你。"

志远什么话都说不出来，只紧紧地捧住她的头，望着那对美丽而坦白的眼睛，文馨又说：

"你要听吗？我要告诉你整个的事……"

"不！不要！文馨，那并不必须……"他也情不自禁地滑到地下，紧拥着她，心脏在狂跳着，感恩的感觉，把他整个吞噬了。他找到了她的唇，深深地吻住了她，感到她的身子，在他怀抱中轻微地战栗。他的唇滑向她的耳边，颤声说："我只要听你刚刚那三个字，'我爱你'，其他的事，都等于零！"

她的眼角，滑出了泪珠，嘴唇轻轻地震颤。他吻去她眼角的泪，又吻去另一边眼角的泪，再度吻住她的唇。这个吻，超越了他们的初吻，一种旋乾转坤的力量，让他们两人都陷进前所未有的激情里。这使他不能不把她从地上抱起来，抱进了卧室，温柔地把她放上床。

当一阵美好的云雨之情过去，当两人都满足而感动地并躺在床上，他的手臂还搂着她的上身。半晌，那份激情才稍退，文馨忽然想起什么，转头看着他，问：

"你在客厅里的时候，说要和我谈一件事，是什么事？"

"那……那都不重要了！"

他说，心里想着，等她睡熟了，要把那枚钥匙偷偷还回她的抽屉里。

"不重要了？"她狐疑着，好奇着，"是什么呢？"

"是……"他微笑地说，"我想出一个题材，可以写篇很温馨的小说！"

她笑了，不再追问，把头埋进他宽阔的胸膛上。六年以来，第一次这么慵懒，这么舒适，她想好好地睡一觉，眼睛蒙蒙眬眬地闭上，几乎立即进入了梦乡。

初稿时期不详

二〇一八年九月二十七日重写

生日礼物

今天，是一个特别的日子，一个非常重要的日子。

他走在街头，苦苦地思索，到底，今天是什么日子？好像，他曾经记了下来，他搜索着自己的口袋，衬衫口袋，上衣口袋，外套口袋……总算，在西装裤的口袋里，掏出了一张皱巴巴的纸条，打开一看，不禁糊涂起来。只见上面清清楚楚写着："十二月一日！"十二月一日？很熟悉的日子。是啊，他立刻想了起来，今天就是十二月一日嘛！那么，今天一定是个特别的日子，什么日子呢？他搜索着记忆，在熙来攘往的街上徘徊。走着走着，他脑袋里灵光乍现，是映月的生日！母亲总是对他说："不管多么粗心大意，别忘了你老婆的生日！"母亲在乎的是映月的生日，不在乎自己的生日！他也记不起来母亲的生日呢！那么，这纸条一定是母亲塞进他口袋里，为了提醒他的！谁让他如此健忘呢？

今天，是映月的生日。结婚数年来，他总算记住了一次她的生日。十二月一日！很容易记的日子，偏偏他每年都忘记！难怪她要瞪着他说：

"这么容易记的日子，你每次都忘记，可见得你心里根本没有我！"

这话是言重了。并不是他心里没有她，只是没那些日子，没那些琐事！他连自己的生日，连父母的生日，没有一个记得牢。但是这次，他记住了，今天，是她的生日！他必须要表示一点什么，要给她个惊喜。

蹒跚地漫步在街头上，浏览着那些五光十色的橱窗。走着走着，他觉得有点不对劲，好像有个人一直在跟踪他。他回头张望，看到一个四十几岁的陌生男子，身材高大魁梧，正在对他张望。看到他回头，居然对他一笑。怪事！他掉头不理，继续去看街边林立的商店。他模糊地想着，要买件礼物给映月，生日礼物！但是，她喜欢什么？应该买什么？奇怪，结婚也快三年了吧？夫妻情深，她伴着他度过了很多岁月，和他那样密切、那样亲爱地生活在一起，他竟不知道她喜欢些什么！是他疏忽她吗？不、不，只是他心中永远记不住这些琐事！

可是，生活不就是由琐事堆积起来的吗？他开始想，仔细地想，到底，她喜欢什么？想着想着，一度思想就飘远了。他走在街上，眼睛不由自主地看向天空，天空有点灰暗，看不到任何云彩。最近电视里播放着"霾害""空污"，现在的天空很少看到蓝色的。以前他很喜欢看天空，看云彩变幻，少年时期，可以坐在门前的老榕树下，对着天空看个不停。能做梦的时间真好！他微笑起来，忽然间，一辆摩托车呼啸着从他身边飞驰而过，吓了他一大跳，街上有积水，摩托车把积水溅得他一身都是。他还来不及跳开身子，后面那个陌生人一蹿向前，拉着他的手臂，就把他带到安全的人行道上。他惊愕地看着那个高个子，问：

"你是谁？干吗一直跟着我？"

"对不起！对不起！"那陌生人退后了，身子隐进人群里。

被这样一打岔，他走神了，看着那些橱窗，忘了刚刚要做什么。他努力收拾起漫游的心绪，今天，是个重要的日子，要做什么呢？他打开手里那张皱巴巴的纸条："十二月一日！"

他笑了，赶快买生日礼物去！映月才怀孕，正在害喜，吃什么都会吐。不能买吃的，应该给她买件孕妇装吧！他得意地笑了，走进一家百货公司，一楼是化妆品部和饰品部，那些闪亮的灯光，那些五花八门的化妆品，看得他眼花缭乱。有个专柜特别耀眼，他走上前去，看到许多女性的饰品，耳环、别针、手环、项链……在明亮的灯光下闪耀着。他站住了，不再去想那件孕妇装。映月喜欢这些小饰物，总是舍不得买！

他一眼看到一副半月形的耳环，很漂亮，还跟映月的名字相映成趣。记得，有次映月看中一副月亮形状的项链，在专柜前徘徊良久，还是舍不得买。他就豪气地对她说过：

"有一天，等我赚够了钱，只要有月亮的饰物，我都买下来给你！"

"神经病！"她笑着回答，"不能吃也不能用的东西，看看就好！"

可怜的映月，跟着他这穷光蛋，什么都是"看看就好"！现在，他有钱了，他买得起这些"看看就好"的东西了。他走向专柜前，对那专柜小姐，指指那副耳环。专柜小姐有点惊愕地看看他，问：

"先生，你确定要买这副耳环吗？"

"就是！"他坚定地说，"多少钱？"

"现在是周年庆，打七五折！"专柜小姐拿出那副耳环看标价牌，又计算了半天说，"一万两千五百元！还有赠品呢！买了吗？要不要我帮您包起来？"

"好的！包起来，包得漂亮一点，我要送人的！"

"先生，你是刷卡吗？"专柜小姐还是带点怀疑地看着他。

他知道这种眼光，以为他没钱？他从西装口袋里掏出了皮夹，一层层翻阅，专柜小姐伸过头来帮忙看，伸手就拿出一张卡片，如释重负地说：

"这张就好！先生等一下，这边签字，我马上帮您包好！"

真麻烦，买个东西还要签名！这时代不同了，签名就签名吧！他签了名，专柜小姐把手续办完，把卡片还给了他，他拿着卡片，对着皮夹发呆，里面还有张照片，他就抽出照片来看，一看，竟是张母亲的照片。刹那间，他脸孔有点发热，如果买礼物给映月，是不是也该买一件给母亲呢？于是，他又买了一个小青蛙造型的别针，母亲喜欢小动物。一定会喜欢。

总算买好了两件礼物，绕过柜台，他的眼睛一亮，忽然发现一个女帽的专柜，各种女帽，都戴在不同打扮的假人头顶上。其中一顶，立刻捉住了他的视线！那是一顶粉红色滚着深红缎带、镶着深红小绢花的女帽！如此娇艳，如此亮丽，如此高贵，如此青春！这不也是映月曾经"看看就好"的东西吗？

记忆中有那么一件事：

那年，不知怎的，忽然流行起戴帽子来了。各家的闺秀名媛，个个争奇斗艳地戴着顶小帽子。那时她刚刚跟他这个小职员订婚。别谈帽子，他几乎没有送过她任何东西（郊外采的野花不算）。映月从没表示过她想要一顶帽子，他更想不到帽子上去。有一天，他们去她表姊家做客，表姊长得不漂亮，生活却过得不错。他们的拜访赶上了一个好时候。表姊刚从外面购物回来，手里捧着一顶粉红色的小帽子！

　　站在镜子前面，表姊戴着那顶帽子，左顾右盼，神采奕奕的。看到了瑟缩在一边的映月，表姊伸手把她拉过来，把帽子扣到她头上，说：

　　"试给我看看，到底好不好看？"

　　映月戴上了帽子，深吸了口气，站在镜子前面。他从镜子里望着她：那发亮的眼睛，那明艳的双颊，那年轻而美好的肌肤，加上那顶娇媚而俏皮的小帽子，他从没有发现她是那么美，那么动人！那天，他送她回家的时候，她一路都很沉默，直到走到了家门口，她才抬起眼睛来，用温柔的眼神看着他，微笑地说：

　　"帽子只是奢侈品，遮不了风，挡不了雨，我不会喜欢一顶帽子！"

　　他看着她那眼神，当场发誓般地说：

　　"等我成功了，我会买各种帽子给你！"

　　她笑笑，什么都没说。后来呢？他成功了，他有钱了，但是，他把帽子这回事，早就忘得干干净净了！而现在，像时光倒流一般，他又看到和那年如此相似的帽子！他瞪视着那顶帽子，眼前浮起的是她戴着帽子时的那张脸。奇怪，这些年来很健忘，多少琐事都忘了，他却会记起这顶帽子的事来！现在，他有钱了，现在，他可以买顶帽子给她了！他的心跳加速了，呼吸不由自主地急促了起来，想想看，她看到这顶帽子时的表情！

于是，他又在专柜前面，买了这顶帽子。

当帽子放在考究的帽盒里，拿到他面前来的时候，他才吃了一惊。原来，这帽子加上帽盒，是如此庞大的"礼物"！他拎着帽盒，口袋里塞着月亮形和青蛙形饰物，终于走出了那家百货公司。

穿过大街，走过小巷，他吃力地迈着步子，今天实在已经走了不少的路，但他不觉得累，不觉得疲倦。他眼前一直揣摩着映月看到帽子时的表情，和戴着帽子时的样子！哦，这是件很好的生日礼物，不是吗？忽然，他又在街边停下了，一家西点店正冒出新出炉面包的香味，在那橱窗里，赫然有个生日蛋糕！

他低头看看手心里，那张已经被他捏得不成形的纸条，"十二月一日"依稀可辨！生日，怎能没有生日蛋糕？

半小时后，他左手拎着生日蛋糕的盒子，右手拎着帽子的盒子，口袋里揣着闪亮的饰物，有些狼狈地向家里走去。后面，那个陌生的高个子，不知打哪儿钻出来，拦住了他，带着一脸的笑意，说：

"我帮你拿蛋糕，你拿帽子就好！"

他急忙一退，警戒地看着那个男子。

"你一直在跟踪我吗？你是 FBI 吗？我又不是外星人，你跟踪我干什么？走开！我不需要你帮忙，你再跟踪我，我就报警！听到没有？"

"是是是！对不起！"陌生男子又退开了。

真是，今天怪事不少！他有些喘气，步履也有些滞重，汗珠从额上滴下来。他停在街边上，用一只手托着蛋糕盒，把帽子盒放在街边上，腾出一只手伸到口袋里去掏手帕。就在这时，一阵强风吹过来，地上的帽盒被刮到了街上，他慌忙追过去，嘴里嚷着：

"帽子，帽子！我的帽子！"

一辆计程车疾驰而来，正辗在那帽盒上，他扑过去要抢救，一声尖锐的紧急刹车声。他摔倒在马路的中央。生日蛋糕腾空飞去，跌碎在路面上。

行人围拢了过来。那高个子又飞窜过来，把他从地上扶了起来，发现他额头受了擦伤，就紧张地拨弄他的头发，再检查他的手脚，看有没有骨折什么的。路人们拍着胸脯，纷纷嚷嚷着：

"为什么拿那么多东西？"

"要小心车子呀！马路像虎口！"

"没送命算你命大！"

这些声音交织地在他耳边响着，他却完全没有注意，只是喊着：

"帽子，我的帽子！"

他指着那车轮下压扁了的帽盒。计程车倒退开去。高个子又赶紧飞奔过去，拾起那压扁的帽盒交给他，他紧紧地捧在胸前，哀伤地看着已经无救的生日蛋糕，扼腕地说：

"好不容易买了生日蛋糕，弄得乱七八糟了！"他想想，叹口长气，"帽子压扁可以修吧？蛋糕没了也算了！还好有月亮耳环！"

他摇了摇头，捧着压扁的帽盒，放弃了跌碎的蛋糕，跌跌冲冲地向前走去。行人们莫名其妙地散开了。只有那高个子亦步亦趋地跟着他，说：

"我帮你拿着帽子好不好？"

"不要管我！走开走开！"他对那陌生人喊着，挥舞着没拿东西的手。

眼见到了家门口，只见大门洞开，母亲在院子里，和几个仆人模样的人，在着急地吩咐着什么。忽然抬头看到他走进门，这才呼出一口气，惊喊着说：

"你又一个人跑出去？不是跟你说了吗？你现在身体不好，正在生病，没有方向感，出去会迷路，你就是要我担心，是不是？"然后，她看到他额上的伤痕了，又惊呼着说，"你怎么了？啊呀！你受伤？全身都是土！啊呀！你……你……你这是怎么了？"她的眼光在他身后搜索，一眼看到那个高个子，只见陌生人竟然跟着他进了院子，对母亲说：

"不要紧张，我一直跟着呢！他去逛百货公司了，差点被计程车撞到，我检查过了，只是额头擦破了皮，没有受伤！"

母亲赶紧拉着他的手腕，把他拉进了客厅里。他总算可以开口说话了：

"妈，映月呢？"他倒进椅子里，虽然有点累，却特别兴奋，邀功似的说，"我总算记住她的生日了，我给她买了帽子，买了生日蛋糕，还买了月亮首饰……可恶的计程车，把帽子压扁了！生日蛋糕也完蛋了……妈！你快叫映月出来，看看这帽子还有救没有？"

母亲接过了那个压扁了的帽盒，用一种悲悯的眼神看着他，他即时想起青蛙首饰来，有点讪讪地从口袋里，掏出那两样幸免于难的首饰，交给母亲：

"妈！我也买了礼物给你！那只青蛙别针，你看看喜欢吗？"

母亲愣了愣，就小心翼翼地打开包装纸，从首饰盒里拿出那两样首饰，她眼里迅速地充泪了，转开了头，她悄悄地拭去眼角的泪，不敢给他看到，低声说：

"你居然记住了映月的生日？还买了三份礼物给她？"

"是啊！她去哪儿了？"他扬着声音喊，"映月！映月！快来看你的生日礼物，我没有忘记，今天是你的生日，我买了……买了……"

"别喊了！"母亲温柔地说，"映月，她……回娘家去了！你……忘了？"

"回娘家？"他一怔，"生日回娘家去过吗？怎么没告诉我？"

"你先去洗个澡！等会儿她就回来了，不管帽子压扁没有，我相信她都会很开心的，何况，还有耳环呢！"

是的！母亲的话没错！他要去洗个澡，全身都脏了，还要小睡一下，然后，映月就回来了！他满意地点点头，站起身来，忽然看到那个高个子站在他身后，就愕然地问母亲：

"妈！这个人是你雇来看住我的吗？我走到哪儿，他就走到哪儿！我不过有点健忘，你何必这样小题大做？我不是自己走回家了吗？你别弄得我像白痴一样好不好？才三十来岁，总不会失智吧？"

"是是是！"母亲一个劲儿地点头，"你只是有点健忘，没什么了不起！是我……我……太小题大做了！"

"我去洗澡！"他给了母亲一个调皮的笑，跟着一个女佣，走进卧室里去了。还叮咛了一句：

"映月回来，告诉我一声！"

"好的好的！"母亲一迭连声地说，"洗完澡，你先小睡一下，映月回来，我就喊你！这些……礼物，你要亲手交给她。你，总算记住了她的生日！"

"因为你的纸条！"他挥挥手里还紧握的纸条，"十二月一日！"

母亲一呆。眼看他进了卧室，脸上的线条才松懈下来。然后，她把饰物放在桌子上，小心地拿起那顶帽子，小心地拆掉了那些破破烂烂的包装纸，望着手里那不成形的帽子。粉红色的小绒帽，小绢花，缎带的花结……都已破碎了。她怜惜地抚摸着那花边、那缎带，无限无限怜惜地抚摸着。然后，她抬起眼睛来望着站在旁边的高个子，眼里蕴满了泪。

"这是我收到的最好的生日礼物！"她低语，对高个子说，"那张纸条，还是半年前，我放在他口袋里，要他记住回诊的日子！这裤子是冬天的，他什么时候穿上的？今天是七月八日，跟十二月差了半年多，他的情形却差了好多年！现在，我是他的妈，你这个儿子，他也不记得了！可是……我居然收到了双份生日礼物，有帽子有别针，映月的帽子，妈的别针，他还说了这么多话……已经不容易……"

"三份生日礼物！"儿子更正说，上去温柔地看着映月，"还有摔碎的生日蛋糕！医生说，他忘记的事物就不会再记起来了！虽然他忘记了我这个儿子，虽然他把你当成了他的母亲，但是，在他内心，还记住了映月和祖母！或者，下一分钟，他就会忘记映月……妈！不要伤心，珍惜此刻，他还记得你名字的当下！珍惜这些生日礼物吧！他挑选了好久呢！虽然今天不是任何人的生日！"

是的，珍惜此刻！映月那白发苍苍的头上，戴着那顶压扁的粉红帽子，珍惜此刻！眼泪，从她眼中缓缓流下，缓缓流下。她再拿起桌上那两件饰物，戴上耳环，再戴上别针，在内心低低地说：

"虽然你失智了，我还没有失智，你掉到什么年龄，我就跟你一起进入那个年龄！现在是映月年轻期，我变不出那个年轻的映月，我还可以扮演你的妈！谢谢你，谢谢你的生日礼物！"

窗外的大树上，有一对白头翁正在筑巢，叽叽喳喳地叫着。映月的眼光，看向那对白头翁，白头翁，一定会白头偕老的！不知道白头翁到了老年，会不会失智呢？泪，再度充盈在她眼眶里。

根据旧作，重写于可园

二〇一八年十月二日

第三辑
梦影集

「金急雨」的故事

人生有多少无法捕捉的过去？

失落的东西，能不能再拾回？

很多年很多年以前，有一个夏天的下午，我和好友张菱舲散步在台北市的某条街道上。菱舲是个女作家，写过《紫浪》《十七颗红豆》等小说。她比我大两岁，却天真烂漫，完全不知人情世故，我常戏称她是"生活在童话世界里的女人"。菱舲爱笑，也爱哭，充满了幻想似的热情。她经常不通知我而来看我，如果扑了空，她会在我书桌上留张条子：

○○到此一游。

她总是签名为"○○"，或者是"零零"，以自嘲她自己的那份"渺小"。那一阵子，她曾经是我的闺中好友，那一阵子，我们常在一起谈人生，谈幻想，谈感情。

且说那天下午，我们散步在台北市的某条街道上。忽然间，一阵风吹过，我只看到眼前纷纷乱乱地飘过一片片的黄色花瓣，像许许多多穿梭飞舞的小黄蝴蝶。我抬头一看，才发现路边有好几棵大树，树上开满了一树金黄色的花朵，迎着阳光，绽放着灿烂的光华。我站在那儿，又惊奇，又喜悦，那花瓣不停地飘坠，地上早已铺上了一层花瓣织成的地毯。我注视着那阵"花雨"，第一次了解了成语中"落英缤纷"四个字的意义。

"这是什么花？"我问菱舲。其实，并不相信她知道花名。

"金急雨。"她回答。

"金急雨？"我看着那金色的，像雨又像梦的花瓣，真以为这名字是菱舲"见景生情"，临时编出来的名字，我笑着说：

"骗人！我研究过植物，从不知道有种花叫金急雨。胡说的！"

"是真的！"菱舲一本正经地说，"决不骗你！不信的话，你可以去问专家！这花太美，我常从它下面走过，所以，我要弄清楚它的名字！"

菱舲不会撒谎，我知道，这花确实叫"金急雨"。这是我第一次听到"金急雨"的名字，以后，也没再听别人提起过。没多久，菱舲远涉重洋，去了美国，以她疏懒的个性，是不会写信的，从此，我们失去了联络。

年复一年，菱舲一去无消息。人生就是这样的，我十八岁就写下了"海角天涯，浮萍相聚，叹知音难遇"及"昨夜悲风，今宵苦雨，聚散难预期"的句子。朋友总是一个时期一个时期在更换的。这些年，我好忙，好累，忙于写作，忙于旅行，忙于电影……我的朋友越来越多，越来越广泛，可是，我常想起菱龄，和那阵金急雨。

今年春天，我开始写一部长篇小说《我是一片云》。不知是什么灵感，第一章里，我就写下了女主角采"金急雨"花的一段。小说开始连载，远在美国的画家廖未林先生画插图，竟栩栩如生地画出了"金急雨"。未几，我和鑫涛等四个朋友成立"巨星"公司，这是我们拍摄的第一部电影。张永祥先生编剧，我觉得和我的小说有些出入，又重新写了一遍剧本。剧本中，女主角当然要采"金急雨"。到这时候，大家才问我：

"什么地方有金急雨？"

"在一条街上。"

"什么街？"

早已不记得街名，只依稀记得那位置，我发誓要找到金急雨！于是，好些日子，我们开了车，大街小巷地去找我记忆中的那条街。终于，我找到了那条街，站在街边，我目瞪口呆！何处有金急雨？眼前所见，只有新建的高楼大厦，往日那满天飞舞的黄蝴蝶，已幻化为钢筋水泥的大建筑物。我失去了金急雨，就像失去菱龄的音讯一样。

有好长一段时期，我闷闷不乐，因为找不到"金急雨"。并非为了拍电影（电影中了不起可以做假花，或删改剧本），而是为了好些失落的东西，好些无法捕捉的过去，我有份难言的怅惘之情。朋友们看我如此介意，反过来安慰我：

"没有金急雨，我们可以找别的花代替！"

有什么花能代替金急雨？我默然，却依旧落落寡欢。那年五月，《我是一片云》已在紧锣密鼓地筹拍中。我因要去签约海外电影的上映合约，而必须到香港。在香港逗留一周，返家之日，朋友们都到机场来接我，混乱中，我只觉得鑫涛笑得神秘。回到家里，一进房间，我就惊奇地发现，在我桌上有一瓶灿烂的、金黄色的鲜花，竟赫然是我梦寐以求的"金急雨"！

"我们终于找到了金急雨，"鑫涛说，"全台北市，可能就只有这么一棵！"

当晚，我那么兴奋，以至于等不及第二天，我们浩浩荡荡一大帮人，就跑到了台北近郊的那条巷子里，去"瞻仰"那棵正在盛开的"金急雨"。当时，我对导演陈鸿烈说：

"这棵花得来不易，就怕开不长久，希望在花谢了之前，我们能开镜，开镜之后，希望能先抢拍金急雨！"

谁知，《我是一片云》因女主角林青霞轧期，两位男主角秦祥林和秦汉也都在轧片，而延迟了开镜日期，到八月初，终于开拍了。

片子一开拍，就是几场重戏，大家似乎都遗忘了"金急雨"。只有我，闲来无事，就要去那条巷子转一转。"金急雨"来得古怪，忽开忽谢，花开了，我心欢畅，花谢了，我心怅惘。这样，看了好几天，眼见花已经不那么茂盛了。我对导演说：

"拜托拜托，先抢拍一下金急雨，否则，花谢了而拍不到的话，我一定会哭给你看！"

导演笑着说：

"你放心！后天一定拍！"

还没到"后天"，第二天清晨，我被风雨声惊醒，跳下床来，只听到风狂雨骤，拉开窗帘，满玻璃的雨珠，纷纷乱乱地滚落。我冲出卧室，儿子迎面而来，报告我一个大消息：

　　"妈！强烈台风毕莉今天登陆！"

　　我吓了一大跳，打开窗子，狂风扑面，窗外的几棵椰子树，早已东倒西歪。我脑子里头一个闪过的念头，就是我的"金急雨"！慌忙打电话到片场，接线生告诉我：

　　"全体工作人员，导演和演员统统去抢拍金急雨了！"

　　我心里稍稍安慰了一些。可是，眼看狂风暴雨，一阵比一阵强烈，又想起"夜来风雨声，花落知多少"！心里就又担忧起来了。就这样患得患失的，好不容易，鑫涛从现场赶来，告诉我大家冒雨"抢拍"金急雨的情形，副导演刘立立爬到金急雨树上去采集花枝，所有工作人员淋得透湿，林青霞躲在汽车里化妆，受尽风吹雨淋之苦，导演陈鸿烈的衣服湿了又干，干了又湿不知几度……

　　晚上，导演和我通了一个电话：

　　"琼瑶，我们抢到了金急雨！所以你不用哭！"

　　"拍得出来吗？雨那么大！"我问。

　　"雨是很大，拍也拍了。可是，你必须要有心理准备，万一将来效果不好，或无法连戏，可能要剪掉！如果天晴之后，花能再开，我们可以再拍一次！"

　　挂断电话，正是台风全面袭击台北市的时候，风声呼啸着从街道上穿过，雨点唰唰地扑打着玻璃窗，接着，全市停电，陷入黑暗之中。我燃上了十几支蜡烛，听着风声雨声，望着烛光摇曳，默祷着我的金急雨花！在电影里能开得灿烂，在真实中也能永不凋零！

风停雨止之后，我忍不住，又去了一次金急雨花下，抬头一看，满目凄凉，枝残叶落，那黄色的小蝴蝶，早已无影无踪！我在树下凭吊颇久，附近的居民告诉我：

"昨天林青霞在这儿冒雨拍戏。拍这棵花，昨天，这棵树上都是花，不像现在这样光秃秃的！"

我勉强地笑了笑，问：

"你们知道这棵花叫什么名字？"

"不知道，我们都叫它黄蝴蝶。"

"它叫金急雨。"我一本正经地更正。望着那枯枝，想着它的名字，金急雨，终被"急雨"一扫而去。

回到家里，我决定了，我要留住《我是一片云》中的"金急雨"！如果花能再开，重拍一次最好，如果花不再开，我要留住那"急雨"中的"金急雨"！即使它拍出来"像雾又像花"！

为了很多年很多年前的那个下午，为了失去音讯的菱舲，为了朋友们发疯地找寻它，为了所有工作人员整日地冒雨拍摄，为了《我是一片云》！我要留住"金急雨"！虽然，我问过导演：

"到底金急雨在片中有几个镜头？"

"三个！"三个镜头，一整个工作天，多少人的心血！

于是，在《我是一片云》里，林青霞采了"金急雨"，直到这部电影上映以后，我才知道，我们拍的那黄花，并不是"金急雨"，而是"黄蝴蝶"。真正的"金急雨"是一串一串的！我们却在电影中，把它叫成"金急雨"！管他呢！电影都是假的，林青霞能演段宛露，就让"黄蝴蝶"扮演一次"金急雨"吧！

初稿写于一九七六年十月
二〇一八年十月五日重新整理于可园

玉山行

楔 子

"台湾什么山最雄伟？最美丽？"

"玉山！"

"那山有多高？"

"一万三千多英尺。"

"一万三千多英尺又有多高？"

"你上去了就知道。"

"那山究竟有多美？"

"你上去了就知道。"

"有没有人把它用影片拍摄下来过？"

"从没有！那是件不可能的事！"

"不可能？为什么不可能？我们要把它拍摄下来！世界上没

有'不可能'的事！我们的《幸运草》，就要选择玉山为背景！"

这就是一个开始，那天晚上，在我书房中那静幽幽的灯光下，一群人；一群不知天多高地多厚，满脑子充满了幻想与艺术狂热的人，有了这一段近乎儿戏的谈话，竟真正地引发了一个"登玉山，拍电影"的壮举。但是，那天晚上，对我而言，只是一个强烈的引诱，对于所有"美"的事物，我一向有种锲而不舍地追求的决心。那时，我不太关心是不是真要上去拍电影，只关心"它"是不是真像传说的那样"美"，于是，我说：

"我要上去看看！"

"你？"一个曾上去过的朋友瞪着我说，"像你这样整天关在书房里的人，也想上玉山？你知道那有多艰险？"

"如果我上不去，"我说，"你认为那些女演员能上去吗？假如这山真美到值得我们为它卖命的地步，那么，大家就为它卖命吧！但是，在卖命之前，我一定要先证实一下，它是不是真美！"

于是，在《幸运草》拍摄之前，随着外景勘察队，和登山协会的几位协助人员，我上了玉山！

日出，达达加鞍部

阿里山被登山小火车抛到身后了，那几栋观光旅舍早已隐埋在一片原始的丛林之下，除了清晨的几缕炊烟，正从那一层层的柳杉、红桧与针叶树之间袅袅上升之外，根本再也找不出一丁点儿"人"的痕迹来。山间晨雾弥漫，树枝上宿露未收。从小火车的窗口望出去，许许多多的山峰重叠在谷底，在云雾中半隐半现。近处的针叶林，已形成一片苍茫的"绿海"。而阿里山……再也看不见阿里山了，它已被那不知从何处涌来的，翻翻滚滚的云海所吞噬了。在那云海的正中，一道刺目的金光正冒了出来，数抹嫣红，像打翻了的红色水彩颜料，在云海中蔓延地沁开，把白云全染红了。于是，那统治着全世界的太阳，就那样冉冉地、慢慢地上升，倏忽间，就变成那样一团刺目的火红，逼得人再也无法直视。

小火车喘息着，咳嗽着，慢腾腾地向上爬，吃力地吐着气，左摇右摆地震动。穿过山洞，穿过云层……似乎要把我们一直带到云霄宫阙。然后，骤然间，一声汽笛狂鸣，小火车大大地吐出一口气，停了。

"怎么了？"我问同行的艺术家张国雄，他是识途老马，他已有过两次登玉山的记录，第三次仍然兴致冲冲。

"我们要步行，小火车再也上不去了。"

"要开始爬玉山了吗？"

"不，我们要走到达达加鞍部，再步行到登山口，然后才开始爬山，目前，还不算开始。"

达达加鞍部，这名字给人一种奇异的感觉，像一个山地的部落名称，让人联想到土人、酋长，及原始的森林地带和不毛的蛮荒。带着好奇，带着兴奋及喜悦，我们开始了一段漫长的行程。

这段路并不崎岖险峻，虽然都是上山路，却相当宽阔，不时有运木材的大卡车，载着一车车的原材，从山上下来，掠过我们身边，扬起一阵尘土。太阳逐渐升高，散发了逼人的热力，我们向上行走，爬了一个坡，又一个坡，绕了一个弯，又一个弯。于是，喘息，流汗，大大地吐着气，我们就像那老迈的登山小火车，已不堪其苦。

"这样要走多久？"

"还没有到达达加鞍部！"

"天哪！"

"等走到十八弯，你再叫天哪！"

"十八弯是什么？"

"是十八个蜿蜒陡峻的弯路。"

我抽了口冷气，继续向上行走，决心先把未来的艰苦置之不顾，只顾目前。接着，我就不自禁地发出一声惊呼，顿时忘记了所有的疲劳，目瞪口呆地望着路边的一个奇景，眩惑了，震撼了。

那是一座奇异的丛林，矗立着一棵棵高大的枯木，整个树林找不着一片绿叶，树干树枝，却都反常地成为黑色，像经过了一场诡秘的火灾，烧掉了所有的树叶，烧黑了所有的树干。奇怪的，却是每枝树干都挺立着，直向云霄，却没被烧成灰烬或倒塌。

"这是怎么回事？火灾吗？"

"不是，没人能解释这些树是怎么回事，但这些树都神秘地枯死了。"

"一座死亡之林，"我喃喃地说，"一座黑木林。"

"玉山上还有一座白木林，更神秘，却美得出奇！"

"这是什么地方？"

"达达加鞍部。前面就是登山口。"

我站住，环视四周。没有土人，没有部落，没有蛮荒的帐篷和战斧。只是层峦叠翠，林木和岩石。我站在一块较平坦的高地上，一边是遍山野的、奇异的黑木林，另一边就是万丈悬崖，在悬崖的边缘上，一棵古老的松树，孤独地直立在云天苍茫里，像一只巨人的手，托住了整个的天空。我轻吸了口气，低声说：

"达达加鞍部，一个神秘的，梦似的地方！"

登山口，十八弯

从运木材的大路，转进了斜岔在路边的一条山道，我们进入了登山口，这才是真正艰苦的开始。这条路……与其说是路，不如说是沿着山壁的一条凹痕。这是成千上万不畏艰苦的登山者践踏出来的，一面是万丈深谷，一面是峭壁悬崖。深谷中是巨石与巨木，悬崖上也是巨石与巨木。每跨一步，不免战战兢兢，偶一失足，必然尸骨无存。何况，据登山协会的人说，从这儿摔下去而丧生的，已不乏其人，更增加了一份心头的惊悚。可是，周遭那份摄人心魂的美，却迅速地驱走了那份恐惧，把人陷进了一种奇异的眩惑和迷惘里。

从不知道山是这样震慑人的，从不知道树木会有这样多的奇形怪状。从不知道云来云往，是这样地逍遥自在。从不知道山风呼啸低鸣，会婉转如歌。从不知道同一种绿色，竟变化万千。从不知道阳光透过树隙，会散发那样多闪烁变幻的光点和光线……从不知道的事情实在太多了！最奇妙的，还是那些树和云。

那些经过了无数个朝朝暮暮，看过无数次日出日落，挨受过无数风风雨雨的千年古树，一株一株，一棵一棵，矗立在云层里和悬崖上。有的枝叶茂密，像一张大伞，有的瘦削挺拔，像一支插天之笔。而云腾雾绕，缠着那些树，拥着那些树。云挂在树梢，雾绕在树底。枝干和树叶，常那样离奇地浮悬在云雾中，像一幅幅水墨的国画。而一阵风来，会在刹那间，云飞雾散，景致瞬间改变。树木清晰，阳光闪烁。换景之快，使人目瞪口呆，仿佛刚刚那一幅幅云雾苍茫的国画，都是什么仙人的幻境，而根本不曾存在过。

谁曾在那样短暂的时间里，目睹过那样瞬息万变的景致？这景致太过奇妙，太过诱人，竟使人忘了疲倦，忘了惊险，忘了汗流如雨和喘息，直到走上了十八弯。

十八弯！那是怎样的山路！蜿蜒曲折而陡峻，呈十八个 S 形向上延伸，走完第一个弯，汗已湿透了背上的衣服，气喘如牛，整个心脏都猛跳不已。在弯路上，不时要翻过横亘的巨石，巨石上遍是苔痕，滑不留足。任何一个细小的疏忽，都可以让人翻落谷底。行行重行行，一群人在弯路上蜿蜒着，成为好几叠，前面的人在向后面的人打气，但是，天哪，这十八弯像是上天之梯，而永远永远走不完！当走完这十八弯，前面又有着什么？那建筑在山巅之下，供人休息的排云山庄，究竟在何处？山顶？还是天上？

栈道！危险！

"栈道！危险！"

前面的人叫着，不住地叫着。那一条条粗工的栈道就横在脚下了。像铁轨上的枕木，一条一条，中间留着宽大的空隙。和轨道所不同的，枕木下是实地，而这栈道下却是万丈深谷。那些木材经过风吹雨打，有的已经腐朽，有的长出了蕈子。跨上去不是滑足就是吱吱响，每走一步，都禁不住心惊胆战，再加上那空隙下的深谷巨石，历历可见，更使人头晕目眩。好不容易，走完了一条长长的栈道，刚刚透出一口气来，前面的人又在叫了：

"栈道！危险！"

一条新的栈道又出现在眼前了，更长，更险。走完了还有另一条，再另一条，又另一条……无数的栈道，无数的弯路，无数的峭壁悬崖，组成了这条上山之路。

白木林

"云来了！云又来了！"

那样一阵浓厚的云层，轻轻飘飘地浮了过来，转瞬间，眼前全是白茫茫的一片，再也分辨不出天与地，树木与巨石，云把什么都遮没了，都掩盖了，连几步路外的同伴都看不见。这一刹那是奇异的，云围着你，云绕着你，云托着你，周遭的空气凉而湿润，蒙蒙然，茫茫然，把一切都轻飘飘地笼罩住。然后，只那么一忽儿，云又走了，来得快，去得也快。云才散开，眼前已呈现出那样一番奇异的景致，就像一下子拉开了的幕布，幕后的布景竟美得出奇！

白木林！这就是玉山上著名的白木林了。

一株株雪白的树木，缀在那绿色的山脊上，树枝槎桠伸展，挺秀而超拔。有那么强的一股遗世独立的味道，没有一片树叶，树梢全是光秃的，直直地伸向了那渺不可攀的云天。像一些穿白衣的隐士，静悄悄地蛰居在这深山里，无取无求，无怨无悔，却别有那样一抹无可奈何的味儿。我呆住了，同行所有的人都呆住了。

"美吗？"高山岚问我，"你见过这样的景致吗？"

我只能发出一声惊叹。

"值得冒生命危险把它拍摄下来吗？"他再问。

"你敢带上百的工作人员到这儿来拍电影吗？"

"我敢！你要知道，这儿摄下的每一个镜头，都是至高无上的艺术品！"

"那么，拍摄吧！让我们去做别人所不敢的事吧！"我喊着。面对着那些白衣隐士，我折服了。第一次，我深深地了解了，为什么许多人会为了爬山、探险，而冒着生命的危险。这世界毕竟太奇妙，值得你探索又探索，去珍藏住每一个美丽的镜头呵！

落日与奇寒

行行重行行。

一小时又一小时，一条栈道又一条栈道，一块岩石又一块岩石……走，向前走，不能停留，天黑以前必须抵达排云山庄。在山庄里，先驱部队的山胞们已经生了火，那儿有着温暖，有着食物。走吧，向前走，哪怕背脊都已直不起来，哪怕两腿已沉重如铅，向前走，必须尽快地向前走，因为太阳已经下山了。

是的，太阳正在沉落着，迅速地沉落着。那么一个巨大的、火似的红球，在云海中坠落。太阳附近的云层已被染了色，如火如霞，嫣红的，熙攘的，簇拥着那团落日，让它在云堆里深旋，深旋，一直旋进了云海的底层，淹没了，消失了。那些彩色的云朵，也跟着隐灭无踪，天，迅速地黑了。

山木变成了幢幢的黑影，山风起处，浓重的寒意对人扑面而来，气温随着太阳的沉落而下降。暮色在四面八方堆积。那些高耸的树木与岩石，全呈现出一种嵯峨、静穆，而慑人的气氛。大家亮起了手电筒，一朵朵星星点点的红光，在山野里疏疏落落地亮着，摇摇晃晃地向前游进，在这荒原里构成一幅奇妙的图画。

最后十五分钟

"还有多久可以到排云山庄？"饥寒交迫，疲倦万分，我精疲力竭地问张国雄。

"再走十五分钟，最后的十五分钟。"

"还有十五分钟！"我叹息着，这比一个世纪似乎还长久。但是，走吧！除了走，没有第二个办法。走吧！加快步子，或者可以把十五分钟缩减成十分钟，咬紧牙关，走吧！走吧！走吧！

十五分钟以后，暗沉沉的山野里，仍然望不见排云山庄的影子，只在峭壁上，大树干上，可见到登山协会以前留下的标语，大字写着：

"加油！朋友！排云山庄就在前面了！"

"到底还要走多久？"我再问。

"大概十五分钟。"

"怎么还要十五分钟？"

"这是真正最后的十五分钟了。"

我叹息，走吧！拉紧了衣领，冷风像刀一样锐利，四周已漆黑一片。暗夜里，每一条栈道和松动的岩石都构成了威胁，走吧！走吧！还有多久可以走到？十五分钟又过去了。接着，是再一个十五分钟，又一个十五分钟……

"到底还有多久？"我再问。

"十五分钟。"张国雄答。

"到底还有几个十五分钟？"

"这是最后一个。"他笑了，"如果我不骗你，你早就不肯走了！"

于是，咬紧牙关，耐着严寒，走吧，向前走。月亮出来了，一弯上弦月，迷迷蒙蒙的。我抬头望着月亮，一万三千多英尺，我已经和月亮接近了一万三千多英尺！再高一点，我可以伸手摘下月亮了！

"瞧！排云山庄！"

不知谁喊着，我抬头望向前去。从没有看过这样美丽的房屋，从没有看过这样美丽的灯火！呵，我周身振奋，回望整个玉山，正罩在一片迷蒙的月光之下。呵，山！奇妙的山！美丽的山！我将挽住你，永不让你溜走！永不！你的美，你的神奇，你的雄伟，你的残酷，你的旖旎，你的变幻，你的一切的一切！我将挽住你！我将捉住你！我将永远留住你！

于是，我们拍摄了《幸运草》。

于是，我们挽住了"玉山"。

写于一九七〇年四月

《玉山行》后记

　　我们的"火鸟电影公司"，真的带队到玉山，拍摄了《幸运草》，所有的演员和工作人员，都爬上了那座山。在高山岚的带队下，在工作人员和演员的卖命下，我们拍下了那些美景。其中的辛苦，没有人会相信。演员和工作人员，几乎个个受伤，幸好没有人掉下悬崖。拍完这部戏，又经过剪接，实在是一部"美不胜收"的电影！我们留住了玉山！可惜，经过漫长的岁月，这部电影的底片已经遗失，再也找不回来了！我们留住的玉山，依旧消失无踪。实在是个遗憾。

二〇一八年十月十八日补记

雪球从影记

雪球，过去没有任何从影的经验，也没有接受过任何表演训练，但第一次参加演出时，居然有板有眼，不慌不忙，并且大抢镜头，深得导演赞赏。雪球所"客串主演"的电影，在台北放映时，造成极大的轰动，雪球因此而"声名大噪"，有一天我带雪球上街，大大引起了一番"注目"。尤其是女学生们指手尖叫："雪球！雪球！"众口一词地称赞雪球漂亮，可爱，电影上映前后，雪球的名字及"倩影"更经常在电视及报刊出现，可说是出尽风头。

更想不到的，居然有一家电影公司、三家传播公司，派人前来洽商出借拍片，都被我一一婉拒。

当大家热衷于谈论发掘新人的时候，可千万别误会雪球是巨星公司发掘的"影坛新秀"。雪球，只是我家的一只"北京狗"。

一九七七年的春天，巨星公司正在溪头拍摄《奔向彩虹》，我那时刚刚写完《雁儿在林梢》初稿，带着需要细修的稿子，上山慰问演职员。山上的风景实在优美，就留下来与大家"共享甘苦"，同时在山上修稿。正巧是我生日，青霞他们从台中运来了特大号蛋糕，鑫涛从台北派人带来的礼物，是出生才两个月大的雪球。当时由皇冠的美编吴璧人，捧在手里奔出来送给我。那时的雪球像一只绒毛玩具狗，差不多一只松鼠那么大，当它竟然在我手中蠕动起来，我尖叫着说：

"它是活的！它是一只真的狗狗！"

这只小北京犬，因为《雁儿在林梢》的关系，我沿用了书里的名字："雪球"。

话说雪球来到我家之后，立刻引起了全家的"争宠"，非但觉得它越长越可爱，更发觉它聪慧绝顶。它一下子就学会了在指定的报纸上大小解，追皮球，衔报纸。并且绝对能鉴貌辨色，你心境好的时候，它跳着跑着与你叫闹玩乐，你工作或心情不好的时候，它一定静静地、远远地躺着，用斜眼偷看你。它吃得很少，但也是标准的美食专家，平时是粒米不沾，非鸡胸或鸡肝不可，并且要常常变换口味，而人类的零嘴儿，不论冰淇淋、牛肉干、各式水果，样样嗜之如命。它更是十分小心眼，醋劲十足，我家本来养了一只会说很多话的八哥，每当我照顾八哥时，雪球不是大声吼叫，就是用哀怨、不满的眼光提出极严重的抗议。最后，我实在拗不过它和八哥之间的势不两立，只好把八哥割爱让人。

《雁儿在林梢》开拍的时候，片中需要一只北京狗。"雪球"

当然"义不容辞"。我也知道，雪球是最佳"狗"选。但我无论如何舍不得雪球去"抛头露面"。想想看，从来舍不得牵雪球上街溜达，怕马路太脏，又怕它受凉，惹来伤风感冒。一岁多的雪球，除了上兽医院、看病、打预防针外，从来没有"串过门子"，标准的"大门不出，二门不迈"，怎么舍得让它去忍受风吹日晒，或水银灯强烈的照射呢？

当然，我更担心的是雪球"娇生惯养"，拍片时硬是不肯合作，岂非白白浪费胶片？

于是，我跟鑫涛商量：不要用雪球吧！要制片设法租一只北京狗来，北京狗多的是嘛！那时候，有一种商品的电视广告中，也有一只北京狗亮相，我不断说：

"那只北京狗也蛮漂亮的嘛！也很会演戏呢！就用那只北京狗！"

不料鑫涛无动于衷，他硬说那只北京狗没有雪球漂亮，并保证雪球演技更好。后来，我被逼急了，心想，这只狗来得也真巧！看样子，我中计了！

"雪球哪里是你安心送的生日礼物，根本是有预谋地执行你的制片计划，你知道《雁儿在林梢》会拍成电影，知道里面有一只雪球，故意把这只小狗送来，让我把它养大了好拍片！"

这件事，鑫涛有没有预谋，成了永久的疑案。但是，我的"抗议"失败了！最后还是"有条件"地投降："拍片可以，但是不能把它冻着了，不能把它吓着了，不能让它受伤了"，等等。导演刘立立一再向我保证，绝对小心呵护这位小明星。刘姊（影剧圈大家都这样称呼刘导演）也实在是一位好导演，她知道动物的戏难处理，早就和雪球混得感情良好，连青霞、马永霖他们也和雪球建立了良好友谊。

终于，拍片的"通告"出来了！我特地在前一天为它洗澡、修指甲，买来漂亮的大红丝带、小铃铛，挂在它脖子上（雪球对这刺眼的"束缚"，大为不满，一个劲儿要设法扯下来，费了好大力气的"安抚"，才使它勉强接受）。

那天，我特地"黎明即起"带了雪球最爱吃的糖红豆、牛肉干，大家笑着说，看，"星妈"来了！

深居简出的雪球，一到交通车上，就显得十分兴奋，并且跟每一位工作人员非常友善，使我大感意外。第一场戏在宜兰附近的一处溪边拍摄。青霞在溪边垂钓，马永霖躺在大石头上晒太阳，雪球必须蹲在大石头上睁着大眼睛东张西望。我真担心雪球哪能领会导演的意思，乖乖就范。想不到它"福至心灵"，要它蹲在哪里，它就蹲在哪里。由于从来没有看过山明水秀的风景，以及忙来忙去的人群，所以十分好奇，本能地把眼睛睁得好大好大，东张西望，非常符合导演的要求，更妙的是，导演要拍它特写镜头，叫它：

"雪球！汪汪！"

它真的汪汪叫起来，把大伙儿乐得什么似的！

戏中要交代青霞钓鱼时，不慎摔进溪水，导演一声"开麦啦"，青霞立刻尖叫，四肢一阵乱舞，摔进了急湍的水流，演得十分逼真，逼真得使雪球大为紧张，一声长吼，奋不顾身地飞跃入水，居然表演起它的"义犬救主"来了！水流又急又冷，工作人员眼看我的"心肝宝贝"被溪水冲往下流，都傻了眼！幸好场务人员，眼快手快，纷纷跳下水营救，才把变成"水球"的"雪球"救起。刘姊赶忙脱下了她的夹克紧紧裹住，把我看得既是心痛，又对大家呵护雪球大为感动。

青霞那场戏演得太认真，摔进溪水时，摔伤了足踝，使她整整一个星期无法工作，可见做一个好演员，真不简单。我的雪球，比青霞还幸运。

从那天以后，我决定"眼不见为净"，把"星妈"的责任，请我的管家担任。每天早出晚归，足足忙了一个多星期。每天管家回来说不完雪球如何在拍片现场的逗趣乖巧，并且充分合作。最有趣的是平时粒米不沾，但拍片时工作人员的便当饭，它吃得津津有味（那个年代，还没有狗食）。

片子冲出来，剪接配音后，雪球部分十分抢眼，讨好，因此导演下令在片头字幕加上"特别介绍天才狗明星雪球"，可惜雪球虽然聪明，但是"目不识丁"，否则一定对导演的恩宠有加而大大自我陶醉一番！

雪球现在又回复了它平静的生活，只是每天清晨，总会若有所思地在大门口徘徊，看看有没有人来接它。我们常常逗它说：

"雪球，拍片去了！"

即使它懒洋洋地睡意正浓，也会像弹簧似的一跳而起，兴奋得满屋子乱跑。刘姊每次来我家，看雪球对她的那种亲热劲儿，就知道它的戏瘾大发，它也知道要多多讨好导演，才有机会再显身手。

我常常想，一个红遍了天的演员，最好及时退休，让他们最美好的印象，永远留在影迷心中。像伊丽莎白·泰勒、费雯丽等晚年的作品，实在破坏了影迷心中完美的印象。也许，有了戏瘾的演员，不拍戏一定无法忍受，戏剧生涯真像走不完的路，一旦走了进去，就得一直走下去，走下去，走到生命尽头。

连我家的雪球也染上戏瘾，好在积习不深，我拒绝了人家拍片的邀约，就是希望雪球恢复做一只平凡的小狗！

写于一九七九年六月

电影·电瘾

有一次，我和青霞聊天，我问她：

"你有没有想过你的未来？是不是预备这样拍片一直拍下去了？"

青霞想了想，很坦白地说：

"最初走进电影圈，只想拍一年玩玩，然后去读书。拍了一年，片约纷纷而至，我想，拍三年就可以了，三年后再去读书。现在，三年早就满了，我呢……"她叹口气，一脸似笑非笑的表情，"是欲罢不能了。"

从这段简短的谈话，可以看出"电影"即使带给了人名与利，却仍然会带给人一份"无可奈何"。"闪烁"如林青霞，在"光芒四射"之余，还有那么一种"欲说还休"的"惆怅"。而青霞的母亲，对我却毫无保留地表示过：

"拍电影有什么好？我还是怀念以前清清静静的日子。现在，我每天心都吊在喉咙口，有'大难临头'的感觉。"

有女"名满天下"，做母亲的却"提心吊胆"。电影，带给人的到底是福是祸？是快乐还是痛苦？青霞一方面在享受她的光芒，一方面忍受这光芒下的寂寞和困扰。我甚至敏感地体会到，她欢乐的时间少，寂寞的时间多。但，如果电影带给她的不是百分之百的满足，她为什么一部接一部地拍下去？

我认识很多电影圈的人，有位有名的文艺大导演，就对我声嘶力竭般，痛恨万状，咬牙切齿地吼过：

"我恨透了电影界，我恨透了电影！最现实，最无情的圈子就是电影圈！我越做越灰心！越做越没意思！我真想不干电影！"

这位导演的片子很多，拥有过很高的票房纪录，也有过很低的票房纪录。他的地位，似乎跟着"票房"，像海浪般忽涨忽落，一会儿，他涌向波峰，一会儿，他又退回波谷，当他在波峰时，他会说：

"票房不代表什么！"

当他在波谷时，他也说：

"票房不代表什么！"

同样的一句话，在不同的"声调"和"表情"下，给我一种很"电影化"的感觉。我总能体会到，前面那句话中充满的"骄傲"，与后面那句话中充满的"辛酸"。于是，我觉得，拍电影使他好痛苦，他又那么"恨电影""怨电影"，但是，如果电影带给他的不是百分之百的满足，他又为什么一部接一部地拍下去？

有天下午，我在统一饭店的咖啡厅，碰到一位有名的制片人，我问他近来如何？他冲着我就是一句：

"哇，电影真不是人干的事！"

"怎么了？"我问。

"我还算人吗？"他放机关枪似的给了我一大串数落，"我是伺候公子小姐的奴才！一会儿女主角轧戏，我打躬作揖地去请，和别家公司商量轧期，说得舌烂唇干，把女主角请来了，男主角却等不及，闹情绪去啦！我再赶到男主角那儿，又道歉又赔不是，他少爷般吼着对我说：你们制片组一点计划都没有！我连声说是是是！对不起。好不容易，把他请回来了，你猜怎么？"

"怎么？"我睁大眼睛问。

"导演砸了导演筒啦！他说，大家都是人，只有我不是人！导演等演员，我干什么导演！你们要宠明星，你们要去把明星当作菩萨供着，我今儿个不拍了！一声收工，掉头就走，我追在后面挽留，副导演居然说，我支持导演，导演总得有导演的尊严！哇……"他气呼呼地吼着，"都有尊严，就我没尊严，我冲进后面的房间里，自己打自己耳光，干吗我前辈子不积德，这辈子要拍电影？"

听他说得有声有色，我听得目瞪口呆，看他那副气冲牛斗的样儿，我也代他愤愤不平。可是，没多久，我在报上看到，他的新片又开拍了！于是，我纳闷了，电影既然带给他那么多痛苦，他又为什么一部接一部地拍下去？

如今，我和朋友们成立了"巨星公司"，我们也在拍片了，一经加入拍片工作，我才能了解，为什么那么多人怨电影、恨电影，却仍然无休无止地拍下去？电影，对于观众是种享受，对于从事电影工作的人而言，却像吸进迷幻药似的，让你越陷越深。

正像青霞所说的"欲罢不能",电影,一不小心,就会变成"电瘾",让你上了瘾而不能自拔,让你又恨又爱,又不能脱身!

怎么说呢?

我想,人类潜意识里都有"表现欲",人人都想在人生的舞台上当主角,所以才有英雄人物的出现。人类潜意识里也有"创造欲",人人都想"做一点什么",所以才有发明家及艺术家的产生,人类还有种最大的潜意识,赌博。所以,拉斯维加斯才能在沙漠中闪烁。除此之外,人类还有寻找刺激,向别人挑战的欲望,所以有人去登阿尔卑斯山,有人在拳赛上被揍得半死,有人参加飞车大赛,有人走钢索去横越尼亚加拉大瀑布……

电影的可怕,就在它能满足人类所有的潜意识。它是一种表现,一种创造,也是一种挑战,一种刺激,它更是一场大的赌博!

说真的,我也骂电影,但是,不可否认,我在电影中也获得了乐趣。电影是种"无中生有"的玩意儿,从完全没有开始,想故事,写剧本,找演员,作歌曲……直到拍摄完成,看到活生生的人物在银幕上,扮演你故事中的人物,那种看 A 拷贝时的心情,实在是难绘难描的。而当戏院上片时,那挤拥的人潮,那成千成万的观众……都在欣赏你的心血,这一刹那,人,焉能不满足?可是,如果门可罗雀,如果戏院里冷冷清清,多少日子的辛苦,换来的是一番冷漠,人,又焉能不伤心?

于是,电影带给人的,就可能是喜,可能是悲,可能是欢乐,可能是哀愁。不过,正像赌徒说的"有赌不是输"。在牌桌上,如果你这把牌没有和,还可以和下一把呀,它永远在给你希望,你也永远"干"下去了。

想通了这些道理,我才觉得电影真可怕。要知道,所有演员，都有从璀璨归于平淡的一天，到平淡来临的那时候，会比一个生而平淡的人痛苦得多。何况，世界上没有必赢的赌博，拍片，是精神、心血、才华、技术、金钱、艺术……各方面的"综合投资"，世界上哪有一种行业，需要这么"大"的投资？万一各方面都"血本无归"，你又将何去何从？

电影，可爱吗？是的！可怕吗？更是的！自从我参与电影工作之后，家里来往的都是演员、导演……谈论的也都是剧本、对白、插曲……种种问题。我那十几岁的儿子，耳濡目染，竟也悄悄编起剧本来了。有一天，他忽然对我宣布：

"妈，你常问我将来要做什么？我决定了，我要当导演！"

说真的，我吓得茶杯都掉到地上去了。我慌忙"晓以大义"，告诉他拍片之种种辛苦，当导演的种种不易。他寂然不为所动。我心想，最反对父母干涉儿女志愿，为何自己又在弄电影，总不能"只许州官放火，不许百姓点灯"？只好小心翼翼地问他：

"你想导哪一类电影？文艺片？还是武侠片？"

"我要导一部'巨型灾难片'！"他铿然有声地回答，真是"胸有大志"！

我愀然久之。真料不到，这"电瘾"之毒如此深，竟传染到下一代。儿子看我愁容满面，问我想什么。我在想那位对票房不在乎的名导演，我在想"不是人"的制片家，我在想那些演员从璀璨归于平淡的日子，我也在想我们"巨星"拍片时所遇到的种种挫折和困难……半晌，我才慢吞吞地说出一句：

"儿子，你的这项志愿，对我来说，已经是个'巨型灾难'了！"

写于一九七七年十月

第四辑
火花集

一根鱼刺

旧金山的海鲜名闻全球，旧金山有一种鱼，叫作"石崇鱼"，是旧金山海鲜中的珍肴。据说，"石崇鱼"比鲥鱼肥，比鲫鱼嫩，比石斑鲜，清蒸"石崇鱼"，是旧金山中国菜里的名馔。

我到过美国三次，在美国的城市中，到旧金山的次数最多，待的时间最久。那年，我和鑫涛再访旧金山，当朋友发觉我们居然始终没有尝过"石崇鱼"的美味，大为惊奇。特地在一家以"石崇鱼"烹调最有名的中国餐馆宴请我和鑫涛。

那天的菜式，十分丰盛，在外国能吃到这样的中国菜，真是很意外。"石崇鱼"是最后的主菜，虽然那时我早已吃饱，但著名的"石崇鱼"实在鲜美，在主人殷勤的招待下，我不断地吃，吃了好多好多。

大家都在赞美那天的"石崇鱼"特别新鲜，有一位席间的朋友说：

"石崇鱼实在好吃，只是鱼刺太多太细，一不小心就会鲠在喉中！"

我也发现鱼刺太多太细，不幸，我更发现有一根鱼刺已鲠在我喉中。

既然我是主客，实在不好意思把这件事说出来，心想：一根鱼刺有什么了不起，吞几口饭下去，不就行了吗？其实，我最不会吃鱼，常常把鱼刺鲠在喉中，吞饭是很有经验的！

但著名的"石崇鱼"，不同凡响，这根鱼刺特别有个性，我几乎"偷偷地"（不便被人发现）把一碗饭吞完，它还是固执地霸占在我喉中。更尴尬的是，在我右座的陶伯伯对我关怀备至，一看到我"猛"吃白饭，料定我尚未吃饱，竟给我左一匙"麻婆豆腐"，右一匙"冬菇菜心"，不住说：

"吃饭要配点菜，这个菜最下饭！"

于是，我只得连"菜"带"饭"，"囫囵"吞之，心里是"有苦说不出"，嘴里是"有刺吐不出"。只有身边的鑫涛发现我的不对劲，我悄悄对他说，有根鱼刺在我喉咙里。鑫涛暗惊却不便声张，他想到"醋"是去刺的良方之一，偷偷给了我一点醋，我吃了醋，一时间，嘴里酸甜苦辣，什么滋味都有，而那根鱼刺还是无动于衷。

最后，总算挨到终席，侍者送上了"幸运饼"，我的那个脆饼中的小条上写着："当你需要朋友的时候，朋友就会在你身边。"

我"身边"有很多朋友，但也有一根鱼刺牢牢地刺在我喉中。

我生平最恨人"小题大做"，决心"按刺不动"，一切等回到酒店，再慢慢想办法，我就不信我解决不了一根"鱼刺"！于是，我依然笑嘻嘻地（可能笑得有些勉强）和朋友们"谈笑风生"（可能谈得心不在焉），好不容易，总算"宾主尽欢"（除了我有鲠在喉），席终人散，我和鑫涛被郑先生夫妇送回了酒店。

到了酒店，先揽镜自视，张大了嘴，往喉中深深看去。哇，可不得了！一根又长又细的鱼刺，正一半插在喉中，一半露在外面，看得到，但是摸不到。鑫涛想帮忙，却束手无策。我发了横心，非弄出来不可，拿两支原子笔当筷子，到喉中去又探又掏，弄得满身大汗，那根刺丝毫不动，而喉咙越来越痛，我一急，坐在床上，只差没哭出来。心想，在台湾，我可以找个耳鼻喉科的医生，给我钳出来，偏偏在美国，人地生疏，怎么是好？鑫涛急了，说：

"不要固执了，现在必须找人帮忙！"于是，鑫涛打电话给朋友，也是饭局的主人说："还记得琼瑶'幸运饼'中的小签条吗？"

"什么？"那朋友愣了一愣，摸不着头脑。鑫涛接口说：

"当你需要朋友的时候，朋友就会在身边！"

对方愣了一愣，立刻恍然大悟，有些着急地问：

"我们马上来，但是琼瑶到底怎么啦？"

我赶紧抢过电话，接着说：

"其实也没有什么，只是有一根'石崇鱼'的鱼刺刺在我喉咙里！"我故意轻描淡写，"想问问你们有什么偏方可以取出来？"

"怪不得大家发现你猛吃白饭，我还以为菜不好，你没吃饱呢！"

原来大家都发现我在"吃白饭"哪！真是尴尬无比。

"你有没有试过吃面包？"

面包？一语提醒梦中人！挂断电话，鑫涛冲到楼下餐厅，慌忙买了两个硬面包上楼，这美国鱼，大概要美国食物来治！我左吞右吞，面包吞完，依然无效，心想是面包太硬了，鑫涛又买了两个软面包，当两个软面包下肚，我的胃已快"爆炸"，而那根鱼刺依然"固守岗位""拦喉而立"！

一会儿，朋友们赶来了，陶伯伯、中原等都来了，大家左一句右一句地贡献意见，中原说："有位王画家，说喝醋最有效！"

"喝过啦！"我愁眉苦脸的。

"再喝一点也无妨！"鑫涛说，"这次用美国醋试试看！"

于是，他再到楼下餐厅去要醋，回来告诉我们，那餐厅的侍者，对他从上到下直望，大约怎么也弄不清楚，这个东方人，怎么吃得如此古怪？硬面包、软面包，再加上一杯白醋！

闲话不提，那杯白醋又下了肚了，天知道！美国醋有多么难吃！酸得简直不可思议。没有把那根刺化掉，却差点把我的牙齿都酸掉了。

"我看，"陶伯伯简单明了地说，"去医院挂急诊！只有医生有办法！"

去医院？挂急诊？为了一根鱼刺？我坚决反对！但是，朋友们当机立断，一方面打电话去医院联络，一方面我被"强制执行"。

无可奈何中，我被送到了一家好大的医院门口，穿过长长的走廊，往急诊处走去，陶伯伯、鑫涛及中原都陪着我，架势不小。我站在急诊处的挂号台前，心里又惭愧又好笑又别扭。一根鱼刺！仅仅是一根鱼刺！这样劳师动众！尤其，我最恨"小题大做"的人！

急诊处有位年轻的美国医生，中原简单地告诉他我喉中有根"鱼刺"。那医生点点头，取出一张好大好长的表格要我填。我一看那表格，姓名、籍贯、年龄、父亲名字、母亲"中间"的名字（幸好我母亲的名字有三个字，如果像我一样是单名，我真不知道这"中间"名字如何填法）、地址、美国亲友名、我的血型……天哪！这表格比我在台湾的户口名簿还详细！怎么填得完？我求救地望着朋友们。

"她只有一点小小的麻烦，喉头有一根小小、小小的鱼刺而已。"鑫涛对那医生解释。

"表格还是要填。"医生一本正经地说。

没办法，填表格！这一填填了半小时。好不容易填完了，那位医生开始问问题："你以前害过什么病没有？"

"你做过盘尼西林试验吗？"

"你对药物会不会过敏？例如麻醉剂？"

我的英文不行，这些话都要鑫涛和中原翻译给我听，我越听越害怕，对鑫涛说："他到底要把我怎么样？如果是在台湾，一位护士拿把钳子就夹出来了！"

于是，鑫涛再对那医生强调了一次，这"鱼骨头"是"小小、小小、小小"的，这麻烦也是"小小、小小、小小"的。那医生的脸色却更沉重了。

"好，你们请在外面等，病人到手术室来！"医生对我说。

手术室！我吓了一跳。为鱼刺进手术室，这可是我生平第一次。没办法，只得硬着头皮进去。一张好大的手术台，一顶大大的手术灯，医生命令我坐到手术台上去，我照办了。一时间，那医生好忙好忙，一位护士也进来帮忙，大灯、小灯、探照灯都推到我面前来了。然后，护士又推进来一辆小车，我一看，车上有个大大、大大的盘子，盘子里整整齐齐地排列着大刀子、小刀子、大钳子、小钳子、大剪刀、小剪刀、大针管、小针管……天哪！看样子他们准备切开我的喉管来取那根鱼刺呢！我大惊之下，慌忙对那年轻医生说，我不懂英文，非把我的朋友请进来不可！

鑫涛进来了，我心慌意乱地说：

"鱼刺不拿了，咱们走吧！"

鑫涛一看这"架势"，也呆了。再度对那年轻医生强调了一次，那鱼刺是多么多么"小小"的。

"越小越麻烦，"那年轻医生说，"你们别急，我已经打电话给专门医生去了，那医生马上赶来！"

什么？还要另请医生吗？鑫涛也急了，问那年轻医生可否由他动手，年轻医生大大摇头，说：

"这怎么行？我不是喉科大夫！"

我坐在那儿，和鑫涛面面相觑。怎么也没料到美国医院是这样"慎重"的！鑫涛悄声问我：

"你那根鱼刺到底还在不在喉咙里啊？别大张旗鼓地挂急诊号、请专门大夫，等医生到了，你那根鱼刺已经不在喉咙里了，那就更闹笑话了！"

一句话提醒了我，真的，自进医院，我被这些表格啦，手术台啦，探照灯啦……已经搅昏了头，根本没有再去注意喉咙里的感觉，万一那鱼刺已不在了呢？刚刚在旅社，我是千方百计要把鱼刺弄掉，现在可暗暗祷告，鱼刺可别不在了！我急忙咽口水，还好，鱼刺仍然鲠在那儿，我松了口气，十分"安慰"地对鑫涛说：

"还好还好，鱼刺还在！"

坐在那儿等"专门"医生的时候，我开始和鑫涛研究这根鱼刺的"价格"。我说："看样子，没有一百美金的诊疗费，这鱼刺是摆不平的！"

"即使不到一百，也要八十！"

唉！旧金山的"石崇鱼"！我服了你！

"专门"医师终于到了，果真很有气派，和那年轻医生大大不同！高个子，年近五十，留着小胡子。一进来，先听取年轻医生的报告，看我所填的表格，检查盘子里的器具……立刻，他发了脾气，对护士高声责备，器具里缺少了"压舌器"！

护士慌慌张张地跑出跑进，"压舌器"来了，又少了"弯钳"，好不容易，东西齐全了。医师命令我张开嘴巴来。弯钳伸进了我的嘴，在我正研究着他会不会动用那些剪刀针管的一刹那间，钳子从嘴中取了出来，上面牢牢地夹着我那根又长又细的鱼刺！前后"手术"时间，三秒钟！前后"进院"时间，两小时！

"好了！"医师说，很正经，很严肃地，"为什么说是'小小'的刺？很大呢！要知道，刺越小越麻烦，我曾经为一根鱼刺动过大手术！因为那根刺断在喉肉里，引起了严重的发炎。还有个病人，把刺咽进肚子里，刺穿了胃壁！不要以为一根鱼刺是小麻烦！"

我"洗耳恭听""心悦诚服"。尤其是，"无刺一身轻"，初次领教了"如鲠在喉，不吐不快"的意义。从手术室出来，那专门医师又开了一张单子给我，上面写着三位喉科医师的姓名和电话号码。

"如果明天喉咙不舒服，可以找其中任何一位！"

我收了单子。诊疗费开出来了，大出我的意料，只有十八元五角！再看急诊的最低费用，是十七元！如此大张旗鼓，只收了一元五角的"手术费"！不禁使我愕然。心想，在台湾，一根鱼刺不会弄到"请专门医师"，如果"请"来了，就不止收费一元五角美金了！

一根鱼刺，使我领略了很多的东西，中外作风的不同，海外友人的温暖。第二天，我参加了中华联谊会的晚宴，大家纷纷向我"慰问"这"鱼刺之灾"。显然我这"一根鱼刺"，已经传遍华侨界。我也终于领略了一个教训，"小"问题也会有"大"麻烦！

话说当晚回到旅社，我的"喉咙"已无问题，但是，胃却有些作怪，想来想去，那些白饭、硬面包、软面包、中国醋、外国醋……一定都在胃里捣蛋。临睡前，我吃了四粒消化药，三粒中和胃酸药！

事后，我和鑫涛又去吃过两次"石崇鱼"。餐厅老板一看到我，就小心翼翼地对我赔着笑脸说：

"要不要我们先把鱼刺给您清除掉？或者不吃清蒸的，来个鱼羹如何？"

老天！我想，这根鱼刺在旧金山的中国餐厅里，大概也都传遍了！

"不要不要！"我坚定地说，"我会小心地吃！还是清蒸的最好！"

于是，我们又吃了清蒸的"石崇鱼"，我吃得很慢很慢，鑫涛更慢，因为他一直在帮我挑鱼刺！

至今，我仍认为，世间美味，莫过于"石崇鱼"！

一九七六年二月初稿

二〇一八年十一月五日重新修正

五季

冬 天

慵 懒

这个冬天，我过得相当慵懒。慵懒两个字，几乎是奢侈品，它和快乐一样，并不是每个人都能拥有的，更不是每个人都能把慵懒视为一种享受的。许多人会认为这是种"罪过"。是"无所事事""浪费时间"的代名词。我也一度这样想过，因此，往年的冬季，我都好忙，忙着收集资料，忙着写作……今年，我却试着去"享受"起"慵懒"来。那是种淡淡的懒散，有种软绵绵的醉意，闲闲的，温柔的，无拘无束的，宁静的，轻飘的……什么事都不追求，只让时间缓缓地滑过去。这种滋味也是种新的体验。我有个朋友说：

"古代的中国读书人都很神仙。"

我听不懂，请他解释，他笑着说：

"神仙都很慵懒。"

我懂了。

李白："钟鼓馔玉不足贵，但愿长醉不复醒。"

王维："独坐幽篁里，弹琴复长啸。"

孟浩然："春眠不觉晓，处处闻啼鸟。"

杜牧："天阶夜色凉如水，坐看牵牛织女星。"

真是慵闲！真是懒散！也真是神仙！

好像余光中说过一句名言：

"星空，非常希腊。"

那么，我这个冬天，就是：

"慵懒，非常神仙！"

烟　圈

人在"慵懒"的时候，常常会发现双手没有事做。脑子里的思想不会因慵懒而停顿，双手却比脑子还"空闲"。这种时候，我就会莫名其妙地点燃一支香烟。

我不会抽烟，从来没有学会过。

可是，在我十八岁的时候，我就接触过香烟。那年，我初次坠入情网，那位男士又抽烟又喝酒。给我印象最深的，是他能吐烟圈，吐得棒透了。每个烟圈都又完整又鲜明，我常常坐在他对面，目瞪口呆地看他一连串地吐着烟圈，看那些烟圈如何飘远、飘远，扩散、扩散……终于消失无踪。

他对我说过：

"吐一个烟圈，希望圈住你。"

烟圈太虚无了，烟圈太飘渺了，烟圈圈不住任何东西。没有多久，烟圈就已成追忆。

但是，从此，我就爱上了烟圈。

有一段日子，我常常燃上一支烟，苦学如何吐烟圈，却怎么都学不会。我对于自己学不会的事都有种崇敬的心情，包括吐烟圈在内。

若干年以后，鑫涛初次在我面前吐烟圈。他吓了我一跳。因为，他不会抽烟，却能吐一连串又圆又大又完整又清晰的烟圈。

一个不会抽烟，而会吐烟圈的人，必然认识过一样东西，这东西名叫"寂寞"。否则，我不能想象，人怎会对着虚空，去练习"吐烟圈"。像我刻意学习过的人，都学不会。他没有刻意学习，却会了。

他寂寞过，这使我心中有股酸楚的温柔。而烟圈本身，又带给我某种黯然的情怀。于是，他的烟圈却圈住了我，圈了漫漫长长的悠悠岁月。

人生，真是很奇妙的！

这个冬天，我常燃起一支烟，胡乱地吐着烟雾，鑫涛会也燃上一支烟，陪我吐烟圈，我从没告诉过他有关烟圈的故事。只是，我发现，我仍然喜爱烟圈，不论它多么虚无，不论它多么飘渺。

有朋自远方来

我有个朋友名叫倪匡。

事实上，人人都知道倪匡。他的武侠小说、科幻小说都脍炙人口，而他的方块文章，才真正是言之有物，令人激赏的。虽然，他的方块文章中颇多自我矛盾的地方，不过，没关系，人生本来就是矛盾的，何况，倪匡又是个矛盾的人物！听他谈话，你才会发现什么叫"矛盾"！

这个冬天特别热闹。

倪匡家居香港，却来了台北好多趟，他那住夏威夷的女友安娜，也到台北和他相聚，因此，常为我家座上客。同时，云游海外各地的三毛、定居美国的好友范思绮，和她那航空工程专家夫婿赵继昌，以及海内外行踪不定的赵宁，都在这个冬天，成为了我家的佳宾。

因此，这个冬天，我家常常是座中客常满，樽中酒不空的局面。至于笑语喧哗，从深夜闹到黎明，更是隆冬中的另一景象，笑和酒，常搅热了空气，赶走了寒流。

倪匡是矛盾的人物，由下面一篇谈话可见。有次，倪匡和赵宁同时在我家。

赵宁绰号甚多，从赵茶房、赵跟戏、赵某人……数起来总有七八个，文章滑稽突梯，幽默风趣。但是，其人和其文是两码子事。赵宁的文章很活泼俏皮，充满快乐，有娱己娱人的功力。他本人却因种种理由，变得有些消沉。"快乐的单身汉"并不快乐，"快乐的单身汉"相当寂寞，所以，"快乐的单身汉"常借酒浇愁。

"快乐的单身汉"碰到了"快乐的非单身汉"。说实在的，不知怎么谈倪匡，他一度女友成群（据他自称约有两百人），自从三年前认识安娜，从此一颗心悬在安娜身上，为安娜奔波于全世界。美国、中国台湾、日本、欧洲……各处跑，安娜去什么地方，他就追到什么地方。人生由恋爱而开始，倪匡"快乐"得一如幼儿。

两个"快乐者"都爱喝酒。倪匡和赵宁就"铆"上了。"喝酒""聊天""抬杠"。

"赵宁，"倪匡吼（那晚，每个人说话都必须'吼'，否则对方会压住自己的声浪），"你是自己性格的悲剧，你不知道怎么找快乐……"

"是，是，是，一点不错，不过……"赵宁接口。

"不要解释，"倪匡再吼，打断了他，"你看我，多么快乐，快乐这玩意儿俯拾皆是，就不知道你怎么找不到快乐……"

"是这样……"

"别插嘴，"倪匡再打断他，"三年前我痛苦得要死，每天研究用什么方法自杀最适当……"

"原来你也痛苦过？"赵宁瞪大眼睛。

"别说话！"倪匡又打断他，"后来我碰到安娜，哇呀！快乐，快乐，真快乐……"

"可是我没有安……"赵宁讷讷地接口。

"别插嘴！"倪匡满斟一杯酒，大笑得差点滚到地上去，"我要是见不到安娜，我一天打三个长途电话给她，我的稿费全付了电话费。见到安娜，我们快活如神仙，年轻人也赶不上我们的疯狂。疯狂的快乐！赵宁，你懂得疯狂的快乐吗？"

"我……我……我……我甘拜下风。"赵宁有些招架不住，主要是，倪匡始终没有给过他发言机会。他又羡慕又嫉妒，瞪大眼睛猛喝白兰地，自言自语了一句，"我今天还到某某大学去演讲，讲如何找快乐，原来该请你去讲的。"

"赵宁！"倪匡喊，完全没听到赵某人的自言自语，"你一定要救自己，要快乐，像我一样……"

"是，是，是……"赵某人已放弃发言权，一个劲儿地点头称是。

"哇，我真快乐！我真快乐！"倪匡陶醉在"快乐"中，不禁手之舞之，足之蹈之。一阵"快乐"刚刚发泄完，他忽然看到如花似玉的安娜，和那坐在旁边"欣赏"他的三毛和我了。大概思想忽然有了一百八十度的转变，他立即接口说："老天！我真是世界上最最痛苦的人！"

"什么？"赵宁总算逮到机会了，慌忙说，"难道痛苦我也要排第二？"

"赵宁，你不知道呀，你不知道呀！"倪匡感慨齐发，痛苦得无法收拾，"男人爱女人，是多么痛苦的事，随时都在水深火热之中。人生有那么多无可奈何，痛苦啊痛苦！我真是世界上最痛苦的人，痛苦得一塌糊涂，痛苦得难以言喻……"

"对……对不起，"赵宁讷讷地提示，"你刚刚谈的题目是快乐……"

"谁告诉你快乐和痛苦不能并存？"倪匡吼了回去，忽然看到了我，"琼瑶，你说！痛苦和狂欢是不是并存？"

"是，是。"我笑着接口，能不接口吗？我终于见到了一个活生生的、敢爱、敢说、敢做、敢纵情快乐，也纵情痛苦的人物。一个矛盾的人物！却矛盾得那么真实。

倪匡是矛盾的。他的理论也常常矛盾。而且，他还是个"死不认错"的人。

看倪匡小说的人，一定都知道卫斯理。

卫斯理是倪匡每本科幻小说的主人翁，此翁遭遇过种种怪事，倪匡写来真是丝丝入扣，引人入胜。可是，有一次，倪匡犯了一个大错，他把卫斯理弄到了"南极"，卫斯理在冰天雪地中，几乎已入绝境，却忽然发现一只"北极熊"。于是，卫斯理绝处逢生，杀北极熊，食其肉而穿其皮，继续冒险生涯。当时，有位读者忍无可忍，写封信给倪匡，指出"南极"不可能有"北极熊"。倪匡明知错误，却不肯认错，把来信置之不理。该读者不死心，继续写信给倪匡，一定要倪匡答复，倪匡终于回复了一封短信，信中寥寥两句话：

一、南极确实没有北极熊。

二、世上也无卫斯理。

这就是"死不认错"的倪匡！当这本小说出版时，发行人曾要求倪匡更正，倪匡气呼呼地说：

"我怎么能更正？更正岂不是变成我认错了？'犯错'难免，'认错'不行！"

所以，卫斯理仍然在南极杀北极熊。

这就是倪匡。是我这个冬天认识的倪匡。我庆幸没有在三年前认识他，那时的他可能是另一个人物。

范思绮居然第三度结婚

前面我提到有朋自远方来，包括我友范思绮。

范思绮和我相识于十年前，她写过《葛莱湖》和《七个珍重》等小说，和我从通信而变为知己。十年来，相见次数不多，她旅居美国，每次见面，除非是我去美国旅行，要不然就是她回台探亲。但是，只要我们见面了，就会有说不完的知心话，道不尽的彼此近况，也会和小孩子般又疯又闹，又笑又跳，甚至谈到感情激动处，双双都落下几滴无限感慨的泪珠。这世界上有个朋友，能和你同哭同笑，促膝长谈的，实在是人生一大乐事也！

范思绮是个感情非常丰沛的女人，我曾说，范思绮的感情是个海洋，需要大量的水源来注满。我有一套"海洋"和"茶杯"的比喻，来说明人与人间对感情需要量的不同，有人要一个海洋，有的人一茶杯就"满"了。这套哲学，就从范思绮身上而来。

所以，范思绮是个海洋。

十年前，我初见范思绮，她的海洋正在干枯状态中，她的第一次婚姻也正在破裂的边缘。她挣扎在矛盾痛苦和枯竭的境况中。而我当时也深陷在情感的漩涡里。两人就此一见如故。

八年前，范思绮终于轰轰烈烈地婚变了。

据说，那次婚变是像海啸般排山倒海的。因为华侨社会仍然停留在新旧交替的保守状态中，对于"离婚"并不像想象中那样流行。离婚后的范思绮遇上了航空工程专家赵继昌（我至今不明白在天空中的赵如何填满了地上的海？但他确实注满了这个海洋）。于是，一番惊天动地的恋爱再度发生，他们上天下海，受尽指责，历经困难，终于排除万难，结为连理。

范思绮第二次结婚，我给予深深的祝福，相信她终于找到了她的海洋，他们会彼此注满，彼此交流，彼此震撼，彼此制造人生中不可避免的"波浪"，而在彼此的浪花中去寻求美丽与满足。

因此，当范思绮在电话里告诉我，她要第三度结婚了！并订于圣诞夜举行婚礼，我可吓了一大跳！

"不行！"我说，"你怎么可以随时结婚？你的海洋难道又干枯了？"

"别忙别忙，听我细细道来！"范思绮笑着说，"又有故事了！"

"又有故事！你以为你是伊丽莎白·泰勒？"

范思绮笑得一发不可收拾。

于是，她告诉我一个故事。

原来，她这次回台北，有友人推荐一位算命看相的权威人士给她。范思绮对命相之学十分相信，立即奔赴那位算命先生处，那位先生一见范思绮，立刻说了一句惊人之语：

"你命中注定，必须结三次婚！"

我友范思绮这一吓，吓得三魂六魄都没了皈依。回到家中，对她那位"赵"左看右看，不禁眼泪汪汪。"赵"不知发生了什么大事，小心体贴地细细盘问，原来如此这般。赵是学科学的，偏偏对"命运"的难测，也深信不疑，这一惊也非同小可。两人想到，茫茫未来，如果再有"婚变"，此情何堪？于是，赵忽然计上心来，坚决地说：

"我再娶你一次！"

"什么？"

"我们再结一次婚，那么，你命中的三次婚岂不就都结完了？与其你再去嫁给别人，不如再嫁给我吧！"

于是，我们这对老友，居然煞有介事，大发"结婚请帖"，于圣诞前夕，再行婚礼！古人缘定三生，我友范思绮和赵继昌缘定今生，不妨一婚再婚！圣诞夜，我家也正大宴宾客，我未能躬逢其盛。不过，事后，据友人们纷纷报告，他们的"婚礼"十分隆重热闹，宾客盈门。而我友范思绮不甘独享"新婚之乐"，竟强拉与会的夫妇们，都"再行一次婚礼"，将婚纱不断披在每位女宾头上，与她们的夫婿再拜天地。据说，当晚散会后，我的另一女友名叫林林，和她那已结褵十几载的夫婿林君才走出赵家，那位林君就跌脚一叹：

"糟了！糟了！我也去算过命，算命先生说我命中注定要结两次婚。我正一心一意等待我的第二次艳遇，谁知竟被范思绮这对疯子拉上结婚礼堂，破了我的命运！原来第二次结婚还是你这位旧娘子，真气死我也！"

此事经我友林林证实，笑得我拥着"新娘"范思绮，滚到地上去了。

走笔至此，范思绮和赵继昌已飞回美国了。想起他们的婚礼，想起他们的故事，想起范思绮的海洋和赵继昌的天空，我遥祝他们：珍重，珍重，珍重，珍重，珍重，珍重，珍重！一个星期有七天；七个珍重！

难兄难弟

谈过倪匡，谈过范思绮。这个冬天，有一对不能不谈的朋友，我称他们为"难兄难弟"。

除夕夜，我友林林和夫婿林君在燕子湖畔，举行了一个别开生面的除夕晚会，大家从晚上七时一直闹到第二天早上。喝酒，跳舞，高歌，笑语喧哗……那真是个令人难忘的夜！

就在那天晚上，我遇到许多旧友新知。大家都喝着酒，大家都又疯又闹，大家都找朋友谈话，大家都有些醉了。这时，我看到我前面提过的"快乐的单身汉"赵宁，接着，我又看到另一位"快乐的单身汉"沈君山……我忽然灵机一动，拉着他们两个说：

"快来快来，你们两个必须结拜为把兄弟！"

"为什么？"两人齐声问，仿佛都有些不太服气。

我看着他们两个一直笑。那晚，我喝了一点点酒，我不能喝酒，只要稍稍沾唇，就有醉意。一有醉意，我就会变得好爱笑好爱笑。

我之所以好笑，是因为我认识他们两个，都已经许多年了。这些年来，他们都分别是我家的座上客，分别在我眼前，开始过"爱的故事"，继续过"爱的故事"，最后，又都结束过"爱的故事"。他们分别对我发下"明年一定结婚！"的豪语，又都让一年又一年的岁月从指缝中流逝。转眼间，又是一年除夕，这两个

"单身汉"的"这一年"眼看也成过去。不论他们两人，在事业上，在学术上，在写作上有多少成就，在"婚姻"上，却都交着白卷，他们怎么不是一对难兄难弟呢！

沈君山比赵宁大，结过婚，离了婚。我七八年前认识他的时候，他已是"单身汉"。赵宁是自始至今都维持着"单身汉"的身份。他们有相似的地方，都身材颀长，文质彬彬，有些"潇洒"，有些"稍傻"；常常"沉默"，常常"沉没"。而且，还共有中国书生的那种特质——想得太多，顾忌太多，而成为"矛盾"两字的俘虏。

"你们要结拜，一定要结拜！"我笑着说，"因为你们都是单身汉！"

"单身汉多着呢！难道都要结拜吗？"

"你们不同呢！"我说，望着沈君山，"听说，你最近又有一段没结果的爱情！"

"是呀！"沈君山说。

"听说，"我望向赵宁，"你也有一段……"

"岂止一段，"赵宁不甘示弱说，"好几段呢！"

"好，反正你们都有爱情之花，不结爱情之果。"我说，"你们知道你们两个的问题出在哪里？沈君山！"

"是！"沈君山答得干脆，他一杯在手，已有薄醉，"愿闻其详！"

"你对爱情，是感性地开始，理性地结束。每次你遇到一个女孩，感情冲动之下，就不顾一切地猛追，不管对方与你合不合适。等到发展到某个阶段，你的理智就恢复了，开始想到双方的身份、环境、过去、未来……种种种种是否能合组一个家庭，于是，左想不对，右想不对，这段爱情就宣告无疾而终。"

沈君山瞪着我，点着头，沉默了。

"赵宁，你正相反，你是理性地开始，感性地结束。每次你遇到一个女孩，你还没爱上人家，你的理智就提醒你，对方人品不错，门当户对，你也老大不小，该成家了。于是，你就展开追求。等到发展到某个阶段，你的感情就作祟了，开始觉得自己不够爱她，没有轰轰烈烈恋爱，怎能谈婚姻？于是，左想不对，右想不对，这段爱情也就宣告无疾而终。"

赵宁忙不迭地点头，忙不迭地喝酒，同意了我的看法。

"所以，你瞧，你们两个，殊途同归。虽然原因不同，但都走到同一条路线上去。所以，你们该结拜为把兄弟。何况，你们两个，都和我的小说有一段渊源，沈君山有《雁儿在林梢》，赵宁有《一颗红豆》！"

"什么雁儿在林梢？"赵宁问。

"什么一颗红豆？"沈君山问。

其实，那是两段颇为动人的故事。若干年前，沈君山和一位比他年轻二十几岁的少女相恋，遭遇到许多挫折和反对，沈君山在"左思右想"中"举棋不定"，那女孩录了我的《雁儿在林梢》的歌词给沈君山，自己孤身飞往美国，嫁人了。那歌词中有这样的句子：

> 雁儿在林梢，眼前白云飘，
> 衔云衔不住，筑巢筑不了！

雁儿不想飞，雁儿不想飞

　　白云深处多寂寥！

我们那"理性"的沈君山，居然让那雁儿飞去了！

　　至于赵宁的一颗红豆，很多人都知道那故事。赵宁因为我们拍摄《一颗红豆》的电影，而和某女星坠入情网，这段感情来如风，去如电。连牵涉在里面的我都弄不清楚两人间是怎么回事，总之，事情已成过去。这件事在赵宁的心中，大概始终留下了一道伤痕，也像我的歌词：

　　　　我有一颗红豆，伴我灯残更漏，

　　　　几番欲寄还留，此情伊人知否？

　　我们那感性的赵宁，就常陷在自我的折磨里。

　　那晚，我看着他们两个，很多话想说，很多话说不出口。我奇怪，怎么总是有那么多故事在我眼前发生？怎么总有那么多小说化的人物？我看着他们两个，"快乐的单身汉"！多么潇洒！多么自由，多么无牵无挂！我只能说：

　　"你们真是一对难兄难弟！"

　　赵宁干了一杯酒，半醉的赵宁，注视着半醉的沈君山，又潇洒，又稍傻地说：

　　"外面是燕子湖，不知道有没有人愿意和我一起跳燕子湖？"

　　那晚，赵宁遍告宾客，外面有个燕子湖。但是，大家都沉溺在室内的欢乐里，没人去管外面的燕子湖。最后，赵宁缩在一个角落里，给一位不知名的女孩通电话。而沈君山，他在夜未阑，人未散时，已先走一步了。

那晚，大家都醉了。

那晚，我祝福着那对难兄难弟：

"有酒皆可醉，有情终需留。"

自　由

人在慵懒中，什么都好，但是，有件事却不太好，那就是"思想"。

人可以"慵懒"，思想却从不"慵懒"。人越是慵懒，思想往往越是忙碌。这个冬天，当我懒洋洋地痴望一炉炉火时，我的思想却经常云游四海，不着边际地漫游。漫游尚无大碍，有时，它却会不止于漫游，而风驰电掣般奔窜起来，到处去探索，到处去追寻，到处去访问，到处去研究……最后，它终于给我惹出麻烦来了。

事情经过是这样的。

有天，我正在火炉中埋着橘子皮，注视着一小簇的火焰往上轻蹿。忽然间，我的"思想"从窗外的世界里"归来"，猛然对我的心灵撞击了一下，并在我耳边低嚷：

"这就是你的生活吗？炉火？书房？雪球？丈夫？儿子？从一个房间走到另一个房间？你不觉得你少了什么东西吗？"

"我什么都不少！"我"自己"回答。

"那么，你的生活为什么和别人不同？你的朋友除了丈夫儿女之外，都各有属于自我的时间和朋友，你没有。你睁开眼睛在可园，闭上眼睛在可园，写作时在可园，见客时也在可园。可园，虽然是个温暖的家，也是个精致的金丝笼呢！你怎么不偶尔走出去一下呢？你怎么不交一些属于你自己的朋友呢！你怎么不去观察一些新的世界，扩展一些你的视野呢？"

我悚然而惊，被我的"思想"吓住了。

"可是，保持现状有何不好？"我问。

"很好很好。"我的"思想"在"鞭策"着我，"你很慵懒，慵懒得很神仙，逐渐地，你会变成一个消极的神仙，没有自我的神仙，睡着了的神仙……你再也写不出什么生动的作品了，因为你接触不到广大的群众，也看不到这个社会。你可以当神仙，写一些神话……"

我震惊了。不只震惊，而且恐慌。

我不想当神仙了。

于是，那天，当鑫涛下班回家，我急切地告诉他，我要改变一下生活的方式。我要交一些我自己的朋友，我要走出可园，呼吸一些新鲜空气，我要看看这个世界，接触一些以前不曾接触的人群……鑫涛用古怪的眼光看我，蹙起眉头，困惑之至。

"为什么呢？是我没有给你足够的感情，填补不满你生活的空间吗？"

"不是，不是，完全不是！"我急促地说，焦灼地把我那"思想"的"警告"一一向他陈述，然后，又迫切地希望从他那儿得到赞同，"我想走出可园，去交一些朋友，去看一下世界。"

"我不是每年都陪你出去旅行吗？"鑫涛说，"我们不是有那么多那么多好朋友吗？如果你要走出可园，我陪你去走！如果你要去喝咖啡，我陪你去喝！如果你想去逛公园，我陪你去逛！如果你想去夜总会跳舞，我陪你去跳！怎样？行吗？"

　　我怔住。老天！完全"琼瑶小说"式的对白嘛。看样子，此人中琼瑶之毒已深！我想起《飘》里白瑞德的话"我掉进自己的陷阱里去了"。我有些迷糊起来，慌慌张张地去找我的"思想"，询问它鑫涛的这种"陪伴"方式是不是就是我"思想"所要的。我的"思想"对我毫不留情地摇摇头，义正词严地在我耳边说：

　　"现在我知道你缺少什么了！你缺少'自由'！你的生活起居，一言一语，朋友世界，都在一个人的意志底下，因为他爱你，所以，爱字广被一切，爱字笼罩一切，所以，你没有个人自由！"

　　哦，自由！我恍然大悟，我缺少"自由"！

　　缺乏"自由"，这是多么严重的事！"生命诚可贵，爱情价更高，若为自由故，两者皆可抛！"我这一惊，非同小可，我开始严重起来，理直气壮起来。

　　"我不需要你陪伴，我想要自由！"

　　"自由？"鑫涛大大"受伤"了。事实上，我和鑫涛相识长达十六年后才结为夫妇，其间历经波折。因而，鑫涛对我总比一般丈夫来得"关怀"，他关怀我一举一动，陪伴我做每一件事，结婚三年多来，我几乎完全在他的密切照顾下过着日子。我没有秘密，也没有自我的私人活动。"你要摆脱开我吗？我妨碍你了吗？我对你不够好，不够迁就吗？在这种幸福中你还要'自由'，那么，你是对我的陪伴不满意了？而且，爱情中不是包括奉献彼此的自由吗？"

糟糕！又是"琼瑶式对白"！

我再度迷糊了。"思想"和"自我"又辩论又交战，研究爱情中是不是包括奉献自由？这问题太大了，忽然间，我觉得我解决不了，鑫涛也解决不了，因为我们都太主观，都太平凡。于是，这问题扩大了。我们所有的朋友都被一一请来，研究我该不该有"自由"。

范思绮、林林、郭家大妹、赵宁……各方嘉宾，云集我家，你一言，我一语，热闹之至。对我的"自由"，人人都发表了一篇宏论。说实话，这些"宏论"把我越搅越糊涂，把我越说越困惑。而且，我发现，这么"严肃"的题目，最后却演变成大家"取笑"的材料了。有人说我"人在福中不知福，日子过得太悠闲了，自寻烦恼！"有人说我"爱情上的富翁，才有这种找自由的问题，像我们这种女人，巴不得丈夫分分秒秒守在身边，没有自由才好呢！"有人说我"自己依赖心太重，根本离不开鑫涛，没资格谈自由！"有人说我"只要去做，不必空谈，自由就在你手中！"

总之，那天，从下午两点谈至第二天凌晨三点钟，大家又喝了咖啡，又喝了酒，最后还出去吃了顿"宵夜"，而我是否该有"自由"的问题，并没有获得任何结论。不过，我静观诸好友，对我的"争自由"，同情的人少，认为我"庸人自扰"者多，心中不无怏怏之意。

结果，有天鑫涛自己对我说，如果我要"自由"，总该让我们两个都去"试一试"。刚好那天午后我要去办一些事，平常，鑫涛一定陪我一起办，那天，他说不陪我了，让我自己去办，而他呢？

"我在办公厅等你，你办完了事打电话给我！我开车来接你回家！"

我欣然同意，自己出去办事了。

五点钟，我的事已办完，想打电话给鑫涛，才蓦然想起，皇冠杂志社刚搬家，换了新电话，我居然把电话号码忘了。无法打电话，我在台北街头自由地走着走着，走到了敦化南路的远东百货公司，抬头一看，敦化双星大厦就在街对面。想起皇冠新迁办公室，就在双星大厦中，不如直接去办公厅找鑫涛吧！他一定会对我的"不告而至"吓一跳呢！

于是，安步当车，走到双星大厦，左边大厦管理员告诉我，此处没有皇冠杂志社，右边大厦管理员告诉我，此处也无皇冠杂志社！我怔了怔，抬头一看，前面耸立着两栋玻璃大楼，仿佛也叫"双星大厦"！于是，再走过去，左看看，右看看，都不太像我曾去过的双星大厦。进去一问，果不其然，何尝有什么皇冠杂志社来着！

我站在街头呆了十分钟。终于想起皇冠的新电话号码来了，赶快打电话给鑫涛。

"什么？你找不到我的办公厅？"鑫涛大惊，对于我那"自立"的本领，一向非常不信任，他急了，"你到林肯大厦楼下等我吧，我马上来接你，你别满街乱跑了！"

他急急挂断电话，我又呆住了。林肯大厦在什么鬼地方？

不急，林肯大厦一定在附近。

我开始在敦化南路各巷子中乱钻，二十分钟后，我发现鑫涛不可能找到我了。于是，我叫了一辆计程车，回家去也。总算还好，没忘记可园的门牌号码。

鑫涛在半小时后回到家里，对我又摇头又叹气又跌脚：

"你怎么这样有本领啊？我把三栋双星大厦都找遍了，全找不到你……你……你真……真……"

他"真"不下去了，而我瞪着眼睛嘟着嘴说了句：

"怎么台北有三栋双星大厦？谁弄得清楚？你为什么偏偏选第三栋当办公厅？"

第二天，我的诸亲好友，全台北市的朋友们，都知道我迷路的事了。范思绮第一个跑来慰问我，见到我，她大笑着说：

"你的第一次'自由活动'就迷路啦？就这样糊里糊涂地落幕啦？"

我嘴里叽哩咕噜，想说明三栋双星大厦的事儿，范思绮根本不听我，她笑得快岔了气，笑得眼泪水都快滚出来了。她用胳膊拥着我，边笑边说：

"可怜的琼瑶，我看你就放弃你的'自由'吧！"

这就是这个冬天，我唯一的"壮举"。就是我"争自由"的结果。

直到现在，我没有采取第二个"自由活动"。直到现在，我仍然在和我的"思想"交战。直到现在，我仍然认为这是个问题。

不过，谁的人生里没有问题呢？

"先知"带来的震撼

就在我的"自由"运动中，突然间，我以一种近乎震撼的心情，认识了纪伯仑的《先知》！

这是这个冬天的又一大事，不能不提。

提起《先知》，又要回复到除夕夜的宴会，就在那宴会中，我结识了闻名已久的建筑家兼画家的李祖原先生，和他那从事翻译工作的夫人王季庆女士。

李氏夫妇给人的印象都十分深刻，李祖原高贵宁静，带着种超然的书卷味。李夫人则纤细文雅，轻灵秀气。除夕之聚后没多久，我们又聚在一起，去参观了李氏夫妇那别致已极的家。到底是建筑家的设计，屋子里的一瓶一罐，墙上的一字一画，以及许多来自乡土的画栋雕梁都曾令我惊叹。但，真正使我瞠目结舌的，是一幅从二楼直垂到一楼的巨幅泼墨画，这张画是李祖原先生自己画的，悬挂在楼梯对面的墙上，顶天立地，带着种磅礴气势，使那栋温暖的小楼，增添了无尽"风云际会"的气魄。

就在那晚，李夫人王季庆女士，送了两本她所翻译的书给我，一本是《灵界的讯息》，一本就是纪伯仑的《先知》。

说起来，我是相当无知的。

在看《先知》以前，我几乎不知道纪伯仑！

但是，看了《先知》，我震惊而诧异，那么多的思想，那么多的言论，那么多诗一般的句子，那么多充满智慧的哲学……他都写了。他早就写了！这位生于一八八三年的奇人纪伯仑！

看《先知》那晚，我正受挫于自己的"自由"运动中。我还弄不明白我该不该有"自我",该不该有"自由",该不该为鑫涛对我的"照顾"过多而有所疑惧。但是,翻开《先知》一书,其中有章《婚姻》,却赫然写着:

你们生即同在,你们也将永远同在。

但是在你们的契合中保留些空隙吧,

让天堂的风在你们之间舞蹈。

彼此相爱,却不要使爱成为枷锁,

不如让它像在你俩灵魂之岸间流动的海水。

注满彼此的酒杯却不饮自同一杯。

彼此给予面包却不分食同一条面包。

一同跳舞放怀欢欣,

却让你们各有自我,

正如琵琶的各弦线是分开的,虽然它们在同一乐曲
　下颤动。

给予你们的心,却不交给彼此保管,

因为只有"生命"的手才能包容你们的心。

站立在一起但不要彼此太靠近:

因为庙宇的柱子分开矗立,

橡树和绿杉也不能在彼此的阴影中生长。

伟哉纪伯仑!感谢王季庆!这正是我那云游四海的"思想"对我撞击的原因!这些句子,岂不正是我想告诉鑫涛的吗?我和

鑫涛，什么都不缺了，缺的原来只是"空隙"，过分的密切阻挡了天堂的风。真是愚蠢哪！

带着种虔诚的心情，带着种崭新的喜悦。那晚，我就将这段话录在一张卡片上，连带鲜花一朵，放在鑫涛枕畔。我要的不是"自由"，而是"天堂的风"，"流动的海水"，以及那"分开的弦线下奏出的同一首歌"！

事有凑巧，两天后我必须和弟妇一同赴香港，去为我的电影事业签约，鑫涛无法结伴同行，他潇洒地说：

"这下我们之间有空隙了。正好让我去好好地认识一下你的朋友纪伯仑！"

我到香港第一晚，鑫涛来电话：

"我已经感觉到天堂的微风在吹动啦！有些凉飕飕的呢！"

第二晚，他在电话中说：

"不得了，微风变飓风啦！"

第三晚，他说：

"飓风变大台风啦！"

第四晚，他说：

"流动的海水变海啸啦！"

第五天，我说：

"我回来啦！你别再掀风作浪，把地震引出来，弄倒庙宇的柱子吧！"

于是，我回家了。

回家那晚，鑫涛写了一首打油诗给我：

天堂的风无从吹袭，

只要契合中没有空隙。

灵魂两岸之间海水如何流动？

如果灵魂相连成整块陆地！

谁管那弦线是否分开？

只听到那弦音奏着同一歌曲！

至于庙宇的柱子分开矗立，

那又关我们什么事？

我们只要紧紧靠在一起，

彼此间何来阴影遮绿地！

对不起，纪伯仑！我十九年前交友不慎，认识了鑫涛，三年前又一时糊涂，跌入他的婚姻陷阱里。如今，虽然我那么佩服你的才智，震撼于你的诗句，并请出你老先生来，希望令顽石点头，看样子，你的启示仍然无法点醒我家这位"凡夫俗子"！

所以，我仍然缺少那天堂的风！

这个冬天，就这样过去了。

这个冬天，我慵懒得很神仙。

这个冬天，我交了好多朋友。

这个冬天，我努力争取过自由。

这个冬天，我知道每个人生命里都有问题。

这个冬天，我认识了纪伯仑。

这个冬天，我还有好多没写出来的事情，人生的体验总是一天比一天增多的。不过，不能再写了，这篇短文已比我预期的写得多了。而且，冬天已过去，春节转眼将至。窗外，春风已起兮！

春风已起兮，别矣，这个冬天！

春风已起兮，新的一年又将来临。愿我的好友们各有所获。愿天下所有有问题的人们解决问题！愿我的"今年春天"又是一番新气象！

　　　　　　　　　　　一九八三年二月十日，春节前三日

　　　　　　　　　　　　　　写于台北可园

春 天

忙 碌

上个冬天我过得很慵懒。

春节刚刚过去，我还没有从我的"冬眠"中苏醒，就忽然被卷进一阵翻天覆地的忙碌里，忙得我几乎没有喘息的时间，休息的时间，思想的时间，连和鑫涛争自由的时间都没有了。

忙碌的开始，是台湾中华电视台突然把一宗"琼瑶专辑"的企划案拿到我面前，希望以我所作的歌、电影，和我的言谈思想，录制成两个专辑，在电视上播出。换了往年，我一定不会答应。今年，屈指一算，我的写作生涯已满二十年。有时真不相信，二十年就这么涂涂写写地过去了。二十年间，居然也有四十九部电影根据我的原著改编，三十九部小说出版，一百多首歌被人唱着、流传着……我看着那企划案，一时感触，居然冲口而出地说了个"好"字！这一"好"，可真好了，从没有参与过电视作业的我，一下子就像掉进了洗衣机的洗槽里，被卷动的水流冲击得我头昏脑涨。

忙碌由兹开始，一连串"鲜"事也由兹开始。

节目表

专辑由某某公司制作，定名为"琼瑶的天空琼瑶的梦"。我们几度开会，决定制作一个综艺性的、柔美而温馨的节目，以我的歌为主，短剧和我的旁白为辅，表现一个我二十年来一直述说着的主题——爱。

一开始，制作小组就全体卷入了工作的狂潮中。由于部分歌曲已是十几年前的老歌，要找原声带，要找现在的演员或歌星来唱，要先录音，再用 ENG（电视摄影）出外景拍摄。于是，找唱片、找音乐带、联络原来的唱片公司，仅仅录音收音一项，就成了大工程。然后，我们要把节目排出来，分配歌曲由谁唱，短剧由谁演出，旁白在什么时候插入……这又是一项大工程，刘懋生（执行小组成员之一）负责和我一起排节目。

节目表一排出来，演员阵容真是群星熠熠。郑少秋、沈殿霞、陈玉莲、高凌风、刘蓝溪、杨翠弦、蔡琴、费翔、仲伦、徐小玲、张小燕、潘越云、赵晓君、朱宛宜、潘安邦、张顺兴、唐琪、马雷蒙及华视的许多知名演员，都一一加入。我看看演员表，仍然意犹未足，我说：

"应该请林青霞来唱首歌的，她在我的电影中有不可抹煞的地位！"

可惜，青霞当时在国外，没有联络上。

"这演员阵容已经够强了！"刘懋生一个劲儿说，"没有几个综艺节目有这么强的卡司（阵容），不必再找人了。只是，高凌风在台中作秀，大概不能来参加。"

是吗？高凌风，十八岁时常在我家又唱又叫又说地做他的歌星梦，如今已名满东南亚。总记得帮他写《女朋友》的时候，总记得为他写《大眼睛》《一个小故事》的时候，总记得介绍他去夜总会唱歌的时候……不过，那时的高凌风名叫葛元诚，高凌风这名字是我取的。今日的高凌风还有往日的狂放吗？还有往日的豪情吗？还有往日的义气吗？说不定忙于作秀，不能上电视呢！

我拿起电话，立即接台中，找高凌风。

"琼瑶姊，"高凌风那兴奋愉悦的声音立刻清晰地传了过来，"你的专辑，少了我还行吗？"这家伙永远狂妄！"你想，你的歌，我唱红了多少首？《大眼睛》《一个小故事》《野菊花》《在水一方》《有人告诉我》《燃烧吧！火鸟》《七束心香》《一帘幽梦》《蓊蓊风》《老爷车》《小路》……"他越说越顺口，连不是他唱的歌也变成他唱红的了。

"别念啦！"我打断他，"你只说有没有时间来录音和录影？"

"当然有时间！"他大叫。

"你不是在作秀吗？"

"啊呀，琼瑶姊！台中到台北开车只有两小时，我表演完飞车回来，录完影再飞车回去……"

"别飞车了！"我慌忙说，对他"飞车"有过的"记录"十分不放心，"我让影视公司跟你直接联络，到时候别给我什么怪理由来推托……"

"推托？"高凌风哇哇怪叫，"我为什么要推托？我只怕你不要我参加呢！"

三天后，高凌风真的飞车回台北来录《大眼睛》和《野菊花》，那天正下倾盆大雨，他在雨中又跳又唱又蹦又叫，淋得活像刚出水的大青蛙。

节目表排完，真正的工作开始。哇，简直形容不出那一番忙碌景象！

可园二跛

今年的雨水特别多。专辑受下雨的影响，好多首歌都改为内景拍摄，移到内景，影视公司就开始在可园中找场景。于是，郑少秋和陈玉莲的《珍重今宵》在可园拍的，刘蓝溪的《一帘幽梦》在可园拍的，《诗意》在可园拍的，最后，为了赶时间，连短剧也移到可园来拍摄了。可园上从楼梯、阳台，下至客厅、地下室，无处不被充分利用。由于播出时间越来越近，可园中的工作人员就越来越多，常常两三组人同时进行工作。

可园这下热闹透了。

又是摄影机，又是轨道，又是工作人员，又是演员，忙忙乱乱，乱乱忙忙，我上楼也撞着人，下楼也撞着人，哇，比拍电影还热闹！

偏偏在这紧要关头，鑫涛的老毛病"痛风"发作了。这病一发作，他的足踝就红肿起来，走路困难之至，必须一跛一跛的。

世界上就有这么巧的事，当他跛着脚满可园跳的时候，刘懋生也跛着脚跳进可园来了。一问之下，原来他们去台大拍《给小书呆》（费翔所唱的一首歌），刘懋生自告奋勇充当临时演员，去球场打球，被一位女生狠狠踩了一脚，扭伤筋骨，整只脚都肿了起来，用纱布包了个密密层层。

这一下，可园更热闹了。

我一忽儿看到鑫涛一跛一跛地冲下楼去照顾大家，一忽儿又看到刘懋生一跛一跛地跳上楼来联络演员，再加上摄影师、导播、演员，人来人往，我简直看得眼花缭乱。

鑫涛和刘懋生，由于"同病相怜"，又由于都无法闲着不动，两人常常跛着撞到一块儿，彼此不免问候一句：

"好一点没有？"

"不好哇！"

"你就别走了，有事我来办！"

"你也不比我好，还是我来办！"

这样，他们虽然年龄相差了一大截，却成了好朋友。

有一晚，大家都工作到凌晨两点钟了。鑫涛必须帮他们布置一些场景，例如搬画框、找雕像、找道具、找盆景（这些东西都是可园中现成的，却要从不同的房间里找来），刘懋生看不过去，在一旁跛着脚帮忙。忽然，导播大叫了一声：

"什么地方有钉子？我需要一根钉子！"

当时，我们大家都在三楼上。正在排演"我"的部分。

"地下室有。"鑫涛说，脸色已经变了。要跛着脚走到地下室，再跛着脚爬上三楼，岂不是要了他的命！刘懋生慌忙问导播：

"一定需要吗？"

"一定需要，那盏吊灯的位置不对！"

鑫涛不说话，跛着脚就往楼梯口走，刘懋生也跛着脚跳过去，对鑫涛说：

"告诉我在哪里，我去拿吧！你的脚不好走路！"

"你找不到！"鑫涛说，"还是我去拿吧，你的脚也不好走路！"

鑫涛跛下楼后，刘懋生不忍心地也跛到二楼去接应。而我们在三楼上苦等。导播不耐烦，把那盏吊灯左弄右弄，居然用一枝假花的花梗给缠起来，固定到他需要的位置。于是，大家继续工作，谁都忘了找钉子的事儿。好一会儿，鑫涛和刘懋生跛着脚，彼此搀扶着跛上楼来了。鑫涛手里高举着一根钉子，"钉子来啦！"鑫涛嚷着。

"不用啦！"导播喊。

鑫涛一屁股跌坐在楼梯上，脸色发白。

刘懋生跟着坐下去，脸色发青。

哇！真鲜！我瞪着他们两个看，又想笑又不忍心笑。这"可园二跛"的珍贵镜头，可惜在荧光幕上无法出现，当时的景况，真是"只能意会"，而"不可言传"！

我饰演"琼瑶"

从没有想到有一天，我要去饰演一个名叫"琼瑶"的人。更没有想到，这个角色如此"难演"。

我扮演"琼瑶"的那晚，刘蓝溪正在我家录《一帘幽梦》，我正陶醉在她那甜美的歌声中，忽然听到导播喊了一声：

"琼瑶姊，今晚一定要把你也拍掉！"

什么？我大吃一惊。要拍我？我连一点心理准备都还没有呢！我忽然间就怯起场来了。

"我……我今晚不能拍……"我在想理由搪塞。

"不能拍也要拍！"导播喊着说，不给我还价的余地，"只有两天就要播出了，没时间了！"

看样子无法还价。我第一件事就是冲到镜子前面去打量一下自己（瞧，在这方面，我是个百分之百的女人），不得了，几天忙碌下来，我简直"形容憔悴"，最糟的是连头发都没洗，我把跛着脚的鑫涛叫进卧室来：

"我前面的头发像疯子，你看看我后面的头发像什么？"

他认真地看了看，简单明了地说：

"像稻草！"

哇！不得了！我抓了一瓶洗发精，匆忙地交代了一句：

"让他们等我一小时，我洗个头再来拍！"

冲到巷口的美容院，洗了头，又匆匆赶回家。还好，大家都还忙着拍刘蓝溪，还没轮到我，走进卧室，却发现咱们电影公司的化妆师阿秀已经在等我了。

"什么？化妆？"我又别扭上了，"不要化了，就这样就行了！"

"不行不行，电视妆必须浓一点。"阿秀好言相劝，"我只帮你补一补。"

"不要不要……"我猛摇头。

"你希不希望在镜头中出来漂亮一点呀？"鑫涛的攻心术永

远是第一流的，"你希不希望看起来年轻一点呀？你瞧，刘蓝溪、杨翠弦……哪一个不化妆呢？"

我还在摇头。但是，鑫涛把我们的导演刘立立也找来了，他深知所有演员里，最不听话的可能就是饰演琼瑶的这位了，而他最"没法度""摆不平"的也是这一位了。最糟的是，他深知，如果一切都依我，而将来镜头中拍出来的形象不理想的话，第一个倒霉的人还是他！我一定会怪他没有把我"照顾"好。并且，说不定会迁怒于他"为什么答应华视做专辑"！他对这"利害关系"，权衡得十分清楚。所以把刘姊也请来助阵。果然，刘姊一来，形势立即改观，我只听到刘姊一声令下：

"阿秀！给她卸了妆重化！双颊要红一点，鼻子两边要打点阴影，头发再梳过！"

"刘姊，刘姊……"我哇哇叫。

"别叫了！"刘姊权威之至，"否则你就是张大白脸，连立体感都没有！"

不敢再叫，我开始变成被摆布的洋娃娃。

半小时后，化妆完毕。

我对镜子一看，真鲜。镜子中有张"似曾相识"的脸孔，浓眉大眼，鼻端的阴影把鼻子显得高出好多。我悄悄擦掉一些阴影，还我一点本来面目。然后，在等待上场的那段时间里，我就专心在做这件事。当我终于出场的时候，鼻端的阴影已差不多被我擦光了。

我所拍的第一个镜头，是坐在地毯上，麦克风藏在裙子里（现场收音），导播要我划一支火柴，点燃一支蜡烛，吹熄火柴，放下火柴盒，抬头，对镜头说话……

"简单。"

我想着，把火柴盒和火柴都握在手上，全场肃静，俞导播开始报数：

"五、四、三、二……"

我坐得端端正正，纹风不动，等他那个"一"字。怎么？机器都开动了，"一"字还没报出来，导播叫 Cut（停），问我：

"你在等什么？"

"等你报数呀！"我说。

"我已经报完了！"

"你只报到二！"

"一就是你！"导播说，"报完二，就轮到你划火柴了！"

"原来如此！懂了。"

再来一次。导播又报数五、四、三、二……

我仍然没动。

"怎么啦？"

"噢！"我慌慌张张地回答，"习惯成自然，我又在等你那个'一'字！"

摄影师叹气，导播叹气。我好抱歉好抱歉，因为大家都工作了一整天，都好累好累了。他们实在没料到，他们的"灾难"才刚刚开始呢！

"这样吧，我们不报数了，"导播说，"我说开始，你就划火柴！"

"这样比较好！"我立刻同意。

再来一次。导播叫了"开始"，机器动了。

我划火柴，一划，不燃，再划，不燃，三划，用力过猛，火柴断了。

"别紧张，别紧张，"导播拼命安慰我，"再来！"

这次，火柴划着了，导播轻声指点，不断鼓励：

"好极了，点蜡烛，点燃了，好极了。吹火柴，好……"导播好不下去了，因为本人一吹之下，不只吹灭了火柴，连刚点燃的蜡烛也一起吹灭了。

"你的力气还真不小！"俞导播终于了解该佩服谁了，"你用用思想，你是很温柔的，很文雅的，一切动作都是从从容容的，秀秀气气的……"

老天！我从不知道琼瑶是那样一位人物，而且，在真实生活中，琼瑶实在很少点蜡烛，她最怕的就是光线不够亮，灯泡都要用两百烛的。

算了，现在不是研究琼瑶的时候，是"饰演"琼瑶的时候。

我继续划火柴，这次，火柴差点烧了手指头！

再来一次！哈！这次，我终于统统做对了。划火柴，火柴燃了，点蜡烛，蜡烛亮了，吹火柴，火柴熄了，放下火柴盒，抬起头来，对镜头……完美极了，导播赞不绝口：

"好，对了！完全对了……"

我已对准镜头，导播一个手势，全场肃静，该我说话的时候了，我张开嘴来，经过这么多次折腾，我早把要说的话忘到九霄云外去了，虽然我的台词都是我自己写的。话到嘴边，我说出口的居然是：

"我该说什么？"

完了！一切必须再从划火柴开始。电视和电影不同，无法分成两个镜头，导播坚持要一个镜头拍完。好吧！我再开始划火柴吧！

两小时之后，我终于拍完了这个镜头，把每个工作人员都累得垮垮的，把我自己也累得垮垮的。接下来，导播要我从走廊走到阳台上，再从阳台上走进来，对着一个吹笛人的雕像，凝视片刻，抬头说话。

我知道不简单了。但，没想到那么不简单。

第一，本人爱漂亮，换了件薄薄的丝衬衫，而那夜奇寒，大雨倾盆，我必须走到阳台，再走回来（我大约走了二十次），骨头都快冻僵了。第二，地上铺了轨道，我走路时不能看地，几次都差点被轨道绊倒。第三，我对饰演中的"琼瑶"走路方式不熟悉，我总是三步两步，就走到镜头以外去了，而且双手没地方放。导播不断在提醒我：

"走路慢一点，再慢一点。琼瑶是文雅的，不是粗枝大叶的，双手握在身子前面，慢、慢、慢、慢、慢……再慢一点，还要慢一点……"

我幻想我是片云，是片无风状态下的云，正缓缓飘过山岗，飘过原野……慢、慢、慢……不得了，脚下一绊，云从天空摔到地下去了。

再来一次！

导播看着我，发现我实在没有"进入情况"，必须讲解一番，他很耐心、很恳切地说：

"你是个文文雅雅、高高贵贵的小妇人……"

"不。"我再也忍不住了,"我并没有那么文雅高贵,我走路都很快,说话也很快……"

"但是,琼瑶是个文雅的小妇人啊!"导播嚷着说,"你要把这种文雅表现出来啊!"

该死!琼瑶,你干吗那么"文雅"啊!简直是折腾人嘛!我心中诅咒着那"高贵文雅"的"小妇人",嘴里可不敢再多申辩。因为我知道,所有工作人员都很累了,天都快亮了,如果我再演不好"琼瑶",大家都要被我拖垮了。

刘懋生跂着脚跳上楼来看进度,鑫涛跂着脚到镜头前帮我看"监视器"(一种立即显像的小型荧光幕),每个工作人员都呵欠连天东倒西歪。阿秀已歪在墙角睡着了。

再来一次!

我走着,一遍,两遍,三遍……

再来一次!

老天!我实在不记得到底走了多少次。只是,最后,我终于在工作人员都累得半昏迷状态下,勉勉强强走完了那段"文文雅雅""漫漫长长"的一段路。

然后,我听到那精力过人的俞导播说:

"好了,今晚收工!我现在要去你们花园拍鱼池里的鱼去!我缺一个游鱼的空镜头!"

"鱼?"鑫涛爱鱼如命,大吃一惊,从半睡眠中跳起来,"鱼都在睡觉呢!"

"没关系!没关系!"俞导播姓俞却不"惜鱼",非常轻松而潇洒地说，"我用石头打醒它们！"

鑫涛欲言而又止，瞪着眼睛，用手揉着脚，他实在无力再去"护鱼"了，所以，他们用石头打醒了鱼，所以，他们也拍成了那个空镜头！

新鲜事记不胜记，琼瑶录影记就此打住。

专辑播出

三月十日晚间，第一集的专辑播出了。我和鑫涛在卧室中"欣赏"，比看"巨星"出品的电影还紧张，因为我们事先都没看过完整的带子，不知道出来的效果如何。全集九十分钟，当然有些缺点，但是，大体说来，都还不错。只有"饰演琼瑶"的那位演员，使我非常不满意。

"那像我吗？"我一直问鑫涛，"说话太慢，走路太慢，动作太慢……"我跳下床，三步两步跳出房间，我那已读大学的儿子和他同班同学十几人，也刚刚在他的房间看完了这节目。儿子冲下楼来，笑着拥住我：

"妈，你不坏。"儿子鼓励地说，"同学们都说你演得不坏。像一般人心目里的琼瑶，说话一个字一个字的，动作好斯文……"

"可是，不像我，是不是？"我急急地说。

"啊呀。"儿子坦率地说，"没人会相信，真实生活里的琼瑶，是像你本人这么爱闹爱笑，无拘无束的！说实话，真实的你，比电视中的你年轻！"

很好的恭维。我又跳回卧室，鑫涛正坐在床上发愣呢！两眼瞪着电视机。

"怎么啦？"我问他。

他抬头盯着我，一本正经的。

"有个问题。"他严肃地说。

"什么问题？"我慌张地问。

"这节目的名称叫'琼瑶的天空琼瑶的梦'对吧？"

"是。"

"咱们家所有东西都被拍进去了。灯、楼梯、花园、地下室、雪球、客厅，连鱼池里的鱼都没逃过，是不是？"

"是啊！"

"可是，"他板着脸问，"我在哪里？"

"你啊？"我笑了起来，"下一集还来得及补救，当我说话的时候，你跛着脚跳出来，大叫三声，'我在拿钉子！我在搬画框！我在看监视器！'必然收到喜剧效果！"我一面说，一面大过导演瘾，手舞足蹈地教他如何"跳"出来。

他瞅着我，摇头笑了。

"别人绝不会相信，"他说，"琼瑶是像你这样疯疯癫癫的！你看电视里那个琼瑶，多文雅啊！"

"那不是实实在在的我，我是有些古怪的。"我笑着说，念着，"我是一片云，自在又潇洒。身随魂梦飞，来去无牵挂！"

"很好的歌词，这就是你的境界吗？"

"每支歌都有我的境界，我的思想，我的心声。"我认真地说，不笑了，"所以，我总觉得我不需要再说太多的旁白！"

三月十七日，第二集专辑也如期播出了。我们改正了若干缺点，第二集做得比第一集好一点，我的说话也没有那样慢吞吞了。只是，鑫涛坚决不肯跳出来说他的台词，实在是一大遗憾，原来世界上还有比我更怯场的人！这两集专辑做完，我足足瘦了两公斤，却是意料之外的收获。

很多人不知道我为什么会做这两个专辑，我在最后有一段话说：

"很多人问我，我的天空，我的梦里到底有些什么？现在，大家看了很多，听了很多。在这一百八十分钟的专辑里，是我二十年来的青春……"

真的，二十年的青春呢！一百八十分钟就"唱"完了。二十年的青春，二十年述说的"爱"字，有几人真正看懂了？专辑忙完了，我松懈下来，却有些惆怅。就在这时，儿子读大学的那些同学们，却联名给了我一张卡片，上面写着：

亲爱的琼瑶阿姨：
　　是怎样的因缘，指引我们相识，
　　当您，以诗，以歌传述着人间最古老的故事的时候，
　　我们才在初识世事的岁月，
　　方知道，生命际遇里，
　　牵系两端的原来是——
　　一丝丝真情的心弦。
　　如果不是您付出了爱，
　　怎能谱写人间最美的神话？
　　如果不是您先感动了自己，

又如何能触动万千读者的心灵？

深信，在纯真至洁的爱情世界里，

永远有一片属于您所挥洒、编织的天空。

我把卡片拥在胸前，很不争气，泪珠居然冲进眼眶了。好些日子，我就走到哪儿都捧着那张卡片，不厌其烦地朗诵给鑫涛听。

上帝的恶作剧

三月二十八日，我突然决定去"景仁儿童残障教养院"，和那些孩子共度一天。

远在我写《昨夜之灯》以前，因为我需要有关"先天性"的"儿童残障"问题的资料，我就和"景仁"取得了密切的联系。《昨夜之灯》小说出版后，皇冠又对"景仁"做了一次专访，一年多以来，我们和"景仁"始终保持着来往。拍摄《昨夜之灯》的电影时，"景仁"也全力协助拍摄。如今，小说出版了，电影上映了，我忽然好想好想去看看那些孩子。

三月二十八日，天空中乌云密布，大雨倾盆。

"景仁"的院长陈菊贞女士来台北，陪我一起去。皇冠杂志社的记者董小玲小姐也同行采访。

"景仁"的地址在桃园，我们下午两点钟动身，一路上，我和陈院长谈着那些孩子的种种故事，尤其是他们的出身、家庭、父母……像《昨夜之灯》男主角叶刚的故事一样，那三百多个孩子，每个个案都是一个故事。

到了"景仁"，我在大雨中下车，惊愕地感动在一片歌声中。"景仁"有三百四十个孩子，其中能够自己穿衣吃饭，懂得上厕所的只有四十几个。其余全要包尿布，靠保姆来照顾。现在，四十几个孩子都聚集在门口，对我唱歌鼓掌以示欢迎，有个小女孩儿还为我捧上了一束鲜花。

　　我的眼眶又湿了。

　　我看着他们，虽然他们的歌声咿呀，虽然他们的行动不便，虽然他们都"不正常"。但是，他们的面孔上都涌着笑容，眼光中都带着期盼。一些智商较高的孩子，还都热烈地伸手和我握手，并且懂得叫我：

　　"琼瑶阿姨！"

　　我握着他们的手，抚摸着他们的面颊，惊奇地发现一件事：他们即使什么都不懂，他们却懂得"爱"！

　　这个发现，在后来陈院长陪我参观全院时，我就更加确定了。全院三百四十个孩子，几乎有三百个都不能行动，他们坐在轮椅上，躺在床上，不会说话，十几岁仍然状如婴儿，十几岁还要用奶瓶喂……但是，他们显然都认得照顾他们的保姆，认得陈院长，当陈院长伸手抚摸他们时，他们那痴呆的眼神中仍然流露着光彩。

　　我多么感动，多么激动，又多么震撼啊！

　　三百四十个孩子！

　　三百四十个"上帝的恶作剧"！

　　他们不该来到人间的，但是，他们来了！

　　幸好有"景仁"这种机构来收养他们。我觉得，陈院长和

"景仁"的每位老师、保姆，都太伟大了。这些孩子，有的毫无意识地已经躺了十几年，每天都要给他们清洗好几次，要喂食物，还要治疗他们身体上其他的疾患。这简直不是仅靠耐心可以做到的，这还要最大的爱心和牺牲才能做到的！

有一群人在默默地为这些孩子做着事，而我们的社会大众，对这问题几乎是无知而忽略的！

我走进一间又一间的病房，看了一个又一个的孩子。

有三兄弟，每一个都是畸形加智能不足（医学名词上，被称为"多重性障碍"）。我忍不住激动起来，问陈院长：

"为什么他们不节育？为什么他们已经知道生下的孩子不健康，还要一个接一个地生下来？"

"我们也对他们家说过啊，可是，他们坚持要生一个正常的来传宗接代啊！你看到三兄弟就很激动，你知道我们这儿还有四姊妹吗？"她带我去看四姊妹中的两个，坐在床上，不能行动，不能说话。我问：

"其他两个呢？"

"已经去世了。"陈院长说，抬头望望窗外，雨雾中，一座骨灰塔耸立在那儿，"这些孩子平均年龄只有十几岁，到时候就去了。我们为他们建了一座骨灰塔，逢年过节，我们也祭祀他们。"

多么绝望的生命啊！从无知中来，从无知中去。十几年生活在无知的世界里，却让有知的人耗费心力来照顾他们，为什么呢？为什么上苍让这些生命降临人间？传宗接代，接下去的代又会正常吗？这陈腐的观念竟不能更改吗？优生保健的运动竟不能推行吗？我心中黯然、恻然，而又悸动了。

"这儿，是我们可爱的双胞胎兄弟！"陈院长带我到两张婴儿床前面。

婴儿床里，一对长得一模一样，出落得眉清目秀的婴儿正躺在那儿，睁着大大的眼睛，眼珠乌黑乌黑的，皮肤娇嫩而细致，一眼看去，除了脆弱以外，看不出丝毫不正常。

"他们不是很好吗？"我问。

"不好不好。"院长说，"一点也不好。"她拉开棉被，让我看藏在棉被里畸形的身子。"他们全身的骨骼都是软的，而且没有智商，你看他们几岁？"

"两岁？"我问。

"六岁了！"

我的天，我抽了口冷气，忽然觉得房间里好冷。

"来，笑一个！"院长逗着他们。

我伸手去轻触双胞胎的面颊，孩子居然笑了。就这样躺了六年，无知的六年！但是，也会对关怀的手绽出笑容啊！孩子笑了，我心却酸楚起来。

"这旁边，是他们的哥哥！"院长忽然说。

什么？还有个哥哥？我看过去，那男孩也同样眉清目秀，只是比弟弟们看来更脆弱委顿些。

"大几岁？"我问。

"一岁。"

我摇头。两年中生下三个这样的孩子！我真想学叶刚，仰头问苍天：

"如果真有神，你们在哪里？为什么众神默默？"

再走过去，两张婴儿床中，一张躺着全身畸形的"全全"（这孩子也是我们《昨夜之灯》中拍摄的那个孩子，全全不是他的本名，而是我们导演给他起的昵称。导演刘姊曾坚持说全全认得她，也懂得她叫他）。我抚摸全全，全全转着眼珠，我问院长：

"他懂吗？"

"不。"院长摇头，"我想他不懂。他的脑袋太小，没有办法懂。"

或者，他有他的某种境界？我悲天悯人地想，竟对全全生出一种难言的感情，我总觉得，他在对我笑。

全全隔壁的婴儿床里，是个患水脑症的孩子，他有颗庞大的头，占了身子的几乎三分之一。

"你知道吗？"院长爱怜地望着那大头，"他已经十六岁了。"

十六岁！我的上帝！那小身躯顶多只有三岁大。

保姆抱了个兔唇的孩子过来了，笑着说：

"今天早上，我们发现他们两个会玩呢！"

保姆把兔唇儿放在大头床上，逗着他们，兔唇儿用手拂弄大头，笑着，却并不真的"打"大头。大头孩子伸出一只畸形的手指，做放枪状，嘴里居然喃喃地说：

"砰！砰！砰！"

哇！他们真的会玩呢！我望着兔唇儿，忽然觉得有一线光明，我急切地说：

"这孩子可不可以送去外科医院矫正？"

"我们曾经把他送到马偕医院，医生说不值得矫正。"

"不值得！为什么？"

陈院长让我看孩子的脚，我才注意到那脚是畸形的。

"他已经七岁了！和所有孩子一样，他是脑性麻痹，换言之，他智能不足，再说简单一点，他是低能儿！"

兔唇、低能、畸形……上帝能把所有的"不正常"全集中在同一个孩子身上？我凝视那孩子，他却咧着嘴在笑，浑然不知自身的悲哀，也不知道他带给别人的感受。我暗中叹口气，或者，在这种情况中，"无知"竟是种"幸福"了。最起码，他不会感受到自己的悲剧。

然后，我们走进了"老孩子"的房间，陈院长说，这些孩子都有二十几岁、三十岁。全院中最大的一个是个女生，已经四十岁。长得胖乎乎的，院长叫她"大胖"。在餐厅里，我见到了"大胖"。

"大胖"很害羞，个子大约有十二三岁的样子，动作却宛如三岁幼儿。当院长叫她过来时，她竟整个身子缩在门背后，用双手掩着脸儿咯咯偷笑，扭动着身躯就是不肯走出来。

院长半威胁地说："你不出来，我把你的娃娃抱走了！"

大胖似乎吓坏了，她立刻慌慌张张从门背后跑出来，直冲到一个小孩身边，把那孩子一把抱起来，那孩子的裤子滑下去了，大胖又手忙脚乱地帮那孩子穿裤子，然后紧紧张张地把孩子抱到她自己身边，在一张凳子上坐下来，用双手护着他。

我目瞪口呆地看着这一幕。

"他们是什么关系？"我问。

"一点关系也没有，该是缘分吧！"院长感叹地说，"大胖从本院成立就进来了，那个娃娃呢，是十二年前，由她父亲送来的。自从娃娃一来，大胖就爱上这孩子了，说是她的娃娃。十几年如一日，大胖什么都不会，偏偏会照顾娃娃。大胖常不听话，不肯洗澡，我们就用娃娃威胁她，把娃娃藏起来，她找不到娃娃，就急得不得了，什么话都肯听了！"

我望着大胖和她的娃娃，心里涌起一阵难言的温暖，这就是我所谓的"爱"了。四十岁的大胖，虽然只有三岁的心智，她也有母性的温柔啊！

那天，整个下午，我都在"景仁"度过了。而且，我又从陈院长那儿，获知更多类似"叶刚"（《昨夜之灯》的男主角）的故事。很多人批评我笔下的故事不写实，而"真实"常那样活生生地铺陈在我面前。

离开"景仁"，天已经黑了。雨仍然哗啦啦地下着，为谁哭泣呢？上车前，我注视着那骨灰塔，心中充塞着难以描述的情绪。比较健全的孩子们又涌到车边来了，挥着手喊：

"琼瑶阿姨，再见！"

一个患唐氏综合征的孩子对我举手行军礼，再加上深深一鞠躬，其他几个畸形孩子也跟着学样。我抬头望着雨雾中的大楼，这楼中深藏着三百多个低能、畸形，而且长不大的孩子！这也是生命！是上帝赋予的生命！

车子离开了"景仁"。我想着圣经《创世纪》中的记载：

> 神说我们要照着我们的形象，
>
> 按着我们的样式造人，
>
> 使他们管理海里的鱼，

空中的鸟，地上的牲畜，

和全地、并地上所爬的一切昆虫。

神就照着自己的形象造人，

乃是照着他的形象造男造女，

神就赐福给他们……

——《创世纪》第一章第 26、27、28 节

这就是经过"神"赐福的"人"吗？就是按照"神的形象"造出的"人"吗？这三百多个孩子，他们连自己的吃、喝、拉、撒、睡都管不好，他们甚至一生都没认识过海里的鱼，空中的鸟，地上的牲畜，更遑论地上所爬的一切昆虫了！我望着窗外的天空，"神"在什么地方？这些孩子为何会来临呢？我不懂，我永远也不会懂。生命的奥秘是人类探索不尽的"谜"。

于是，我又想起屠格涅夫的散文诗，有一篇叫《自然》，他说他有一天梦到"自然女神"，他颤抖、惶恐而恭敬地去问那女神：

"默想些什么？考虑人类未来的命运吗？考虑人类怎样才能达到完美和快乐？"

"我在想如何才能让跳蚤有更大的力量，能从敌人手里逃出来！"自然女神说。

"什么？难道人类不是你的宠儿吗？"

"一切动物都是我的儿孙，"自然女神回答，"我对他们一样关切，也一样地去毁灭。"

"理由……公正……"

"那是人类的话！"女神说，"我不知道什么是对和错，什么

是公正？我已经赋出了生命，我也要将它收回，不论是虫是人！"

是吗？"生命"都是"自然"的一部分。自然创造了人，自然创造了虫，自然也创造了这三百多个孩子（据估计，全省这种儿童约有十六万）。或者，这与"对"和"错"无关？这种"悲剧"命定要来到世间？没有公正，没有理由。是吗？是吗？

我不懂。我永远也不会懂。

今年春天才刚开始呢！

今年春天一开始就有这么多事！

上个冬天我很慵懒。

今年春天我很忙碌。

上个冬天，我在慵懒中却若有所获。

今年春天，我在忙碌中却若有所失。

一九八三年四月二日写于台北可园

夏　天

旅　行

夏天刚开始，我和鑫涛决定出国去旅行。

每年，我们总抽出一段短短的时间，出国去走走，看看这个世界，接触一些其他的人，也松懈一下工作累积下来的精神紧张。今年，从年初我们就在计划旅行。尤其，我写了篇《冬天》之后，鑫涛认为我的争自由与生活圈狭窄大有关系，而解决生活圈狭窄的最佳方法，莫过于"旅行"。

决定去旅行了。但是，去何处呢？

很多地方，我们以前都已经去过了。但是马来西亚，是我们没去过的。我正犹豫是否要去马来西亚时，刚受枪伤的高凌风给了我一个电话，说他要去新加坡养伤了。我们谈完了他的伤势之后，我顺便问他马来西亚好不好玩，他一听这问题，精神全来了，在电话中说：

"哎呀！琼瑶姊，你运气真好，问我完全问对了人了！马来西亚等于是我的第二故乡，世界上没有地方比马来西亚更好！你可以吃中国菜，说中国话，而享受异地风光！当然，马来西亚最好玩的地方是槟城……啊呀呀，谈起槟城，别提了！那真是美极了的地方，沙滩上清风徐来，海水清澈见底……"

"太阳大不大？"我插嘴，我最怕晒太阳，最怕热。

"太阳？"高凌风在电话中怪叫着说，"太阳关你什么事？那沙滩上全是树，每张树叶都有一张圆桌面那么大，你只要在树下一坐，圆桌面一样大的树叶像天然亭子，你怎么晒得到太阳？假若你坐得不耐烦，还可以包一条游艇，出海钓鱼去，槟城海外，小岛无数，可以钓鱼，可以游泳，可以看珊瑚，还可以在大树荫下睡懒觉……"

好！世界上还能有比这种地方更好的地方吗？虽然高凌风的话一向需要打折扣，不过，经他如此推荐，就算七折八扣，这地方也值得一去。于是，我和鑫涛立即办手续，买机票，直飞马来西亚的槟城。

到槟城，已经是晚上了。在槟城住了十几年的朋友洪先生开车来接，送到旅馆（高凌风推荐的旅馆），已经夜深，又有记者来访，无法深入地了解槟城。第二天一早，立刻进入情况，原来旅馆就在海滩上，我和鑫涛，冒着烈日（太阳之大，难以想象）走到沙滩上去找"像圆桌面一样大"的大树叶，谁知放眼看去，海滩一望无际，几棵椰子树疏疏落落点缀其间，树叶绝不比台湾的椰子树叶大。我想，槟城的海滩当然不止旅馆外这一片，高凌风所指的海滩大概在别处，也说不定在外海的某个岛上呢！不过，不管怎样，我生平就不能晒太阳，太阳晒久了我就会晕倒。因过去有此记录，鑫涛决定，在找到大树叶前，先帮我买顶草帽为第一要事。沙滩上虽没有大树叶，卖草帽拖鞋的摊子倒有无数个。

于是，我们去买草帽。

这一买草帽，就买出一连串故事。

卖草帽的老板瘦瘦高高，被太阳晒得黑黑褐褐，笑容满面，十分和蔼，我们和他说英文，他和我们说中文。哇！原来是华人呢！在国外遇到华人是一大乐事（当时我们忘了马来西亚有百分之四十的华人）。于是，我们买了草帽，又买拖鞋，同时向他打听槟城的名胜，那老板一一介绍之余，立刻毛遂自荐，要充当我们的司机和导游，带我们去遍游槟城各名胜。我们的运气实在不错，大家一拍即合，兴冲冲的，我们决定放弃找大树叶沙滩，先游槟城。

草帽老板驾车，带我们先去了植物园，植物园中树木参天，猴子成群结队，老猴子、中猴子、小猴子……纷纷追着人跑，如同来到孙悟空的老家。导游建议我买花生喂猴子，我欣然从命。谁知槟城之猴，与众不同，这一喂之下，竟引起群猴又争又抢又夺，有一只老猴居然对我龇牙咧嘴，穷凶极恶，抓着我的手大摇大叫。鑫涛怕它伤到我，慌忙夺住我的手，也对它大吼大叫。一时间，一人一猴，都抓着我的手大叫，场面简直"惊心动魄"，最后老猴终于被鑫涛吼跑了，我经此一吓，游兴大减，落荒而逃！

然后，我们去了极乐塔，又去了卧佛寺，因为以前曾去过泰国的曼谷，和日本的京都，大庙小庙实在看得太多，对这两座庙宇的兴致也不太高。再加上烈日当空，虽有草帽，实在用处不大，我汗流浃背，热得头昏脑涨。只是一个劲儿地引颈四望，到处去找大树叶，别说大如圆桌面的，连大如圆板凳的也没看到一张。

不到几小时，槟城"名胜"就被我们观"光"了。导游颇不服气，建议去"蛇庙"。

一听到蛇庙，鑫涛立刻兴奋无比。我们早已听说槟城蛇庙，是一"奇景"。据说大蛇、小蛇、中蛇、花蛇、青蛇、有毒蛇、无毒蛇……都盘踞庙中，既不伤人，也不离去，而每逢祭祀之日，更像赶集似的，各方流浪之蛇，都会自动游来，爬满庙中，万蛇攒动。这种"奇景"，我们当然不能错过。

"蛇庙"远离市区，车子行行重行行，好不容易，总算到达。庙宇不大，庙门也很普通。我们进去之后，鑫涛捧着他的相机，低着头，小心翼翼地踮着脚尖走路，我问他干什么，他说：

"怕踩着蛇啊！"

我对地上看去，地面清洁溜溜，何处有蛇？只有老狗一只，懒洋洋地躺着，动也不动。到了正殿，导游大叫：

"看蛇看蛇！"

我和鑫涛慌忙看去，我在菩萨身上找，鑫涛在神案上面找，什么蛇都没看到。最后，才发现两条绿色小蛇，栖息在两棵盆景上，盆子里，有鸡蛋喂养。然后，又在偏殿中、后院里，陆续看到几条，大概都被烟雾熏得昏然欲睡，几条小蛇条条无精打采。我们的"草帽导游"显然看出我们的失望，不住地安慰我们：

"以前这里的蛇确实很多，最近开山筑路，蛇都不见了！"

好吧，蛇庙是最后一景，看完之后，我们细细询问导游，才知道，槟城真正出产的东西，是"海滩"！

第二天一早，我和鑫涛决定，不浪费时间，包一条船，到外海的小岛上钓鱼去吧！

于是，我们到沙滩上去找"游艇"。

走到沙滩，哈！我们的"草帽导游"仍然在卖草帽。一听到我们要出海，他非常热心，立刻找来一位年轻人，年轻人又找来一位壮汉，三人用马来话商量半天。告诉我们"游艇"速度太慢，我们要去的岛比较远，不如乘"快艇"去，只要半小时就可到达。我们仔细盘问，三人都向我们拍胸脯保证，说那小岛状如"醉卧少妇"，名为"爱情岛"，岛上风景优美，确有大树遮阴，可在树下垂钓，而珊瑚游鱼，都可看得清清楚楚！

好极！我们决定乘快艇，去"爱情岛"！我这写"爱情小说"的专家，怎能不去爱情岛？仅听名字，已经颇能幻想出它的浪漫气息了！

上了快艇，年轻人、壮汉已帮我们准备了钓具，"草帽导游"自愿随行。于是，我们一行五人，四男一女，坐在船上，既称"快艇"，当然没有篷，烈日依旧，幸好我已备了件长袖衬衫，而且把我的长头发都扎在头顶，戴上草帽，穿着短裤，自觉非常潇洒。

马达一经发动，小船突然如火箭般往大海中冲去，我差点被颠进水中。大惊之下，我用力抓住船缘，只见鑫涛像骑在马背上一般颠上颠下，满头的头发，被吹得根根竖立。我的身子小，吨位轻，更是忽上忽下，忽左忽右。全身骨骼都在打架，五脏六腑全离开了原位。快艇简直就像匹怒马，奔腾冲刺，劲力十足。我立刻发现，这条"快艇"唯一想做的事，是要把我甩进大海中去。此时，我什么心思都没有了，唯一要做的事，就是不许它把我甩进大海里去。

这番"冲刺"，我只能用"惨烈"两个字来形容（后来我才知道，这种"快艇"就是"007"电影中那种，普通人根本不敢乘坐的）。

海浪喧嚣着，被快艇冲刺得水花飞溅，而海风迎面扑来，我的草帽早被吹往脑后，浪花毫不留情地溅在我身上，没有几分钟，我已衣衫尽湿，长发也飞舞起来，而且被淋湿了。最恐怖的是那种"颠动"，我想和鑫涛说话，一开口牙齿就和牙床乱咬一通。这种"惊心动魄"的旅行，生平还是第一次！

伟大的事还在后面呢！

船终于"冲锋"般冲了半小时，我放眼看去，前面是水连天，看不到"醉卧少妇"。后面是天连水，看不到"槟城椰影"。我们的三位"导游"，开始用马来话大声"喊叫"着"交谈"，因马达怒吼，海浪怒吼，海风怒吼，要"交谈"当然必须用"喊叫"的。我和鑫涛不懂马来话，两人面面相觑，都有"后悔莫及"的感觉，而且，越来越觉得，这番"航行"，似乎漫长得像一个世纪了。

半小时后又半小时，我相信我全身都在船板上撞得又青又紫了，而且，所有骨骼都脱节了。再放眼四顾，前面仍然是海连天，后面仍然是天连海，"醉卧少妇"不知伊人何处！这时，咱们的三位导游正式宣布：

"我们迷路了！"

天哪！在大海中迷路了！我心都凉了！而那种"颠沛"之苦，已越发难以忍受。我想起以前看读者文摘，动不动就来上一篇"海上漂流××天"，没料到我和鑫涛，乘了飞机，远迢迢跑到马来西亚的槟城，竟迷航于大海之中。再看同船的四人，三位导游，都晒得又黑又壮，鑫涛已被颠得七荤八素，看来惨兮兮。至于我……别说了，如果真漂流上××天，我准被第一个"吃掉"，因为本人细皮白肉，大概很好吃。

我正想着被吃的情况，快艇进入了一个渔船区，总算看到渔船了，三位导游又和渔人们一番"喊话"，然后，就继续往大海中"冲"去。

不知道又"冲"了多久，我们总算看到一个小岛，是不是醉卧少妇，我也不在乎了。船停在沙滩上，我和鑫涛涉水上了小岛（上船前，三位导游曾保证我们的鞋子都不会碰到水），我已经像人鱼般湿淋淋，鑫涛像人鱼般淋淋湿。到了岛上，才发现此岛沙不白、树不大、景不美，有两三栋马来木屋，一片荒凉。询问之下，才知道此岛并非"爱情岛"，我们的导游说，因为迷路的关系，我们的汽油不够去"爱情岛"了，所以到此岛来"加油"。而此岛唯一的"卖油"人，是马来人，今天正好是马来人的拜神日，所以，卖油人拜神去了。所以，我们要等马来人拜神回来，加了油，才能去"爱情岛"。

我终于忍不住，问我们的年轻导游：

"你去过几次爱情岛？"

"从没去过！"年轻人笑嘻嘻地说，指着壮汉，"他去过！"

"你去过几次？"我问壮汉。

"一次！"壮汉答得潇洒。

我看"草帽导游"，他自动说：

"我没去过，我是跟你们来玩的！没想到这么刺激！"

天哪！可真刺激！

我和鑫涛相对一看，立即决定，不去什么"爱情岛"了，直接回槟城吧！我此时浑身汗淋淋，被太阳晒得头昏昏、眼花花……一心一意，只想回旅馆洗个澡。

于是，我们宣布打道回宫！三位导游认为未尽职责，心有不甘，我们坚持回槟城。于是，又是一番冲刺奔腾，天翻地覆地颠簸翻滚，好不容易，总算"怒海余生"，回到了槟城。

当晚，我还参加了洪先生的宴会，席间谈起此番"冒险"，全席十几人，都在槟城住了二三十年，大家异口同声，都说：

"我们一生都没去过'爱情岛'！也没坐过这种快艇！"

笨吧！旅行就是这样的。许多时候，旅行的当时，是"痛苦"而非"快乐"。但是，事后回想，却别有滋味在心头。因为，这种"经验"，也是"可遇而不可求"的！

我和鑫涛的旅行，像这种"经验"，实在很多。有年冬天，我们到了日本东京，鑫涛说不能不去著名的富士山。于是，我们上了游览车，到了山顶，冻得耳朵鼻子都麻木了。鑫涛想为我拍张照片以作纪念，居然冷得手指冻僵，无法按快门。当晚我们也参加一个宴会，全桌中日嘉宾，听说我们去了富士山，个个惊讶得眼珠都快掉出来了，有位太太立刻当众征问：

"在座有哪一位上过富士山？"

全座连一个人都没有。接着，那位太太说：

"人家可上去啦！"

当时，我的感觉也是：真笨！因为，那山上除了雪就是雪，除了冷还是冷，实在"看"不出所以然！更谈不上"玩"了！事实上，全车的人，到了山顶，大部分都冷得不肯下车，就回来了。一车子笨蛋！包括我和鑫涛。但是，至今，这件事仍然是我们笑谈的资料，也是我们"回忆"的一部分。

旅行，往往都是这样的。快乐不属于当时，而属于以后。因为，人，永远活在现在和回忆里。

在马来西亚旅行了两星期，值得一记的事实在太多，马来西亚地广人稀，怡保、吉隆坡都是很可爱的城市。民风淳朴，华侨热情，给我的印象极深。只写槟城，实在是槟城之旅太精彩。至于"圆桌面一样大"的树叶，两周内我始终没找到，后来我才恍然大悟，高凌风是属青蛙的，蛙眼看树叶，毕竟与人不同。哈！

写　作

从马来西亚回来，我行装甫卸，就一头钻进了我的写作里，开始写一部我在春天就已构思的长篇小说。

从来弄不清楚，怎么有人会笨到去写作！

我每次写作，都把自己写得惨兮兮。我始终很佩服那种一天可以进行好几部长篇小说的人，也佩服那种可以边写边玩，轻松自在的人。我不行，只要我一执笔，开始了我的"长篇"，我就会固执地要"一气呵成"。这"一气呵成"真害惨了我。它代表的意义是不眠不休，废寝忘餐，日以继夜，六亲不认，直写到再也"累"不动了，倒在床上，脑子里还不肯休息，思想里全是我小说中的人物和他们的喜怒哀乐。

这种写作生活实在很苦很苦。每天吃晚餐时，是我和家人唯一见面的时候，我总是在三催四请下，才"依依不舍"地离开我的书房，走下楼去吃饭。每天几乎都一样，我一边下楼，就一边扯掉手上缠的绷带（我缠绷带"写字"，却无法缠着绷带"吃饭"）。在扯绷带的时候，我就会蓦然发现自己很可怜，有次，我叹着气说：

"我真宁可去田里挑肥料，也不要写作！"

全家哈哈大笑，笑我"矫情"。

"你知道田里的工作有多苦吗？"大家问我。

"不会比写作更苦。"我正色说，"如果你生来就属于农人，你做了一天工，辛苦过了，心安理得，回家洗个澡，饱餐一顿，躺在床上就睡着了。但是，如果你写作，写完一天，你不能睡，书中人物还在继续折磨你。等你终于写完一本书，你依然不能睡，因为你不知道自己写得好不好！"

真的，我对自己的小说，从来信心就不很高。每写完一本书，我总是渴望"赞美"，渴望"鼓励"。当读者来信涌到我面前时，我从不掩饰自己的"喜悦"。农人在田里工作一季之后，总会"收成"。我辛苦一季之后，也需要"收成"！我的"收成"，就是"读者"了。所以，我从不说，我的写作是要"文以载道"，我弄不清楚"道"的定义，从古至今，人类对"道"的定义时时刻刻在变。我的小说没有使命感，我只渴望和读者沟通，能引起读者的共鸣！

可是，天知道！就有些人批评我的小说这样那样。有位"书评家"写了三四万字评我的小说，第一句话写的就是：

"我从来没看过琼瑶的小说，连根据她小说改编的电影都没看过，我只是根据别人批评她的文章来批评她……"

岂有此理！我当时的反应就是：

"他怎么这样容易赚稿费啊！我写医院，还要去访问医生，我写残障，还要去访问'景仁'，我写煤矿，还要去访问矿工，我写文学，还要去看诗词歌赋！每次写作，参考书籍总是堆上一大堆。怎么别人写评论文章，如此容易啊？连原著都可以不看！"

好在，这位"书评家"，也是天下唯一仅有的人。不过，批评我的作品"不写实""太美""太梦幻"的人仍然不少。总之，有些"书评家"给我的感觉是：我写得很辛苦，他们批评得很容易。好在，我自己也不认为我的小说有多了不起，更不认为写小说是多伟大的工作。有一天，我看了美国作家史蒂芬·金的《四季》。史蒂芬以写科幻恐怖小说著名，既然是"科幻恐怖"，当然"不写实"。中国的《西游记》里有神有怪有妖有魔，大家依然不能否认它是好书！所以，写不写实和是不是"好书"也没什么关系！我真喜欢《四季》那本书，尤其喜欢史蒂芬·金借小说中人物所说的一段话，我"摘录"于下：

> 正如我说的，我现在是个作家，许多书评人说我写的东西都是狗屎，我也时常觉得他们说得没错！我的小说看来近似神话，因此时常被视为荒诞不经。

我卖掉了那本小说，片商将其拍成电影！小说本身也大大热门……第二本书也拍成电影，第三本也不例外。我告诉过你——简直他妈的荒诞不经！

但也像我曾说的，写作并不像过去那般轻易、那般有趣！可是我却无法制止自己。我想知道我所做的一切，是否有任何意义？一个人居然能以写杜撰、捏造的小说赚钱，这算是什么世界？

伟哉！史蒂芬·金！他说了我不敢说的话！他说了我想说的话！我太高兴了，我真是佩服他！他说得多"潇洒"啊！多"过瘾"啊！

今夏，我开始写我的长篇小说《失火的天堂》。

我又写得很苦，而且，很"恨"自己，既然写得如此"苦"，为什么还要写下去？我觉得，所有"作家"，都有点"自虐狂"，把自己关在一间斗室里，挖空心思，写痛手指，然后，还怀疑"我所做的一切，是否有任何意义？"这不是患上"自虐狂"的人，才会去做的傻事吗？

我在少女时期，母亲就曾经教育我：

"记住一件事，你每天起床以后，一定要把自己打扮得很漂亮，不要让你的家人，在外面看到的都是装扮得非常美丽的女人，回家看到的却是个黄脸婆！"

母亲的话，对我影响很深。许多许多年来，我都谨遵母训，每早一起身，就换掉睡衣，穿上一件我喜爱的衣裳，然后梳妆打扮一番，力求"完美"。我认为这是一种"必行"之事，就像刷牙漱口洗脸洗澡一般。

我的写作生活，并不影响我遵守"母训"。我依然化妆好了，走进书房，连续写上十几小时，再回到卧房，筋疲力尽之余，卸妆、洗澡、上床。有天，我卸完妆，倒在床上，突然恍然大悟，不禁悲从中来，掩面叹气。鑫涛慌忙问我，发生了什么事？我说：

"妈妈教我化妆的时候，一定不知道我会从事写作！"

"怎么啦？"鑫涛不解。

"我化了半天妆，只是给我的稿纸看！"我呻吟着说，"居然有傻瓜会去为一沓空白稿纸换衣服、画眉毛、擦面霜……哎呀呀！你瞧！这不是傻得像个白痴吗？不仅是个白痴，还有点疯狂！"

于是，我决定第二天起，写作时穿着睡衣，让自己轻松舒服，也不再化妆。

谁知，生活习惯一旦定型，改都改不了。穿着睡衣，我自己觉得怪怪的，稿纸不认识我，而我也把稿纸看成床单，我只有在床上时才穿睡衣。结果，我仍然换掉睡衣，梳妆整齐，再关进书房去写稿。

于是，我知道自己是什么了。

我是傻瓜，我是白痴，我是自虐狂。瞧！"写作"带来的"副作用"有多大！和吃迷幻药差不多，而且会上瘾。

儿　子

今年夏天，我和儿子起了一次相当大的"争执"。

我很少和儿子"争执"。

自从儿子来到人间，我就发誓，我要做一个最开明的母亲。所谓开明，定义很难下，最后，我把它定在"尊重他的自由，尊重他的思想，尊重他的朋友"上。这样一来，儿子一直过得很快乐。转眼间，时光匆匆，他由小而大，走入大学，交游广阔。我又加上一条"尊重他的独立人格"。我如此"尊重"儿子，使我常常对我父母都有犯罪感。因为，从小我就和父母顶顶撞撞，哪里有对儿子这样千依百顺。

儿子的生活，像我写的一支歌：

我是一片云，自在又潇洒。

可是，今年夏天，为了一件事，我认为儿子"有错"，他认为他"没错"，争执突然发生，一发生竟十分猛烈。我在激动中，对儿子说：

"或者你的生活太自由了！或者你过得太任性了！假设你不是出生在我家……"

我的话还没说完，儿子涨红了脸，气冲冲地打断了我，说：

"我最不喜欢你说假设这样，假设那样，因为事实就是事实，不是假设！假设我不出生于这个家庭，我也不会站在这儿挨你骂了！假设你的假设能成立，这世界上根本没有我，你向谁发脾气去？"

我一时之间，目瞪口呆，睁大眼睛看着他，被"堵"得一句话都说不出来，气得我手心发冷，差点没有当场晕倒。

第二天，儿子就跑来拥着我说：

"妈，别生气，昨天我太激动，说了些莫名其妙的话，你就当它是放屁，根本别放在心上！"

我看着儿子，看了好久好久。我想着他昨天的话，忽然间，觉得他实在对极了！本来就不该去"假设"，因为生命的存在无法"假设"！他的生命是我给的，所以他命定是我的儿子，命定生活在这个环境，命定长大于这个家庭，命定要和我发生昨天那场争执！于是，我联想起，在我十八九岁的时候，我和母亲起了争执，母亲在愤怒中说：

"我真不懂，我怎么会有你这样不争气的女儿！"

当时，我也涨红了脸，气冲冲地说：

"我的生命不是我要求的，是你给予的，如果你对我不满意，尽管把我的生命收回去！"

哈！想想看，我当年对母亲说的话，和儿子如今对我说的话，居然异曲而同工！"遗传"真是可怕的东西。我看着儿子，看着看着，我笑了起来。儿子不知道我为什么笑，但是，却很高兴看到我笑。因为，"笑了"就表示"雨过天晴"了。我笑完了，拍着儿子的肩膀，我几乎是"得意"地说：

"没关系，我不生气了。因为，一代又一代，历史会重演，生命是很奇妙的东西。你……"我笑吟吟地看着他，"将来也会有儿子！"

孤 独

在我的小说中，我常常用"孤独"两个字。

前两天，我和鑫涛谈起这两个字，我问他：

"你不会常常觉得孤独？"

"以前会。"他回答，"现在不会。"

"为什么？"

"太多的东西可以填满我，例如工作，例如电影，例如书本，例如儿女，例如旅行，例如你！"

我沉思着。他反问我：

"你呢？你会觉得孤独吗？"

"有时候会。"我坦白地说，"可是，你不要误会孤独这两个字，孤独并不代表寂寞。孤独并不坏，它有种宁静的境界，有种凄凉的美感。人，有的时候需要孤独。可是，如果孤独加上寂寞，那就很可怕，那是种无奈的悲哀。"

于是，我想起我们的一位朋友。

去年夏天，我认识了一位年轻朋友 F。

F 的故事相当凄凉。

F 刚从大学毕业两年，学外文。他和同班一位女同学 S 相恋甚深，论及婚嫁。因 S 身体一直不好，她认为在婚前应该去做个身体检查。S 进医院检查身体。从此就没出院，她患的是癌症，四个月以后去世了。

在 S 发现生病到去世，四个月中，F 衣不解带，服侍于病床之前，眼睁睁看着她一天一天走向死亡。每天早上，F都安慰自己说：

"你今天看到的她，一定比明天看到的她好！所以，不要为今天的她太难过！"

S病入末期，F每天晚上，都睡在S病房的沙发上。因为太疲倦了，往往会睡着。他怕自己睡着了，S醒来不忍叫他或叫不醒他，就用一根带子，一端绑在自己手臂上，一端绑在S手臂上。这样，S只要一动，他就会惊醒，起床来照顾她。

这样照顾了四个月，S仍然去世了。

这是《匆匆，太匆匆》的另一真实故事。事实上，F也是因为看了《匆匆，太匆匆》而和我联系、认识的。

F是个很深沉的人，他并不太夸张自己的悲剧。谈起S，他总是娓娓叙述，细细说来，有时谈得很琐碎，点点滴滴的小事，丝丝缕缕的回忆。或者，因为我写作多年，对这种生离死别的情怀特别"易感"，我很快就了解了他那种无可奈何的孤独和寂寞。也明白他这种心态，除了他自己以外，别人几乎无法帮助他。于是，我和他的谈话，常常跳开S，而谈到其他的东西，我们谈文学、艺术、社会、人生……在这些谈话中，我逐渐发现，F是个本质上就倾向于孤独的人，S的死亡，又偷走了他的青春。

我常和F通电话，海阔天空地谈一番。F念书很多，他的脑子像个储藏窖，我常会意外地从他那储藏窖中挖出一些东西。因而，我戏称他为"小书呆"，有时也把他当活字典，问他一些历史或文学上的问题，他总能给我很满意的答案。

今年夏天，S去世一周年，F写了一张短笺寄给我，上面只有寥寥数字：

> 她来之前，
> 我一身孑然，
> 除了孤独，尚有寻觅，
> 原来我不甘孤独。

> 她去之后，
> 我一身孑然，
> 除了回忆，仅余孤独，
> 原来我只配孤独。

看了这张短笺，我心中感动不已，低回不已。人生自是有情痴，此恨不关风与月！但是，F笔下的"孤独"，包括的不仅仅是"孤独"，还有"寂寞""思念"，和深刻的"无奈"。短短的数字，说尽了各种情怀，他的才华，就和他的人一样，深沉而含蓄。

我很想帮他，无从帮他。人，必须自己走出孤独，别人无能为力。提起笔来，我把他的短笺改动了几个字：

> 她来之前，
> 我一身孑然，
> 除了孤独，尚有寻觅，
> 原来我不甘孤独。

她去之后，

我一身孑然，

幸有回忆，伴我孤独，

原来我并不孤独。

改完了，我打电话给他，念给他听。他沉默了一会儿之后，说：

"我不觉得你改过的字对我有什么意义。"

没有意义？我看着短笺，废然地挂断了电话。是的，没有意义，对一个沉没在"孤独"中的人而言，我改动的字仅仅是"文字游戏"而已，并无助于他脱离孤独。如今，他已是"宁可孤独"。

孤独，每个人的感觉都不一样。有人从不认识孤独，有人生性孤独，有人享受孤独，有人惧怕孤独，有人欣赏孤独，有人排斥孤独！至于F，他孤独得很寂寞，孤独得很无可奈何！这是种最可怕的孤独。寄语F，不妨尝试走出你的孤独。只因为——逝者已矣，来者可追！人生，毕竟还有那么长的一条路！寄语F，不妨尝试走出你的孤独！

今年夏天，我是忙碌的。

今年夏天，我工作，我娱乐，有轻松，有紧张。

今年夏天，我忙于耕耘，尚未收获。但是，我希望，我的今年夏天不曾虚度！

一九八三年六月十八日写于台北可园

秋 天

忧 郁

秋，静静地来了。

从第一阵秋风吹过，天气忽然凉了，几丝细雨轻敲着窗棂，我就陷进了一份无助的忧郁里。

我打电话给我的好友兰妮，这是需要朋友的时候。

"兰妮，"我哀愁地说，"我很忧郁。"

"老天，怎么啦？"她惊呼着，"你生病了？"

"没有啊！"

"你出事了？"

"没有啊！"

"那么，是谁出事了？谁生病了？"她急急地问。

"谁也没出事，谁也没生病啊！"我说。

"那么，你家男主人在外面有外遇了？"

"没有，没有！"

"你破产了？"

"啊呀！"我大叫起来，"你怎么嘴里吐不出一句好话来呢？我只说我很忧郁，并不是说我家倒了霉……"

"你家没人生病，没人出事，也没人倒霉啊？"她居然还重复了一次。

"没有！"我肯定地说，有些恼怒，"完全没有！"

"没有？"她对着听筒大嚷起来，差一点震破了我的耳鼓，"你平平安安，闲来无事，找出个'忧郁'来当消遣品啊？你好日子过得不耐烦啊？像你这种人，好端端地说你忧郁，那么，我们这种为三餐操劳，为儿女烦心，为丈夫做牛做马的女人，就该结了伴，手拉手去集体跳海了！你忧郁！你凭什么忧郁？你有什么资格忧郁！你有什么理由忧郁……"

啊呀！看情况兰妮的情绪比我还坏！我慌忙摔掉话筒，坐在那儿对着电话机发了好一阵子的愣。原来，忧郁还得有资格！原来，忧郁还得有理由！原来，我连"忧郁"都不配！我怔着，苦想我是否必须要有理由才能忧郁。想还没想清楚，电话铃响，我拿起听筒，兰妮的声音就连珠炮似的传了过来：

"我告诉你，我家老二月初摔断了胳臂，老大当掉了三门功课，我挤公共汽车居然闪了腰。才三岁的老三，立下他终身大志，要当电视红星，从早到晚跟我吵！我家那位男主人，郑重对我宣布，如果家庭继续像个疯人院，他就要离家出走！至于他当年追求我的那些海誓山盟、天上人间的鬼话，早就忘到九霄云外去了！我家婆婆和我又大吵了一场，骂我不孝，我儿子也和我大吵一场，说我不慈……"

"兰妮，"我可怜兮兮地说，"我投降了。我承认，你比我有权利忧郁！"

"忧郁！"兰妮怪叫着，"谁告诉你我忧郁来着？这两个字是你说的，可不是我说的！即使像我这么有资格忧郁的人，我还不会笨到给自己找那个麻烦呢！与其去忧郁，还不如去和老的、小的、中的吵架去！"

兰妮挂断了电话，我呆呆坐着，只觉得脸孔发热，被她吼得头晕脑涨。而且，颇怀疑自己需不需要去台大医院精神科挂个号。半晌，我想通了。兰妮是被孩子折磨惨了，折磨得不大有"感觉"了。所以，她不能了解我这种"对酒当歌，人生几何"的感触，更不能了解我那份"乍暖还寒时候，最难将息"的情怀。

于是，我再打了个电话，给我友雨菱。

"雨菱，"我说，"我有些忧郁。"我自动把忧郁的程度从"很"字降低为"有些"了。

"哦！"雨菱真是解人，她什么原因都不问。半晌，才接了口，"第二句呢？"

"什么第二句呢？"我有点糊涂。

"你是在作文章呢？还是在写诗呢？还是写歌词呢？"雨菱说，"既然有了第一句，当然该有第二句。我有些忧郁，嗯，听起来有点无病呻吟的味道！"

去你的！我被她怄得话都说不出来。她简直比兰妮还过分！我挂断了电话，整天忧郁极了。尤其，在发现自己没资格忧郁之后，就更忧郁了。

我实在不知道，忧郁为什么要有理由？快乐不是也可以没理由吗？

好些个日子，我就在"忧郁"中度过。一天午后，鑫涛下班回来，我再也忍不住，怯怯地说了句，"我有一点点忧郁！"

瞧！多可怜！我的"忧郁"已被"吓"得越来越不敢见人了！居然从"有些"降低到"一点点"了。

大概我的声音说得太小，鑫涛根本没听到我在说什么。"啪"的一声，他把一沓纸张，重重地扔在我书桌上，兴冲冲地嚷着：

"快来看！你的新稿纸！"

我看过去，一沓印刷考究的新稿纸，玫瑰红的格子，烫金的名字。哇！真漂亮！我抚摸稿纸，像抚摸一个新生的婴儿，爱不忍释，问：

"怎么想到帮我印稿纸？"

"因为你应该坐下来，好好写点东西了！"

我瞪着稿纸，是吗？坐了下来，我握起一支笔，在稿纸上胡乱地画着，是的，我该写点东西了。如果我不能让别人了解我的"语言"，或者，可以让别人了解我的"文字"。当我终于又埋首在书桌上，我才体会到一件事：我，没有时间去忧郁了。

原来，连忧郁都是奢侈品！

遗　忘

有一天，我和鑫涛去看电影。鑫涛爱看电影的程度，已经达到"疯狂"的地步。有年我们同游欧洲，他每到一地就找电影院，管他法国片、德国片、意大利片、丹麦片……他一律捧场，没有中文字幕，我看来索然无味，他却坚称：

"电影有电影语言！不需要懂对白！"

到欧洲一个多月，我们居然看了五十多场电影！从此，我称他为"电影疯子"。

电影疯子随时随地都要看电影。因此，有天，我们又坐在电影院里。

电影开场三分钟，我低语：

"糟糕！"

"怎么？"他问。

"这部片子我们看过了！"我说。

"乱讲！"他摇头，斩钉截铁地说，"不可能！这是一九八三年新片！在台湾首映！"

"这是七八年前的旧片！"我说，"因为我们是七年前在伦敦看的！"

"胡说八道！"他肯定极了，"这些镜头，这些演员，这个故事……完全是新的嘛！连音乐都是最近才流行的音乐……"

我瞪着银幕，开始生气了。

我最气别人"死不认账"。

"好，"我说，"下面一场戏，是女主角去洗澡，有个阴影遮到窗子上，一把刀，和一只戴着黑手套的手，门柄开始旋转……"

银幕上，一个个镜头和我所叙述的吻合。鑫涛有些急了，迅速地阻止我：

"你知道就好，不必讲出来呀！"

"可是，我们看过了。"我坚持。

"唔，"他勉强地应着，两眼仍然直勾勾地瞪着银幕，"可能你对。不过，我都记不得了，你别提故事，让我安安静静地看！唔……这场戏真刺激！你坐好，别说话！"

我坐好，瞪着银幕，咬着嘴唇。

他津津有味地欣赏了一个半小时，我气了一个半小时。

电影散场后，他望着我说：

"真不懂你怎么有这样好的记忆力，你这样不是减少了很多快乐吗？你看，同一部影片我可以欣赏两次，你就不行！你应该学习学习'遗忘'！你就可以快乐很多！"

"当然！"我气呼呼地说，"你大概也不记得我们第一次吵架是为了什么？"

"这种该忘的事，当然早就忘了！"

"那么，有些不该忘的事呢？例如……"

人类的战争，大概都是这样爆发的。一个人是"该忘的，不该忘的"统统忘掉了。一个人是"该忘的，不该忘的"统统忘不了！于是，你一言，我一语，越说越对不了头。你要算老账，他总是满脸疑惑着问：

"有这回事吗？"

有这回事吗？这句话本身就是种侮辱。它代表的是怀疑和不信任。所以，我生气，气极了。而他呢，困惑着去搜索他的记忆（当然绝对想不起来），最后，为了息事宁人，他只好叹口气说：

"如果你说有，就算它有吧！"

瞧！这是多么让人气愤的话，好像"屈打成招"似的。可是，等到战争状态消失之后，他总会对我摇摇头说：

"你'记'那么多，对你好吗？"

真的，记住那么多事，有什么好处？多年以来，刻在生命中点点滴滴的往事，忘不了！忘不了！艰苦的，悲凄的，坎坷的，委屈的，辛酸的……忘不了！忘不了！多么残忍而痛苦的忘不了！

有支老歌名叫《不了情》，一开始就重复着"忘不了"的句子，每当蔡琴低而富磁性的嗓音唱起，我总是热泪盈眶。是啊！"遗忘"是一件多么美妙的东西，它会抚平你所有的"伤口"，带走你所有的"过去"，每天再给你崭新的"快乐"。为什么上帝那么不公平，把这么好的一样东西，给了别人而不给我呢？

想通了，我就嫉妒起鑫涛的"遗忘"来。我多么渴望我也能"遗忘"啊！那么，《不了情》的歌词大可改为：

> 忘记了！忘记了！
> 忘记了你的错，
> 也忘记了你的好，
> 忘记了雨中的散步，
> 也忘记了风中的拥抱……

多好！不必流泪了！该忘的都忘了，又可以去"初恋"一番了，世界上，有这种"遗忘"症的人不是也很多吗？他们是不是活得比较快乐？

我决定要学习"遗忘"。偏偏又"记起"《不了情》的另几句歌词：

它重复你的叮咛：

一声声，忘了！忘了！

它低诉我的衷曲：

一声声，难了！难了！

哦！要"遗忘"，真是难了，难了！

《遗忘》后记

今年是二〇一八年十月，鑫涛在二〇一五年患了失智症，在二〇一六年大中风，在他儿女坚持下，违背他"不插管"的遗嘱，靠着插管延命，没有意识，无法行动，丧失了全部的能力，过着"生不如死"的日子。我重新整理我的六十五本书，让这些被刻意消失的作品"复活"。整理到这篇短文，无限唏嘘！鑫涛一直很健忘，没料到，有天竟然陷进如今的困境。他已经把什么都"忘了！忘了！"而我，依旧是"难了！难了！"

琼瑶

二〇一八年十月二十八日小记

面　具

都是马歇·马叟的错！

马歇·马叟是世界闻名的默剧演员，十月末梢，在台湾表演了两场。

那晚，我和鑫涛，以及诸多好友，都去看了。

我深深感动在一场名叫《面具》的短剧里。

面具是叙述一个面具制造者，他造了无数个面具，大笑的，愤怒的，忧愁的，哭泣的……他试戴每个面具，脸上的表情就跟着面具上的表情而转变。一会儿笑，一会儿哭，一会儿愤怒，一会儿忧愁……然后，他戴上了一个大笑的面具，那面具笑容可掬，欢欣无比，一张大嘴，笑得合不拢来，他戴着面具舞蹈，旋转。可是，当他想取下面具的时候，面具居然拿不下来了，他急得跳脚，又敲又打又拉又扯地想把面具取下来，那面具就是紧贴在他脸上，怎样都取不下来。所以，他着急得哭了，双手擦拭着泪水，可是，脸上仍然大笑着，只因为面具取不下来了。流泪的他和欢笑的面具共存，他跳脚，撕扯，就是取不下那欢笑的面具！

这场戏使我大大震动了。我的思想和感情都深陷进马歇·马叟的世界里，那戴着面具的人生！那哭泣和哀愁都隐藏在"笑容面具"底下的人生！那取不下面具的无奈，那取不下面具的悲哀！

好些天，我就一跤"跌"进了"面具"的怆恻里，居然无力自拔。

好多人都看过马歇·马叟的表演，但是，我想，没有一个傻瓜会像我这样深深陷在里面,脑海里一个劲儿地浮着马歇·马叟戴着面具的脸!

秋天,天气凉飕飕的。在我不写作的日子里,家中总是来往着亲朋好友,我笑着,周旋在我的亲友之间。不知道人类是不是为了制造"问题"而生存着的,这个秋天,我好些亲友都有"问题"。我笑着听他们的问题,我笑着提供我的意见,我笑着付出我的关怀……

然后,有一个晚上,我筋疲力尽地独自坐在我的小书房里,我这小书房曾被朋友称为是间"温暖的小屋"。因为我经常在这小屋里接待朋友。那晚,我累了。那晚,我特别善感。那晚,我又想起了面具。于是,忽然间,我开始流泪,眼泪滑过面颊,越流越多,我仰靠在椅子上,一个人傻瓜兮兮地哭了起来。一面哭,一面想,现在屋里只有我一个人,我可以不戴面具了。

正哭得过瘾,鑫涛无意间闯了进来,看到我满面泪痕,吓了一跳,他大叫着说:

"怎么了?怎么了?"

我一时间收不住眼泪,只含糊不清地说了句:

"马歇·马叟……"

"什么?"鑫涛听不清楚,俯身看我,八成以为我患了精神分裂症,"马鞋、马靴?你想养马已经想疯了?马都没有,就想要马鞋、马靴?"

我含泪瞪他,眼睛睁得老大老大,眼泪还在眼眶里转呢,可是我却真想大笑。什么马鞋马靴啊?前一阵,我确实向他述说过,我希望养匹马,希望有块草原能让我去驰骋。人,走入中年，却反而有童年时期的幻想。反正我一直是个不很实际的人！

"不是马鞋马靴！"我忍着笑，抽着鼻子说明，"是马歇·马叟和他的面具！"一说清楚，我的泪水又排山倒海般涌来，简直无法遏止，"他整天戴着笑的面具，结果他只能笑了，他只能笑了，因为面具取不下来了！"

我哭得那么惨，鑫涛简直怔住了。半晌，他才把一整盒面纸都搬到我面前来，郑重地说：

"如果你想哭，就哭吧！在我面前，你永远不需要戴面具！"

为这句话，我更加大哭起来了。

那晚，就为了马歇·马叟，我一直哭不停，让小书房几乎淹了大水。可是，整个秋天以来，我从没有像那天晚上那样"快乐"过。泪水为我做了一番彻底的洗礼，洗去了"忧郁"，洗去了"忘不了"，洗去了"面具"。

哭够了以后，我打开一瓶红葡萄酒，生平第一次，我任性地让自己醉了。医生曾严重警告我不许喝酒，因为我过敏性的体质不宜喝酒。可是，那晚我太快乐，快乐得不想顾忌任何事情，我斟满了我的杯子，也斟满了鑫涛的杯子。

劝君且进一杯酒，为了这可以大哭也可以大笑的晚上！劝君再进一杯酒，为了这永远在学习中的人生！劝君更进一杯酒，为了我们还有能力取下面具！

欢　聚

大概从我童年时期起，我就着迷在《塔里的女人》《北极风情画》《海艳》《金色的蛇夜》《野兽、野兽》等小说里。但是，我从没想到，有一天晚上，我会和这些小说的原作者无名氏先生欢聚一堂！

是范思绮提议的。她说：

“琼瑶，如果你有本领，就请无名氏来和我们一起吃饭，我从九岁起看他的小说，对他笔下的爱情，向往得一塌糊涂。世间写爱情的人尽管多，能像他写得那样深入的太少太少！我真想见见他！”

我和范思绮有同感。再经诸多好友的怂恿，我和鑫涛，打遍台北市的电话，终于联络上无名氏，在一个深秋的晚上，我们聚齐了。

除无名氏以外，那晚嘉宾云集，赵宁、范思绮、魏小蒙、林林、三哥、幼青……以及刚从国外归来的婉孙、晓云、功孅等，简直是济济一堂，人人会说，人人会闹，人人都敞开胸怀，无拘无束。

无名氏身材修长，面貌清秀，一副近视眼镜，遮住了若干沧桑。他比我们都长了一辈，当他的小说，流传于整个中国的时候，我大概还只有几岁大。今夜一见，大家都非常兴奋，全台北会闹会笑的人，几乎被我一网打尽，这个晚上，实在精彩极了。

无名氏大概从未参加过如此疯狂的宴会，起先，他有些拘谨，可是，当几杯酒下肚，当他终于有一点点弄清楚与会嘉宾，都是些不拘形骸的人物，他放开了。他开始谈他的过去，他的故事，他的爱情观，还有，那在三十二年前，和他相恋八十三天的女友——赵无华。

"无华有病，脸色总是黄黄的，"无名氏娓娓细述，"因此，我那时候看到任何健康的女人，都觉得嫉妒，都觉得不美！只有黄黄的脸庞才是美。爱情，会连你的审美观一起改变！"

我张大了眼睛，写爱情小说，我也写了不少，毕竟是小了一辈，我从没有体会到如此细腻的爱情。

"那时，我什么事都不做，只是和她'恋爱'，因此，连梦里都在'恋爱'了！一天二十四小时，我们分分秒秒在恋爱……"

我听得"心向往之"。

"你们相信吗？有一次，她拿了一把小剪刀，帮我剪胡子……"

"哦，拿了把什么？"范思绮急急插嘴。范思绮刚从美国回来，只懂得刮胡子该用"电动刮胡刀"。

"一把小小的剪刀。"无名氏耐心地解释，"好小好小的小剪刀。我的胡子不用刮的，我喜欢剪胡子。那天，她帮我剪胡子，一面剪，一面听我说话，她也不插嘴，只是笑，这胡子左也剪不完，右也剪不完，居然剪了三个多小时！你们想，三个多小时里能说多少话？"

在座女士，个个都听呆了。在座男士，个个都露出欣羡的眼光。赵宁悄悄摸了摸自己的下巴，一股嫉妒相。我注视着无名氏，三十二年前，一段久远又久远以前的人生！一段久远又久远以前的故事！一段久远又久远以前的三小时！这三小时何等珍贵，它想必深刻在无名氏的脑海中、心版上。挥之不去，才能脱口即来。三十二年，当初的无名氏，一定风采翩翩。如今，虽然青春不再，那眼底眉间，仍然充满了感情和惆怅。三十二年！谁说人生的爱情故事都是杜撰？谁说人生没有凄美如梦的爱情？

"那时候，一言一语，一举一动，什么都美！"无名氏似乎在为我的"思想"作见证，"可惜没有录音机，把我们当时的谈话录下来，否则，可以成一本书！恋爱时的语言，往往是平时想都想不到的！"

"例如呢？"有人问。

"例如……有一次，"无名氏喝了口茶，沉思着，"那是早上，我和她要出去，她说她要先去洗脸，我拉住她说：'不要洗了！你今天的脸上，留着昨夜的梦痕，美极了！别把昨夜的梦痕洗掉了！'于是，她整天笑得好开心，没有洗脸！"

"哇塞！哇塞！"不知是谁冒出一句"现代文学"。

"唉！"不知是谁叹了口气。

"噢！"不知是谁又感慨又羡慕。

"这太美了！这太美了！要记录下来！"赵宁嘴里喃喃自语，从口袋里，掏出一个小记事本，真的记录起来了。接下来的整个晚上，他就在那儿记呀记地记个不停，毕竟是有名的"单身汉"，对"爱的故事"特别敏感。

"还有一次，"无名氏沉浸在他的回忆里，镜片下的眼睛闪着光彩，"是晚上，天气突然凉了，我脱下我的外衣，披在她肩上，裹住了她。我问她还冷吗？她说不冷了，因为有我的外衣！我说：'不是我的外衣！裹住你的是我的友谊！'"

"哦，"范思绮终于插嘴，"这句话太含蓄了，你该说是你的爱情！"

"不不！"无名氏摇头，"说这句话的时候，我才刚认识她，怎么如此冒昧！"

原来刚认识就有如此诗意的对白！

我回忆起曾在报纸上读过无名氏写的这段恋爱。可惜，那篇文章中偏重于"事实"的经过，而忽略了这些感性的片段！我脑中浮起了赵无华的形象：瘦弱的、纤细的、苗条的、多情的、温柔的，兼有"倾国倾城"之貌，和"多愁多病"之身。一幅黛玉葬花图宛在眼前。

"可惜，我和她在一起，一共只有八十三天！从一九五〇年五月九日到八月二日！"无名氏把年代日期已记得滚瓜烂熟，"八月二日，她离开西湖，去上海治病，我们就像生离死别一般。当时，她说了句让我一辈子都无法忘怀的话，她说：'有这两个多月，我就是死了，也再没有遗憾了。'当年十月二日，她果然与世长辞！"

室内有一阵安静，那悲剧性的"爱情气氛"控制了全场。我站起身，为各位宾客注满了酒杯，我自己却走到窗前，对窗外那黑暗的穹苍，举了举杯子，遥祝着：

"赵无华，你在吗？你听到了吗？如果死而有灵，你应该正和我们共度今宵吧！知道吗？今晚在座的女士，都有她们的熠熠光华，但是，你却是今晚的女主角，你可以瞑目了。需知道，'人间夜夜共罗帏，只可惜姻缘易老！'"

果然，不知道是哪一位，叹了口长气，悠悠然地说了一句至理名言：

"世间最美的爱情，是得不到的爱情！"

"哇！"赵宁叫，"为爱情干杯！"

大家都举起杯子，大家开始说话，大家都要发表意见，大家都被"爱情"这伟大的题目弄得神经兮兮。然后，因为喝了酒，因为听了这么精彩的故事，大家都醉了。我只记得，那夜，大家笑着，叫着，闹着，感动着，忘形着……最后，都唱起歌来了，唱《月满西楼》，唱《小放牛》，还为我们的嘉宾无名氏，唱了首《何日君再来》！

当夜，我在我的日记本上，写了这样几句话：

今夕知何夕，

有客来自星云以外，

细诉他三十年前梦魂颠倒！

莫叹时光容易把人抛，

只为那多情小剪刀，

慢腾腾剪去青春知多少？

今朝休洗脸，

免把昨夜梦痕洗掉了！

天寒时候欠添衣，

且用温柔把你紧紧环绕……

天下的爱情故事，哪一桩不动人呢？尤其，听一位写爱情写得最深入的作家，谈他自己的爱情故事！这样的欢聚，实在令人终生难忘。那晚散会时，鑫涛希望与会嘉宾，都在一张画纸上留两句。无名氏写：

今晚我度过一个极愉快的夜晚。

赵宁写：

人生无处不桃源。

晓云写：

用爱情的彩笔，
涂绘生命的彩虹。

大家都写了很多很多，有些句子，像打哑谜似的，只有写的
人自己才看得懂。也有些是只能意会，而不能言传的。例如范思
绮、吴林林等所写的。所以，我也不一一记录。最后，我写了：

珍重今宵，
欢聚莫匆匆！

秋，静静地来，又静静地走了。
我的日子，好像总是"有笑有泪"的。
一年容易，春来秋去，冬的脚步又近了。唔，冬天来临的时
候，我希望我能笑在风里，笑在阳光下，笑在窗前，笑在我的小
书房里——不戴面具的。
我希望！

一九八三年十一月一日于台北可园

又到冬天

人类永远留不住的是时间。

又到冬天了，另一个冬天。

这个冬天好冷，小雨来得也不是时候，总是伴着寒流对人袭来。而我，这个冬天好忙，忙着和人接触，忙着参加宴会，忙着和朋友们欢聚，忙着驱散那逼人的冷⋯⋯于是，也忙着收集故事。

这个冬天是属于故事的。我听，我看，我接触。这个冬天，到处都是故事。

第一个故事：敲三下，我爱你!

这个故事是兰妮告诉我的。

"你认识胡吗？"她问我。

"是的，去年冬天，我和她吃过饭，印象中，是个很温柔、很灵秀、很有才华的女人。"

"喜欢她吗？"

"是的。"

"那么，你应该知道她的故事。"

胡是个年轻的女作家，刚从大学毕业没有多久，擅长写新诗和小品，文笔流畅生动，笔底充满了感情。从她的文笔看，她该是个细腻而多情的女孩。

胡尚未结婚，和父母定居南部。在一次台北的文艺聚会中，她认识了住在台北的周。

周不是作家，而是某报的文教记者，能写，能谈，能欣赏，而且会画一手极好的写意画。他的才气和风采立即吸引了年轻的胡，但是，周已经使君有妇。

人类太多"相逢恨晚"的故事，但是，相知却永不会"恨晚"。胡和周由相识而相知，由相知而相爱，这之间是一条漫长而坎坷的路。我相信他们这条路走得非常艰苦，必定充满了矛盾、挣扎、痛楚、压力，和犯罪感。台湾的社会，说新不新，说旧不旧。一方面有非常耸人听闻的新潮人物，另一方面，也有极端的保守派。胡和周就在这夹缝中生存。周是书香门第，妻子也系出名门，而且已有了一儿一女。无论在道义上、责任上，都不允许他有外遇，更遑论离婚再娶。因而，他们只有抑制着这份感情，不容许它泛滥开来。他们经常在宴会上，或人群中相遇，四目相对，灵犀一点，千言万语，却常苦于无法倾诉。于是，有次，当他们有机会单独相处时，周说：

"那只是三个字，三个从有历史，有人类，就会互相诉说的三个字：我爱你。我不能时时刻刻亲口对你说这三个字，但是，让我们间有点默契吧，如果我敲三下桌子，就表示我在对你说这三个字。如果我拍你三下肩膀，也是在说这三个字，如果我打电话给你，铃响三下就挂断，那是我在对你说这三个字，甚至……如果我向你眨三下眼睛，弹三次手指，喷三口烟……都是在说：我爱你。"

多么浪漫的表达方式！

然后，有好长的一段时间，他们生活在"三下"里。敲三下，我爱你。拍三下，我爱你。看三下，我爱你。铃响三下，我爱你。吹三下口哨，我爱你。叹三口长长的气，我——爱——你。

这种爱情，有它的凄凉，有它的美丽，有它的诗意，有它的残忍，有它的狂欢，有它的痛苦。不论怎样，周和胡就这样"两情默默"地度着日子。胡为了忠于这段"不为人知"的爱，竟屏退了所有的追求者，一直小姑独处。

逐渐地，两人的知己朋友，都知道了这段情。而他们在无数的刻骨相思之后，越来越觉得彼此间的爱，已浓得再也化不开。于是，周开始和妻子摊牌，开始和父母商量，开始为两人的未来而奋斗——这是另一条艰苦的路，几乎是残酷而血淋淋的。周为了胡而奋战，胡为了周而受尽唾骂，最后，周总算获得了妻子离婚的同意。

去年七月某日，胡和周约好在台北某餐厅共进午餐，胡乘飞机北上。那天，她心情良好，因为这么多年的暗恋，终于有了拨云见日的一天，终于可以公开约会了！谁知，这顿午餐，周却没有出席，而且，他永远不会出席了。

周就在那天早晨，因撞车而丧生。

就这样，一个活生生的人走了，消失了。

而活着的人，却必须继续活下去。

胡不知道自己为什么还活着，那些日子，她生不如死，对于周遭所有的事与物，都视而不见。心碎的滋味，只有心碎过的人才知道，那些日子，她没有感觉，没有思想，没有意识，活着只为了活着，痛楚的底层，是再也没有爱了，再也没有希望了。"死亡"摧毁了一切，爱情，梦想和希望。

然后，在周死后的第七夜，周的诸多好友，都聚集在一起，为周开追悼会。胡也参加了这追悼会，她彷徨无据，心碎神伤，眼前都是旧相识。可是，谁再对她敲三下？拍三下？看三下？吹三声口哨？叹三口长气……

那夜，台北全市灯火辉煌。

但是，那夜，在周的追悼会上，一间大大的客厅，却忽然间灯火全熄。

灯灭了，一片黑暗。大家在惊愕中，灯又自己亮了，然后，再灭，再亮，再灭，再亮。一连明灭了三次！

胡几乎脱口狂呼了！

闪三下，我爱你！

他来过了！他见到她了！他说过了！闪三下，我爱你！闪三下，我爱你！他表达了他的意思，他带来了他的关怀、热情与安慰。死亡，不是终点。胡又活过来了，又能面对生活了，又开始写作了。死亡，也不能阻止爱情！

这是个爱的故事。

我听完了，说不出地感动，说不出地心酸，也有说不出地激荡。爱，如能超越生死，多么伟大的事！但愿死而有灵，相爱的人永不被死亡分开。那么，天长地久有时尽，此"爱"绵绵无绝期，这不也是种"美"吗？提起笔来，我情不自禁地写下几行字：

不能同死，
但能同在！
不能相聚，
但能相爱！
不能今生今世，
但能无阻无碍！

给胡。给周。为了他们的爱。

第二个故事：台北的夜，天空里有星星吗？

这个故事是 F 的。

去年，我在我一系列"春、夏、秋、冬"的散文中，曾经提到 F。F 的恋爱，F 的寂寞，F 的无奈，和 F 失去未婚妻的惨痛。人类的故事，总离不开生老病死，相遇、相爱、相守或分离。F 自从未婚妻 S 去世后，就形单影只地过着日子，上次我写 F，题目就叫"孤独"。

记得我曾寄语 F，逝者已矣，来者可追！

但是，F 的个性很固执，有时甚至是不近人情的。我也尝试过帮他介绍女朋友，却不成功。他独来独往，表现出一种心如止水的淡漠。事实上，他并非心如止水，他只是伤痛未消，他曾出示一张 S 的黑白照片给我看，他把那张照片贴身放在胸前的衬衣口袋里。他也曾一再提起 S 的日记，那日记里写满了 F 的名字。他就这样活着，活在过去的岁月里，活在那份思念和回忆里。有次，有个女孩想闯进他的生活里去，想把他从他的蜗牛壳中拖出来，这位女孩给他写了好多首小诗，他迫不得已，也回复了一首小诗给她：

> 非干病酒，
> 不是悲秋，
> 只为那张含笑的黑白照片，
> 天天紧贴在我的胸口，
> 因我的体温熨渥着，
> 依然鲜活。

> 情非得已，
> 愁难自禁，
> 只为那本泪痕斑斑的日记，
> 夜夜萦回在我的脑海，
> 因我的追忆扣留着，
> 尚未归档。

这就是 F！

我认为 F 已经无救了，他再也走不出他的孤独了。谁知，去年秋天，他却忽然给了我一个电话：

"如果我告诉你我又恋爱了，你会惊奇吗？"

"会！"我坦白地说。

"那么，准备惊奇吧！"他说，"我恋爱了！"

"是怎样的女孩？"我急急地问。

"一个德国女孩！"

"什么？"我大叫，"不骗人？不开玩笑？"

"绝对不骗人，也不开玩笑。"他认真地说。

实在太意外了！F是个很"中国"的男孩，而且不怎么现代，他第一次给我写信，就"之乎者也"地来了一篇文言文。每次谈话，引经据典，从孔老夫子谈起，历代帝王都举出来做例子，谈到眼前之事，已绕了三百六十度大圈。我常常被他这种中国学士派作风弄得又好气又好笑。一个小书呆！一个沉溺在过去恋痕中的小书呆！如今，来唤醒这小书呆的居然不是位中国淑女，而是个来自德国的女孩吗？这是怎样的故事呢？怎么开始的呢？

原来，这女孩和一位有名的哲学家同姓，尼采。F把它译成中文：倪采。远在两年前，S正卧病在床，倪采就因公而第一次来台湾，F奉上司之命，负责招待她。据倪采后来说，她几乎"一见钟情"地被这个"中国男孩""吸引"了。但，那时的F，心中只有S，完全没有丝毫的空隙来容纳倪采，倪采怀着失意的心情，返回德国。但，从此，她就开始和F通信，两年以来，F的种种事情，包括S的病与死，F的黯然神伤，倪采都了如指掌，而在鱼雁往返中，给了F最大的安慰。

"说真话，"F告诉我，"我当初和倪采通信，只为了练习我的英文!"

真是书呆吧!

通信通到去年秋天,倪采二度来台,S去世已一年半。两人此番见面,竟恍如隔世,对F而言,一切不可能发生的事,居然都发生了。倪采倾诉了她两年来的相思,F懵懵懂懂如大梦初醒,疑幻疑真之余,那种红粉知己的感觉,油然而生。天涯海角,冥冥中竟有红丝遥遥相系,是命中注定?是前世夙缘?F迷惑了。而在那半晕眩的迷惑中,发现自己又会为一个女孩心痛、心酸、心动、心跳、心慌……于是,蓦然大悟,他又能爱了,会爱了,懂爱了,能接受爱了,而且已经去爱了。

这段爱情,如海涛飞卷,来势汹汹。F和倪采,一下子就被这海浪给吞噬了。爱情,随时随地会发生,有人爱得甜,有人爱得苦。F大概注定是要为爱情受苦的,因为倪采三星期后就又被公司调回德国,把无尽的相思留给F。"衣带渐宽终不悔,为伊消得人憔悴"。两人开始通信,打长途电话,但,思念仍然把两人的心都搅得乱乱的。去年秋天的F,像个患得患失、忽悲忽喜的精神病患!

倪采的信像雪片般飞来,我总是和F共享他的欢乐。他经常在电话里把倪采的来信念给我听:

> ……每次想到像我这样一个野蛮人,居然能赢得
> 你这么有深度的、一个中国人的爱,我就觉得自己太幸
> 运了……

……你确实要我吗？你不会后悔吗？如果你后悔了，一定要早些告诉我，因为我已准备打包整理行装，投奔你而来了……

……我正在努力学中文，我总不能让我们未来的家庭里，永远用第三国的语言交谈，看样子你不会为我学德文，所以我只好为你学中文了……

听这种情书也是很过瘾的，倪采对 F 的痴情，常使我不自禁地对 F 刮目相看，觉得他很"为国争光"，把德国女孩迷得惨兮兮。但，F 看来，也被倪采迷得惨兮兮呢！然后，他们开始热心地计划未来，谈论婚嫁了。F 这人，对于金钱是毫无观念的，他一向都活得潇洒，也穷得潇洒，每月薪资，聊以度日，反正他除了买书之外，对生活几乎无欲无求。现在要结婚了，才发现自己一砖一瓦都没有！

而倪采，针对这个问题，又来了封信：

……每个人都告诉我你很穷，嫁给你之后会不幸福！老天，怎么有那么多人敢对爱情发表盲目的意见！我想，我们未来的生活大概不会很富有了。我什么都不在乎，穷一点，苦一点，都没有关系。只是，不知道台北的夜，天空里有星星吗？如果天空里没有星星，我就会活得比较不快乐了……

伟哉倪采，不愧是哲人之后，居然能写出如此动人的信来！我对这位从未谋面的德国小女子，真是又好奇又感动。终于，当冬天来临，倪采为了F而三度来台，我总算见到了她！

出乎我的意料，这位德国女孩并非人高马大，也不是"野蛮"的。她纤细、聪明、斯文、雅致，而且相当美丽。她有蓝灰色的眼睛和金褐色的头发，白皙的皮肤和薄薄的嘴唇。她的眼睛闪亮，浑身都绽放着光彩。每当我和F用中文交谈时，她的眼光就专注地停留在F身上，似乎想从他脸上读出他的思想。那天，他们在我家一直谈到深夜。因为倪采三番两次想说服F去德国结婚，F却老大地不愿意，我就笑着对倪采说：

"来台湾吧！我保证台北的夜空，天上有星星！"

倪采的脸红了。于是，F也振振有词：

"是啊！台北的夜空，有星星呀！"

那晚，他们离开我家时，天空正飘着小雨。小雨来得真不是时候！我家花园中有两棵大树，为迎新年而装饰了许多闪亮的小灯，如同满树的星辰。倪采仰头一看天空，就叫了起来：

"瞧！天上没有星星呢！"

"谁说的？"鑫涛立刻接口，"我们把星星摘下来，放到树上去了！"

于是，我们都大笑起来，台北的冬夜，就这样被我们的笑搅热了。我目送他们两个离去，怎样也无法想象，这一中一西，完全不同种族、不同文化、不同历史、不同习惯、不同背景……的两个人，竟会相聚相爱又相许！爱情，到底是什么东西？它能创造出奇迹！

走笔至此，倪采又已离开台湾，返回德国了。她和 F，把婚期定在今年秋天，以便双方做些准备工作。所以，F 又忙着在写信、通电话，和害相思病了。我曾感慨地说：

"你的恋爱，真累呀！"

F 回答我说：

"经过和 S 的死别，什么事都能忍耐了。想想看，我和倪采虽然分在两地，我偶尔会接到她的电话，听到她的声音，常常接到她的信，看到她的笔迹。我还能计划未来，抱着希望。对我这样一个人来说，这就是幸福了！"

说得也是！我祝福他！今夜，天空星辰璀璨，让满天星星，共我祝福！

F 终于走出了他的孤独。

这又是个爱的故事。

第三个故事：音乐

这个故事是我友苇如告诉我的，一个不可思议的故事。

耿耿是苇如的远亲，一个音乐系的才女，弹一手好钢琴，曾经代表台湾出席过好几次的重要比赛，虽然没有拿到什么大奖，小奖也得到了几个。对耿耿来说，弹琴是她的兴趣，比赛根本不是她的目的，她从小喜欢音乐，她的手指纤长，好像生来就是弹琴的手。她的父母，在她三岁时，就发现了她的天才，四岁就开始请老师给她上课，第一次坐在钢琴前面，她就激动得小脸发红，弹出那些琴音时，她两眼发光，几乎立刻迷上了弹琴。

总之，耿耿是个钢琴才女，不只是才女，也是个美女。从十六岁起，追求她的人如过江之鲫，但是，她一个也没兴趣，她只要她的音乐。到了她二十五岁，她已经拒绝了无数追求者，她的父母，开始为她的婚姻担心了。在现在这时代，二十五岁还没交过男朋友，简直是个异数。为了音乐而失去人生正常的轨道，毕竟不是她父母期望的。

耿耿每天都在固定的时间，去学校音乐厅练习钢琴，一弹就是两个小时。因为这钢琴是学校的名琴，排队练习的人还真不少，学校为了耿耿特别开例，她每天可以在四点到六点这时间练琴。音乐厅是开放性的，很多学生会排队等着下一个练，也有很多青年，会到这儿来看书或是猎艳，还有的学生，会专门为耿耿而来，听她弹琴，然后再来搭讪她。

她喊他作"倾听者"。不知道是什么时候开始，这个倾听者几乎天天来听她弹琴。他会坐在靠墙的椅子里，一声也不响，只是用非常专注的眼神，眩惑地看着她。当她的手指飞掠过琴键时，他会用深沉的目光，跟着她的手指飞掠过去。

他凝视她的每个动作，连她弹得激动时，习惯性地把头发往后一抛，他也入迷地注视。她发现，在她弹琴的时候，他几乎没有自我，他完全被她的琴声"吞噬"了。好像整个世界都不存在，存在的，只有耿耿和她的琴。

奇怪的是，这位不知名的"倾听者"，从来没有打扰过她。当她弹完琴，起身离开音乐厅时，他会默默地起身，也离开音乐厅。她曾故意落后，但是，他没有等她，自顾自地走了。不知从何处来，也不知到何处去。他的身材高，年纪大概三十岁上下，有对深沉得见不到底的眼睛。有时，耿耿觉得这对眼睛可以透视她。每次，都是她弹到半小时左右，他会出现，坐在那儿动也不动地看着她，直到她弹完。他就像下班一样地飘然而去。

经过大约四个月，这"倾听者"都是这样的。他，终于引起了耿耿的注意，她会故意去接触他的眼光，他很快就会把眼光闪开，径自离去。好像并不是为她而来。有次，他们擦身而过，她走在前面，故意回头去看他。他们的眼光接触了，她心里蓦然像触电般一跳，那眼光正深深地看着她，"透视"着她，然后，他转开头，带点忧郁的神情，就掠过她身边而去。

耿耿是骄傲而矜持的，既然这人只为了听她弹琴而来，她大可不要注意他。于是，她弹她的琴，他听她的琴，半年就这样过去了，两人从来没有说过一句话。逐渐地，耿耿想，这个怪人是在和她玩"定力"的游戏，谁先开口，谁就输了。可是，她开始期盼他的到来，开始习惯他的聆听，开始等待他的搭讪。什么都没发生，那个"倾听者"定力超强。这，终于让耿耿生气了！难道，她每天是为了他在演奏吗？不错！她发现自己居然每天换着曲谱，每天拼命想超越前一天的成绩，而且，越弹越卖力了！她确实在为他演奏！

终于，这天耿耿忍耐不住了，当她弹完琴起身，他也起身时，她一步上前，拦住了他，很快地问：

"你是为我而来的吗？"

他凝视着她的眼睛她的唇，喉中咕噜了一句听不清楚的话，转身想走。

她再度拦住他，很快地说：

"如果你为了听我弹琴而来，最起码，你欠我一句点评，我弹得好吗？你最喜欢谁的作品？莫扎特？肖邦？贝多芬？还是我杜耿耿？"

他深沉的眼光，注视着她嚅动的嘴唇，再抬起眼光，用一种近乎崇拜的眼神看着她，然后，吐出两个含糊的字：

"音乐！"

说完，他转身就走。耿耿豁出去了，什么骄傲矜持都顾不得，她追着他走了出去，在他身后喊着：

"喂喂！倾听者！"喊完，才涨红了脸，这是她给他取的外号，怎么用来称呼他呢？可是，那人头也不回地往前走，根本没有理她的呼唤。这使她非常懊恼，她快步地冲上前去，一下子就拦在他的面前，挡住了他的去路。他被迫地站住了，用忧郁的眼神看着她，眼里，盛满了抱歉和无奈。

"你是怎么回事？总可以开口说说话吧！我是杜耿耿，你呢？"

他似乎无法逃避了。他用手指了指嘴巴，再指了指耳朵。然后，他开始比起手语来，耿耿不懂手语，却在那一瞬间，明白了一件事，他是个听障，他根本听不到声音，更别说"音乐"了！什么叫音乐，他都不懂！他根本听不见！

"你……你……"她愕然地说，"听不见？"

他诚挚地点点头。突然从口袋里掏出一个小本子，那本子上挂着一支短短的铅笔。他就站在人行道的骑楼下，飞快地写了好几张纸，递给她，她接来一看，上面写着：

> 我是听障，从来不知道什么叫音乐？有人告诉我，你弹琴就是"音乐"，我只能用眼睛看，去试着体会"音乐"，我没想到"音乐"是这么美丽的，你的手，你的动作，你的表情，你发亮的眼睛……原来，这就是"音乐"！对不起，我就迷上"音乐"了，身不由己，每天来"听"音乐！我会看唇语，但是，只会说很少的话！例如"音乐"两个字！

耿耿愣住了，再抬起眼睛时，看到他的眼光坦率明亮，充满了深不可测的感情。她，太意外了，太震惊了，太震撼了，心里茫然地想着，她居然为一个听障，演奏了快一年的钢琴！

苇如的故事，说到这儿就停止了。我急急追问：

"后来呢？"

"后来……"苇如笑着说，"耿耿嫁给了他！"

"什么？"我喊，"一个钢琴家，嫁给了一个聋子？"

"是听障！"苇如瞪着我，"你写小说，居然不懂要尊重你的用词吗？"

"这段感情怎么会发生？一位音乐家和一位听障！他们能幸福吗？耿耿怎么破除她的成见？我不相信，一位钢琴家，会爱上一个听不见的人！"我嚷着。

"耿耿说，音乐是她的快乐，但是钢琴不是活的！有个人听不见钢琴，却知道什么是最美丽的'音乐'！她愿意做那个人的'音乐'！以后，用手语，用唇语，用眼光，用弹琴……让那个人更爱'音乐'！更懂'音乐'！"

我愣了好一会儿。这又是一个爱的故事。好美的故事！

这个冬天，真听了不少爱的故事，看了不少爱的故事。

瞧！有爱就有故事！

我喜欢这个冬天，我也喜欢这个冬天接触的故事。尽管这些故事，经过转述，再经我的美化，或多或少与事实有点出入。好在，我只写我见我闻，并不为任何人写传记。

人活着，总有些无奈，总有些困惑，总有时对生命怀疑，总有时必须戴面具，总有时忧郁……但是，每每想到，这人间毕竟充满了爱，也充满了爱的故事，就觉得，人活着，自有他的意义了！

我真的喜欢这个冬天！

《第三个故事：音乐》后记

一九八四年一月十八日，我写完了《五季》这部分的散文，最后一篇《爱的故事》并不是"音乐"，而是另外一篇听来的故事。今年，我收集散乱在外的作品，重新编辑在这本《握三下，我爱你》中，重读当初那个故事，觉得没有《音乐》这篇感人，所以，我重新写了《音乐》取代那一篇。

写于二○一八年十一月十日

292

握三下，我爱你

二○一○年十月十四日，我接到好友王玫的电话，她第一句话就说：

"琼瑶姊，我们今天早上，为刘姊做了气切的手术！"

我的心怦地一跳，惊呼着喊：

"气切！"

刘姊，在影剧圈中，大家都这样称呼她，就像称呼我"琼瑶姊"一样。但是她直呼我琼瑶，因为她坚称我比她小。实际上我比她大半个月，但是，她如果坚持，我就拿她没办法，所以，她是刘姊。也是我的老友、工作伙伴、我的导演，在我的人生和她的人生中，我们彼此都占据着相当大的位置，她的名字是"刘立立"。

第一次见到刘姊，是一九七六年，我拍电影《我是一片云》，她是那部电影的副导。我从没见过嗓门这么大、活力这么旺盛、工作能力如此强的"女人"，她给我的印象太深了。到一九七八年，我跟她说："你来帮我当导演，你行！"她对自己完全没把握，我坚持说她行！于是，她导了我的《一颗红豆》，从此开始了她的导演生涯。所以，她常对我说："你是我的贵人，你改变了我的命运！"

我和刘姊就这样成为工作伙伴，我用"乔野"为笔名，编了许多电影剧本，都是她执导的。我们交换着彼此的感情生活，交换着彼此的心灵秘密，也分享着共同为一部戏催生的喜悦。在电影的极盛时期，我们每次票房破纪录，就要在我家开香槟，那时工作人员、演员和她的另一半——董哥全到齐，笑声闹声惊天动地。当我把电影公司结束，她进了电视圈，把我也拉下水，我们又拍了《几度夕阳红》《烟雨蒙蒙》《庭院深深》《在水一方》等一连串的电视剧。我和她，就这样成为一生的知己。

刘姊的感情生活是不可思议的，她年轻时，是风头人物，是"校花"。董哥是她的学长，都是政工干校（今台湾某大学政战学院）戏剧系的学生。刘姊风头太健，很多学长追求，大家比赛写情书给她，打赌谁能追到手。董哥也是其中之一。但是，直到董哥毕业，这些学长谁也没追到她。

没多久，董哥结婚了，娶了在艺工总队表演的王玫。当刘姊毕业，进了影剧圈，董哥也进了影剧圈，他们都从"场记"干起，两人经过许多曲折，居然电光石火，陷进一场惊天动地的恋爱里。但是，此时的董哥已"使君有妇"，两人只能在外面租了一间房子同居。董哥有才华有能力，是各方争取的"名副导"，跟刘姊这场恋爱，风风火火，充满了戏剧性。刘姊性情激烈，曾经为了和董哥争吵，一刀砍在自己的胳膊上，顿时血流如注，差点没把手给砍断（那是一本巨大的书，无法细述）。

当时，王玫已经生了一个女儿，却仍然在艺工总队表演。当王玫知道董哥有了外遇，她没有吵闹，默默忍受着心里的不满。有一次，董哥到南部去工作，王玫也到外地去表演，才一岁多的女儿雅庄，交给祖父母照顾。不料女儿半夜发高烧，持续不退。祖父母找不到王玫和董哥，却找到了刘姊。刘姊一听董哥的女儿生病了，急得二话不说，直奔祖父母家，抱起雅庄，就飞奔到当时台北最好的"儿童医院"。那时可没健保，儿童医院收费极高，诊断后要住院。刘姊没钱，把家里的电锅、热水瓶……各种可当的东西全部典当，再抱着自己的棉被去医院照顾雅庄。当王玫回到台北，惊知女儿病到住院，急忙赶到医院里，却看到一幅画面：雅庄盖着刘姊的棉被睡着了，刘姊搬了一张小板凳，坐在病床前，手搂着雅庄，累得趴在床沿上，也睡着了。王玫惊愕地看着，眼泪忍不住滚滚落下。一颗母亲的心，和一个妻子的心，还有一个善良的女性之心……在刹那间融成一颗"大爱之心"。

等到董哥从南部回到台北，才大吃一惊地发现，王玫不但和刘姊成了最好的朋友，还把刘姊接到家里，两个女人说，愿意分享一个丈夫！董哥不敢相信，却喜出望外地接受了这个事实。

从此他们过着三人行的生活。王玫陆续又生了两个孩子，都把刘姊当成亲妈一样，称呼刘姊为"好妈"。刘姊对这三个孩子，更是宠爱异常。尤其是小儿子"四海"，几乎是刘姊抱大的，刘姊爱这儿子到无以复加，连我这旁观的人，也叹为观止。刘姊为了这段爱情，为了尊重王玫，终身不要生孩子，免得孩子们之间会产生问题。

问世间情为何物？我实在不明白。年轻时，没有人看好他们这种关系，总认为随时会闹翻，会弄得不可收拾。但是，他们就这样恩恩爱爱地生活着，数十年如一日。当年，我也曾私下问刘姊："你终身认定董哥了吗？未来是你不知道的，会不会再遇到别人？"她斩钉截铁地回答我："绝不可能！我认定他了！"

刘姊当导演，收入比当副导演时，当然好很多。董哥也当导演了，却没有刘姊勤快，接戏接得比较少。刘姊把赚的导演费，除了少数寄给父母，少数自用，其他都用在董家。董哥才气纵横，每次刘姊接到剧本，都是董哥先帮忙看剧本，然后和刘姊讨论，再帮刘姊分镜头。因此，两人的工作是密不可分的。王玫就专心持家带小孩，三人一心，把孩子一个个拉扯长大。他们这一家人，成了很奇妙的一种"生命共同体"。最让我感动的，是王玫数十年不变的那颗无私、宽宏、包容的心。她不只包容，还深爱着刘姊，有次甚至对我很真心地说：

"我没什么学问，也不太懂电影，看到他们两个一起工作分镜头，总觉得他们才应该是一对夫妻，我好像妨碍了他们！"言下之意，还很歉然似的。

一年年过去，当刘姊年纪老了，不再能风吹日晒帮我拍戏了，我和她的友谊不变。每年过年前，一定要见一面，谈谈彼此的生活。二〇〇七年，刘姊和董哥来我家，我发现刘姊讲话有些口齿不清，走路也歪歪倒倒。董哥才告诉我，刘姊患了遗传性的一种罕见病"小脑萎缩症"。我顿时目瞪口呆，我看过一部日本电影，名字叫《一公升的眼泪》，内容就是记录一个患了这种病的女孩，如何一步步走向死亡。当我吓住时，刘姊反而安慰我，她说：

"我母亲有这种病，它会让人逐渐失去行动能力，逐渐瘫痪，无法说话。但是，它不会影响智慧和生命，我母亲发病后，还活了二十年！"

董哥在一边接口："二十年够了，这二十年，我和王玫会照顾她！"

那天，看着董哥扶持着刘姊离开我家，我的眼泪在眼眶里打转。我立刻冲到电脑前，去搜寻"小脑萎缩症"的资料，发现确实像刘姊说的，如果是老年人发作这病，不会影响智力，但是，会逐渐失去所有生活能力。我想到，刘姊是这么有活力的一个人，怎能忍受逐渐瘫痪的事实？如果失智还好，反正自己都不知道了！假若思想一直清晰，却连表达能力都没有，那不是禁锢在自己的躯壳里了吗？到那时候，董哥和王玫还有耐心和能力来照顾她吗？毕竟，董哥和王玫也老了，董哥自己身体也不好。

从那时起，我和王玫就经常通电话，谈刘姊的病情。刘姊没有她说的那么乐观，她的病恶化得很快，从发病到不能行走，到说话完全不清，在三年中全部来临。王玫每天要把她抱上轮椅，抱上床，帮她洗澡，喂她吃饭，推她去外面散步……家里还有新添的小孙子，可以想象生活多么艰难。我力劝她请外籍看护来分担辛苦，如果王玫也倒了，谁来撑持这个家？她听了我的话，请到一个很好的印尼看护。

然后有一天，王玫告诉我，刘姊因为肺部感染，进了加护病房，现在插管治疗，说不定会挨不过去。我难过极了，谈到伤心处，不禁哽咽。我当时就要求王玫，如果到了最后时刻，千万不要给刘姊"气切",因为"气切"会延长生命,却无法治疗这个病,还不如让她走得干脆一点。我自己,早就写好放弃急救的文字,并且交代我的儿子,绝对不可插管气切和电击,时候到了,就让我平安地走。

因此,当我听到王玫说,帮刘姊气切了,我才震慑住。我问为什么还要气切?王玫哽咽着说:

"不舍得啊!插管已经把她的喉咙都插破了,医生说,有人八十岁气切后还救了回来,何况,刘姊还有意识,会用眨眼表示意见,当我们问她要不要气切时,她皱眉表示不要。但是,我问她,你不想回家吗?你不想看两个孙子吗?刘姊又连连眨眼了!她还有生存的意志,她还能爱啊!我们舍不得放弃她呀!"谈到这儿,王玫忽然对我说,"我和董哥离婚了!"

"什么?"我惊问,"这个节骨眼,你还跟董哥闹离婚?"

"没敢跟你讲,"王玫歉然地说,"我们离婚后,十月三日那天,董哥在医院里,和刘姊结婚了!总得让她名正言顺当董太太呀!万一她走了,我儿子才能帮她当孝子,捧她的灵位呀!"

我握着电话筒,久久无法说一语,眼泪在眼眶转,声音全部哽在喉咙口。王玫在电话那头也沙哑难言,董哥接过了电话,继续跟我说。告诉我整个离婚结婚的提议,是儿子四海提出的。因为他要当刘姊名正言顺的儿子,为刘姊当"孝子"。

结婚以前,他们去病床前,把离婚证书亮给刘姊看,董哥说:

"我可以娶你了!你要不要嫁我?"

刘姊眼睛湿了,眨了眨眼,表示愿意。所以,十月三日那天,医生和护士们,把病房布置成新房,贴了囍字,还有一束气球。区公所的职员被请来，到场见证（因为要办理结婚户籍）。大家围绕着病床，一起唱着《庭院深深》，和其他的电视主题曲。刘姊笑了，她已经很久没有笑过，但是，她笑了……董哥就这样娶了和他相爱了四十几年，现在躺在病床上不能动的新娘！

我听着，哭了。我说：

"董哥，你生命里，有这么伟大的两个女人，你也没有白活了！刘姊病危，你离婚又结婚，我该不该说恭喜你呢……"我说不出话来，心里是满满的感动和激动。王玫又接过电话，跟我说：

"虽然没照你的意思做，我们帮她气切了，医生说，气切之后可以活很多年。刘姊还有多久，我们还不知道。如果状况稳定，两星期就可以出院，我会把她接回家，有孩子孙子包围着，她一定比较快乐！今天，我去医院看了她，我握住她的手，你知道吗？她居然回握了我几下！好像在跟我说什么！"

我心里一震，想到曾经告诉刘姊，《敲三下，我爱你》的故事，当时还想拍成电影，我跟刘姊设计了好多"三下"，来表示"我爱你"。我顿时知道了，刘姊在对王玫说："握三下，我爱你！"

这是我身边的故事，最真实的故事，听了这故事，我一直激动着，想到大家在医院里唱《庭院深深》的婚礼，想着我的好友刘姊和她的一家，我什么事都做不下去。我的眼睛不曾干过，好想哭。但是，想到刘姊在生命的尾声，迎来这样一个婚礼，她一定得到莫大的安慰！她一生付出这么深的爱，并不曾要求回报，董哥和王玫，却用这么深的爱来回报她！他们三个，没有妨碍任何人，只是默默爱着彼此！爱的本身没有罪，发生了就是发生了！能把"外遇"处理成这样，是三个人间，彼此无私的至爱！如果，我们这个社会，不用批判的眼光，来看待各种爱情，也能欣赏容纳这样的爱，那有多好！

人类的爱是很神秘的。我有一个朋友研究科学，他告诉我，宇宙中有数量庞大的星系，每个星系可能都大于我们的太阳系，当两个中子星合并时，会发生巨大的力量，叫作"重力波"。"重力波"会产生一种时空涟漪，转变时间和空间，影响巨大。他说："人与人不可思议的相遇和感情，可能就是重力波造成的，没有对错，因为重力波强大、注定，而无从逃避。说不定今天的你我，早就在几亿年前某个星球里相遇过，所以才有'似曾相识'和'一见钟情'的事发生。"

我不懂科学，在写这篇文章的今天，"重力波"已经在二〇一六年二月十一日，首度被测验到而证实。今年二〇一七年十月十六日，第四次被人类直接探测到。但是，爱因斯坦早在一百年前就预言过，当时无人相信。这和刘姊、王玫、董哥的故事有关吗？我那相信科学又相信爱情的朋友说：

"如果你相信重力波，你就知道什么叫'命运'？为什么世间有这么多的'巧合'？也会相信所有不可思议的爱情！"

知道刘姊和董哥结婚那天，我的心情无法平复，我要把这个故事即刻写下来，这故事里不只有爱情，还有你我都无法了解的大爱！为什么还有人不相信"人间有爱"呢？我祈望刘姊能够早日出院，回到她新婚的家，再享受一段亲人的爱！因为她还有知觉，还有意识，还能爱！

六年后，刘姊还躺着，足足躺了六年了。在这六年间，我发生了很多事情，鑫涛失智，我心力交瘁地照顾，在他又大中风后，我迁就鑫涛的儿女，违背他的意志，帮他插了鼻胃管。当初，我请求董哥夫妇，不要帮刘姊气切，结果还是气切了，过程几乎一样。这六年里，王玫依旧照顾着刘姊，在一次次反复肺炎之后，刘姊终于长住于医院。王玫开始奔波于医院和家之间，帮刘姊逐渐变形的身子，亲自擦拭，一面擦拭，一面告诉刘姊家里的种种大事小事，不管刘姊能懂还是不能懂。刘姊再也无从表达，成了标准的"卧床老人"。王玫这些向刘姊细诉的事件里，还包括董哥的去世。

二〇一五年八月，董哥因肺气肿病危住院，对王玫说：

"如果我的时间到了，什么管子都不要帮我插，立立的悲剧不能在我们家发生两次，我不要像她那样活着！"

王玫点头答应，董哥住院后，把氧气罩拿掉，对王玫说：

"我想唱歌！"

他对王玫唱了两首歌，一首是《一帘幽梦》，一首是《感恩的心》，握住王玫的手，在王玫对他表示，会继续照顾刘姊之后，他带着淡淡的微笑，离开了人世。后来，董哥出殡时，王玫和儿女们，都放弃了传统的丧乐，他们循环播放着《一帘幽梦》和《感恩的心》，送他到墓地。参加的人，个个落泪。

照顾者比被照顾者先走，是常常有的事。我前两天才去看鑫涛，我检查他的手，检查他的脚，告诉他我来了！他完全没有反应，我看着那已经变形的手脚和伛偻的身子，知道即使如此，他还是可以在管线和医药下"活"很久。我忍不住对他低低说："可能我无法送你走，看样子，我会像董哥一样，比刘姊还先走！"

回家的我很悲哀，想着刘姊的故事，想着我自己的故事。刘姊还活着，七年了！鑫涛也还活着，整整住院六百零八天了。我想起，在我出版《雪花飘落之前》时，办了一个"新书座谈会"，在座谈会上，和几位医生谈论"卧床老人"和"插管问题"。座谈会结束后，我走下台和来宾们拥抱，不料王玫也来了，她抱住了我，哭着在我耳边说：

"琼瑶姊，看了你的书，更加明白了！当初没听你的话，我们错了！不该帮刘姊气切的！让她多受了好多年的苦！"

我忍着泪，紧紧地拥抱了她一下，伟大的女人，常常隐藏在社会的小角落，还要被这个社会用"道德的眼光"批判。我知道，她仍然在帮刘姊擦澡，仍然每隔一天去照顾她丈夫的女人！哦，错了，她已经离婚了。是去照顾她那已逝的"前夫"的"妻子"！

真实的故事，一直在我身边演出。我决定，第二天要去医院，只为了去握三下鑫涛的手！

二〇一八年四月二十三日，我得到消息，刘姊终于走了！我在脸书，写下了一段话给刘姊，我不知道有没有灵魂，我不知道刘姊能不能看见。我写着：

刘姊，握三下，我爱你！

你终于走了，昨晚，我就知道你的情况不好，我要去医院看你，王玫在电话里说："保持她在你心目中最后的形象吧！你无法想象，她现在成了什么样子，骨瘦如柴，身子完全伛偻着，如果你来，看到她的情形，你一定会哭的！"我太明白了，经过这么漫长岁月的卧床，你的形态会变成怎样，我完全可以想象。我身边就有一个卧床两年的人，已经让我不忍卒睹了！今晨，猝不及防，我听到你昨夜去世的消息。我没有哭，但是，我眼前闪过无数个你！拍戏时像暴君的你，收工后像慈母的你！永远乐观的你，照顾每个工作人员的你！为了我不肯编剧，打电话扬言要冲到我家跟我下跪的你！和我像闺蜜一样无话不谈的你！在承德拍戏时，坚持要去零下三十度的东北出外景，气得我当众落泪的你……那么多的岁月，我们一起走过，那么热情而活跃的你，最后却被囚禁在自己的身体里，长达十年（气切前就不能行动了）。现在，你走了，我怎能不想你？想你的霸道，想你的温柔，想你的坚持，想你的努力……如今，这一切的一切，都跟随你而去了！

　　拍《我是一片云》的时候，你被推荐来当我们的副导演，后来，我擢升你当导演，连续拍了我十部电影，和好多连续剧。那时的我们，几乎是密不可分的。现在，你走了，我脑子里想的，却是我们第一次合作的《我是一片云》，还记得我们都很喜欢的那首歌吗？

　　　　我是一片云，天空是我家。

　　　　朝迎旭日升，暮送夕阳下。

　　　　我是一片云，自在又潇洒。

　　　　身随魂梦飞，来去无牵挂。

　　刘姊，你解脱了！那个会让你身子变形，会让你痛苦的躯壳不再能囚禁你了！你就像那片云一样，以天空为家，来去无牵挂吧！我，还在人世中浮沉，还在坚信着全人类的"真爱"。你以一生证明了爱，什么是"爱"？只有时间和苍天，才能为证吧！多少夫妻走不到尽头，不会检讨自己，只会责备别人！你、王玫、董哥，携手半世纪，值得了！至于那些悠悠之口，在"真爱"之下，显得多么苍白！

刘姊，握三下，我爱你！

二〇一〇年十月十五日刘姊气切初稿发表于新浪博客
二〇一七年十月三十日夜董哥去世再写发表于脸书
二〇一八年四月二十三日刘姊逝世整合全文

失落的心

我的心早已失落，

暮色里不知飘向何方？

在座诸君有谁能寻觅？

觅着了（别碰碎它）请妥为收藏！

一九六四年的一个黄昏，我坐在我那小小的书房里，写着我的小说《几度夕阳红》。那部小说里有个"画心游戏"，书里的男主角何慕天没有画心，他的那张纸笺上，写的是上面几句话。我写到那个段落，停下来思考。住在我家斜对面的鑫涛，正好来我家"催稿"。他那时，是"一人杂志社"的社长，什么事都一个人包办，当然，催稿也是他的工作，何况，我们几乎是邻居。看到我在长思，他坐下来就拿起我的稿子，仔细翻看，惊呼着说：

"画心？居然有人在小说里画心？这个……太出人意料了！"

"好不好呢？"我没把握地问，"我妈告诉我，当年她们都玩这个游戏！"

"好不好？"鑫涛正色地接口，"实在……太好太妙了！"

他接着翻阅，又惊呼起来：

"这个何慕天居然没画心，什么叫'我的心早已失落……'失落到哪儿去了？"他抬头看我，"这是你'神来之笔'！明明是'画心'游戏，这个何慕天，居然让他的心'失落'！"鑫涛等不及地对我说，"快告诉我，这颗'失落的心'，到哪儿去了？你后面会有呼应吗？这是吊胃口，我想知道后面的情节！"

后面的情节怎能告诉他？他知道了还会追看我的小说吗？何况，在我的计划中，何慕天这颗失落的心，在二十年后，他才知道有人"收藏"着。不但收藏着，还保有着，从以前，到现在，到永恒！这个点子是不能泄露的，我摇头不语，鑫涛也不再追问，只是非常欣赏地看着我，又很珍惜地看着他手里的稿子。

在我写《几度夕阳红》时，因为两家住得近，他无论多忙，都会到我这儿来探视一下。有时只停留五分钟就走了，我忙于写作，也从不招待他。他对这本书情有独钟，特别喜欢。几乎是我写一天，他看一天。这样，直到我把整本书写完，他才看到那颗心的去处，放下我的稿纸，他长叹一声说：

"好一颗'失落的心'！居然呼应到最后一章，如果我是何慕天，可能不会这么潇洒，隐居在深山里，拥有这张纸条上'失落的心'，就满足了！我会继续努力，让'失落的心'实至名归！"

我看着他，笑了。我说：

"所以，你不是何慕天，你只能当平鑫涛！何慕天生活在

‘境界’里，你生活在‘现实’里！”

他看着我，也笑了，说：

“你这句话，很有一点挖苦和轻视我的味道！我跟你说，‘现实’是真实的人生，‘境界’是虚幻的人生！每个人生，都是现实重于虚幻，如果你真正住在深山里，整天拿着这张‘失落的心’生活，绝对不会快乐！只有把心爱的梦竹，拥抱在怀里，才会快乐！”

“你这是嫌我的结尾不够好？”我问，有点不服气，“真正的爱，包括牺牲，包括成全，包括责任，包括感恩……”

“对！”他打断我，匆匆收集我那最后一段的稿纸，“所以，你写了一个最完美的结局，一个我完全没有想到的结局！你照顾了书中每一个人的心，也照顾了读者的心！这，就是我最佩服你的地方！现在，我没有时间跟你辩论‘境界’和‘现实’的问题，我要赶快把这稿子送去排字房……要不然，皇冠就要开天窗了！这可是最现实的问题！”他拿着稿子就走。

“等等！”我喊，“如果你觉得不够好，我还可以改……”我追在后面喊。

“我觉得这结尾好极了！不可能写得更好了！”他边走边说，“你写出两个完美的人物，何慕天和李梦竹！我只是想说，真实的人生里，纸条不能代表一个活生生的人！尽管她收藏着，保有着，仍然是收藏保有着一个回忆而已！这对梦竹是很残忍的，不如把什么都忘了，不要收藏，也不要保有，就不会痛苦！”

他说完，抱着我那一沓热腾腾的稿纸，就飞快地走了。留下我呆呆地站在书房里，苦思他的哲学。我想，或者他对，这样的情况，对何慕天和李梦竹，依然是残忍的。那颗"失落的心"，只是"纸上游戏"而已。

不管怎样，《几度夕阳红》就这样匆匆完稿，是皇冠那期的"完结篇"。那期皇冠卖得大好，读者来信，对《几度夕阳红》赞不绝口，没有任何一个人，提出什么"境界"和"现实"的问题。一九六四年八月完稿的《几度夕阳红》，十一月就出版了，到一九六五年一月，居然再刷了十二版！平均一个月再刷三次！这本书轰动一时，读者们对我苦心安排的结局，都没有异议。所以，我对鑫涛有点得意地说：

"那颗'失落的心'，人间已有安排处！"

他对着我笑，很欣赏地笑。这人，以成败论英雄，看样子，对我"心服口服"了。笑着笑着，他说：

"那颗'失落的心'，书中自有安排处，人间，还是没有安排处！"

我瞪他，这人好胜，尽管心里很服我，嘴里还是不肯服输！

"日月忽其不淹兮，春与秋其代序"。

时光匆匆，逝水流年，转眼间，到了今年。二〇一八年的十月！距离我写《几度夕阳红》已经整整五十四年，半个多世纪过去了！今年的我，已经八十岁，鑫涛比我大十一岁，九十一岁了，虽然他身上有四个绝症，医生早就建议让他"好走"。却在他儿女坚持下，依赖插管，躺在医院里苟延残喘，过着生不如死的日子，这段生不如死的日子，已经快要一千天。而我，和他结成夫妇，已经快四十年！

婚后漫长的岁月里，我和鑫涛，曾经走遍天涯，曾经拍摄电影，曾经捧出许多知名演员，曾经拍摄电视剧，我也写出了六十七本著作！我们的生活里，充满了忙碌、工作、工作、工作！连偶然的娱乐和旅行，也是来也匆匆，去也匆匆……这期间，有过艳阳高照的日子，也有过狂风暴雨的日子。生活像是一个滚轮，不停地向前滚动，好像永远停不下来。尽管如此，岁月中，依旧充满温柔和美好，直到他这个生命的滚轮，再也滚不动了，病魔一个个找上了他！癌症、帕金森氏症、失智症，加上致命的大中风！他倒了，写过不许插管维生的遗言，我却没有尽到贤妻的责任，我败给了他的儿女，让他插管延命，这是我这一生，面对任何挫折，都不曾有过的锥心之痛！

　　在鑫涛插管后，我过得很不好，思念是无止境的。痛楚，是随时从心底冒出来的。尤其，因为我呼吁善终权而写《雪花飘落之前》，引起鑫涛儿女对我数度攻击，编造出许多谎言，甚至说他们的父亲还能说话还能笑，让社会对我公审……种种以前怎么也想不到的事，都一一发生，加上鑫涛悲惨的处境，再再撕碎了我的心。这些事，归根结底，都是鑫涛带给我的。我常常失眠，自己检讨这一生，觉得没有比我更天真更单纯的人。为鑫涛和他的儿女奉献，我都认为是我理所当然该做的！从来没有计较过。鑫涛病中的痛苦，只有贴身照顾的我，才能深深体会。尊重他的叮咛，不为他插管延命，是我对他最深的爱。这样一片心，竟然被扭曲和误导，闹成轩然大波，我惶然而迷惑。对整个人生和社会，都陷在失望的波澜里。唯有对他的爱，依旧浮沉在虚无飘渺中。

还好，我有六十五本书需要重新出版，这，占据了我的思想和时间，我整天忙忙碌碌，去增订《我的故事》，去写以前没有写的《鬼丈夫》。今年三月，我先完成了增订的《我的故事》。八月底，终于写完了《鬼丈夫》。还有一本《握三下，我爱你》需要重新整理，取代以前绝版的《不曾失落的日子》，尚没有开始。我这才知道，两年来，我简直没有休息，变成我一生最忙碌的时期，因为，我还要抽时间去医院看鑫涛，情不自禁去检查他的手脚，看到他一天比一天变形，双颊瘦削，嘴巴永远张成 O 形……我心依旧撕裂般地痛楚！我应该恨他的，他把我这一生，弄得乱七八糟。我真该恨他的，我一生如果有污点，就是接受了他的爱！害我受尽冤枉，有苦难言。可是我却依旧心疼着他，每次从医院回来，看着用手机拍下的照片，我都会忍不住凄然泪下。

这样，有一天，我从医院回到家里，他那天特别不好，形容枯槁，四肢伛偻。我心中沉甸甸地积压着悲哀。这些悲哀无处发泄，越积越多，我觉得，总有一天，我会被这种无助的感觉，辗压成碎片！一面想着，我习惯性地坐到电脑椅上，看着我的书桌发呆。然后，我看到我书桌上有许多散乱的，鑫涛以前写给我的各种情书，是我找出来增补在《我的故事》和《雪花飘落之前》的。这些信件，有的用了，有的没用，我随手拿起一个信封，看到鑫涛那潇洒的笔迹，因为没有日期，我不知道他写这封信的时间，可能是他七十几岁的时候吧！因为那字迹还很有力，在他患了"帕金森氏症"之后，他的右手就开始发抖，再也不能写信给我了。鑫涛每次给我写信，都会写错字、漏字，或是张冠李戴。我看着那信封，忽然浑身通过一阵战栗，眼睛顿时张大了！因为，那信封上面，是这样写的，很简单的几句话：

听新唱片，往事难亡！尽管如今，尘满面，鬓如霜，往事难忘，不能忘！给亲爱的老婆。

信封里，没有信，只有一张 Andrea Bocelli（安德烈·波伽利）的 CD，安德烈是我们两个都很喜欢的歌手。可是，这么简单的几个字，却有一个错字！他，丢掉了一颗心！把"往事难忘"写成了"往事难亡"！他把忘字下面的心，丢掉了！

我心中怦地一跳。失落的心！

中国的文字，实在设计得太巧妙，我以前完全没有发现，"忘"这个字，没有了心，就是"亡"字！"心"这个字，代表了爱，现在的手机或电脑里，有各种各样心形的表情符号，闪亮的，会动的，像花束般绽放的，冒泡的，五颜六色的。其实，爱这种情绪，应该是头脑来支配吧！就算是头脑来支配，鑫涛的头脑也罢工不知道多少天了！自古以来，"心"就是爱！鑫涛，他早就忘了我，是我，一直忘不了他！我把往事难忘那四个字，用手遮掉前面的两个字，发现是"难亡"两个字！我的心脏怦怦地跳着，"难忘"已经变成"难亡"，他在告诉我，他"求生不得，求死不能"吗？他在告诉我，他的心，早就失落了吗？

"鑫涛，你把你的心，弄到哪儿去了？"我低低地问，然后又念了一遍他的文字，"尘满面，鬓如霜！"我重复地念着这六个字，想着他现在的样子，岂止是"尘满面，鬓如霜！"还加上"眼发呆，嘴张开！手如爪，腿如柴！"

这应该是他给我的最后一封信，老年多病的他，还陷在和我"往事难忘，不能忘！"的情怀里吗？为什么这信封突然出现在我面前？不知道是谁说的，太多的"偶然"就不是"巧合"！难道，躺在病床上动也不能动的他，还要提醒我什么吗？我想着，下意识地看着这信封，看着他写错的字。那颗失落的心！那个"亡"字！

我忽然想起一九六四年，在我那小书房里，我写的《几度夕阳红》！远在那么久以前，我写过一颗"失落的心"：

我的心早已失落，

暮色里不知飘向何方？

在座诸君有谁能寻觅？

觅着了（别碰碎它）请妥为收藏！

一颗失落的心！这儿，也有一颗失落的心！两颗失落的心，相差了整整五十四年！半个世纪。一颗是我写的，一颗是他写的！鑫涛在重度失智时，就忘了他生存的这个世界，忘了围绕着他的我们，也忘了他自己！

"忘掉没关系，能够笑就好！"

这是我常常对他说的话！笑，人为什么笑？因为快乐！人为什么快乐？因为能够爱！爱老婆也好，爱子女也好，爱书画艺术也好，爱花花草草也好！有爱，才有快乐！当你连心都没有了的时候，还有什么？亡！他写了"亡"！我也想起，我们讨论《几度夕阳红》时，他说的话：

"我跟你说，'现实'是真实的人生，'境界'是虚幻的人生！每个人生，都是现实重于虚幻，如果你真正住在深山里，整天拿着这张'失落的心'生活，绝对不会快乐！只有把心爱的梦竹，拥抱在怀里，才会快乐！"

我开始发呆，坐在那儿，我好久好久，都一动也不动。然后，我拿起桌上的一支笔，在一张纸上涂抹，这是我写作时的习惯，有时，来不及开电脑，我会把我临时想到的东西，抓张纸记下来，我几乎没有用什么思想，写出一首小诗：

　　　你的心早已失落，

　　　混沌间不知去向何方？

　　　我曾经是你的织女，

　　　文字里织出多少沧桑？

　　　我曾经有广大的天空可以飞翔，

　　　是你的心绊住了我的方向！

　　　我曾经渴望飞向自由，

　　　是你的心占据了我的梦想！

　　　你的心虽然失落，

我依旧为你一再悲伤！

亲爱的亲爱的亲爱，

你是否要我把你遗忘？

我曾经有广大的天空可以飞翔，

我曾想翩然起舞变回凤凰，

你是否要我把你遗忘？

让雪花火花伴我飞向穹苍？

　　我涂涂抹抹地写完了，然后，我念着我笔下的句子，一首小诗！我想着纪伯仑给我的启示，我想着我曾有的忧郁，我想着我争自由的日子，我想着我不想写作，却为了电影电视剧而写作的日子，我想着我跟他相聚相爱到如今的五十几年，想着我们曾经拥有的美好时光，想着他病后我的一步一扶持，想着他倒下后我受到的各种无情攻击……忽然，一滴眼泪落在我的纸上，我仆在那首小诗上，开始低声地啜泣，这样一哭就不可收拾，泪水疯狂地涌出，濡湿了我手臂下的小诗。房里只有我一个人，我放任了自己，哭吧！此时此刻，我不需要面具，哭吧！我开始哭，尽情地哭，哭尽我的委屈伤心和孤独。我终于知道，何慕天不会幸福，没有梦竹在他怀里，他不会幸福！梦竹也不会幸福，没有何慕天伴着她，她不会幸福！我为慕天哭，我为梦竹哭，我为鑫涛哭，我为自己哭……我不知道我这样哭了多久，只知道，当我抬起头来，发现这首小诗的字迹都浸在泪水里。

　　半晌，我机械地起身，用面纸拭干了我的泪，也吸干了写着小诗的纸张。虽然小诗的字迹被泪水模糊了，却依旧看得出来。再拿起他的信封，和我的小诗对比。忽然，我心中一阵绞痛，我不相信灵魂的，可是，他插管以后，为何常常像幽灵般出现？这"失落的心"，有他的笔迹，有实际的信封，在我情绪如此低落的时候，就这样出现在我眼前！怎么这样巧？几十年前我写了"失落的心"，几十年后他呼应了"失落的心"！怎么这样巧？为什么？难道他有话要说？他九百多天没说话了！他想告诉我什么？"忘"字没有心，就是亡字！还有呢？我看着我的小诗，眼泪再度滑下面颊，情不自禁地，我念着我的句子：

> 你的心虽然失落，
>
> 我依旧为你一再悲伤！
>
> 亲爱的亲爱的亲爱，
>
> 你是否要我把你遗忘？
>
> 我曾经有广大的天空可以飞翔，
>
> 我曾想翩然起舞变回凤凰，
>
> 你是否要我把你遗忘？
>
> 让雪花火花伴我飞向穹苍！

　　我还能飞吗？我还能起舞吗？我还有我的天空吗？我还拥有我自由的心吗？我充满了迷惑。然后，我回忆起来，有一次，我们讨论着去什么地方旅行，我们已经走遍了世界各地，好像没有地方可去了。我想着，忽然说了一个名字：

　　"梦岛！"

"梦岛？"他惊愕地看着我，"在哪一洲？我怎么从来没有听说过？"

"在凤凰洲！"我笑着说，"那是个非常美丽的地方！有四季的花，有五色的鸟，有小小的茅屋，有不冷不热的气候，有我可以狂奔的草原！"

"嗯，"他点头，瞅着我，"有我吗？"

"没有，可是有一只北极熊，总是跟着我！"

"好的！"他点头，笑着说，"等你找到了你这座梦岛，我们再来考虑怎样买机票？怎样办入境证？"

梦岛怎会需要入境证？那天的谈话就这样结束了。

梦岛！我静静伫立，良久良久，拿着那信封，我说：

"谢谢你！鑫涛，我要翩然起舞了！我知道你的心已经失落，我也知道那岛上没有北极熊。我还是不会忘记你的，你那颗失落的心，我还是会收藏着，从以前，到现在，到永恒！但是，我会带着我的雪花火花，一起飞去找我的梦岛！"

我抬头去看窗外，看到满院的阳光。我知道，我该飞出这个桎梏了！我知道，在这世界上，我那诗情画意的"梦岛"正等着我！在那儿，我有自由的心，我可以忘掉这世俗的一切，我可以翩然起舞！像枯叶蝶，像小燕子，像展翅的凤凰，像一片美丽的雪花！

写于可园

二〇一八年十月二十五日黄昏初稿

二〇一八年十月二十六日黄昏修正

后记

一九八四年，我曾经陆续写过我当年生活的散文和心情，因为跨越五个季节，这些散文和生活纪实，我给了它们一个题目，名叫《五季》。当时，鑫涛急需出版我的书，但是，《五季》的字数不够出书，就把我另一篇《童年》加进去。分成两部分，上一部是《童年》，下一部是《五季》。整本书的总名称是《不曾失落的日子》。这部书出版到一九八九年，《我的故事》问世。因为我左思右想，我的童年，实在应该收录在《我的故事》里，而不是《不曾失落的日子》里，于是，我把我的《童年》，搬到《我的故事》里，让《我的故事》有完整性。这样一搬家，《不曾失落的日子》就太单薄，字数也不够成书，我一直想继续写些散文，来补足它。可是，我的生活实在太忙碌了，投入电视剧工作以后，我又要编剧、又要选演员、又要和导演研究剧情、还要和剧组同甘共苦，我真的没时间去写散文和心声了。想改版的那本《不曾失落的日子》，就再也没有发行，成为我一部有名无实，失落的日子了。

　　人生，随着时间，永远在不停地变幻当中，我的生活也随着时间，不停不停地向前进行。忙碌从来没有放过我，生活一直在水深火热里。在这种节奏下，《不曾失落的日子》几乎被我遗忘了。岁月匆匆，斗换星移，转眼到了今天，我自己都不能相信，已经八十岁了！我还在这儿面对电脑，一个字一个字打出我的书，打出我的小说，打出我的人生，打出我的喜怒哀乐……

　　这本《握三下，我爱你》会结集成书，是我以前怎样都想象不到的。它是一个"意外"。如果我的读者们，看过我另外两本书，一本是去年出版的《雪花飘落之前》，一本是今年才增修完成的《我的故事》，就会知道前因后果，在这儿，我就不再赘述。如果完全不知道的朋友们，请务必看看那两本书，那样，才是我真正的读者和知音。我是在鑫涛插管以后，才惊知我在皇冠一生出版的六十五本书，已经在我全心照顾鑫涛健康的十几年中，陆续被一本本地"绝版"了。如此残忍的事实，对我有如五雷轰顶，我却必须接受！我和鑫涛，从出版《窗外》，就没有签过约，当年我对出版不懂，鑫涛为何没跟我签约，现在已经是个谜。我的本性，就是一个"爱"字。为了爱，我从来没和鑫涛计较过金钱，连我的电影收入，都是交给鑫涛，他给我多少，我就拿多少。因为我全权信任他，也最恨为了金钱而战争的婚姻。只要我不争什么，岁月静好。可是，我的书和金钱不一样。唐诗有一首《悯农》：

　　　　锄禾日当午，汗滴禾下土。

谁知盘中餐，粒粒皆辛苦。

我把它改成《悯文诗》：

握笔每当午，汗滴如雨舞。

谁知书中句，字字皆辛苦。

写作的辛劳，不是作者不会明白。我的写作生涯，只有鑫涛最清楚。他知道我是完美主义者，他知道我不写到一个段落不会睡觉，他知道我会写得忘了吃饭忘了喝水。他知道我一旦写作，会一改再改。他知道我爱我的书，因为那是"字字皆辛苦"，才能完成的。现在他一无所知地躺在那儿，尽管我有无数的疑问，也没办法问他了！经过一段日子的沉淀，我挺直了我的背脊，告诉自己不能倒下。不管内幕是怎么回事，我要让我的每本书都复活！

所以，"城邦文化集团春光出版"接手了我的六十五本书，重新出版！我们达成一个共识，我们要超越以前那毫无组织的版本，出版一套精致完美的《琼瑶经典作品全集》，我也趁这次的出版，重新整理我的作品。这次的整理非常彻底。全集应该是六十七本的，《雪花飘落之前》给了"天下文化"，"春光出版"正好是六十五本。重新出版全集的消息，立刻震动了海峡两岸。顿时间，我收到无数讯息，我的粉丝们，强烈要求不能失去我任何遗失散落的作品。对我这些死忠的粉丝而言，也是"字字如珍珠"！即使我认为不好的作品，他们依旧认为珍贵！还跟我争辩，这是历史资料，这是考据资料，这是原始资料……

我就这样开始收集散落在外，从来没有结集出版过的作品，取代《不曾失落的日子》。可是，如何收集呢？我几乎从小就在写作，这些不曾出书的作品，散落在海内外各种杂志报纸上，写作年代都不可考。我正在为难，我的粉丝联合起来，由牧人、曾波、许德成、咪咪、韩广大等人，从海峡两岸分头着手，刘建梁整理我所有的歌曲（有两百多首），还有很多其他朋友的帮忙，竟然把我散落在外的作品，几乎全部找回！其中，还包括我九岁那年的"启蒙之作"《可怜的小青》！

我的这些粉丝，深深地感动了我，我很认真地开始整理这些各个时代的作品，包括以前的《五季》，有的重写，有的改写，成为一本大家可能都没看过的书。这又是一个大工程，因为以前的作品太多，我必须选择和淘汰。斟酌又斟酌，考虑又考虑，选出了二十一篇作品。然后，我公开征求书名，最后由刘建梁建议的《握三下，我爱你》胜出。我又征求了一个副书名"翩然起舞的岁月"。因为我从小爱写作，如果说，写作是我的舞蹈，我从九岁就开始"翩然起舞"了！这个名字还有更深的一个意义，我在八十岁整理这本书，真是不胜感慨！如果鑫涛不是百病缠身，到插管风波，逼使我写《雪花飘落之前》，我可能完全不知道我的书被绝版，那么，这本《握三下，我爱你》也不会出版。我觉得，我晚年的遭遇，是不可思议的故事。我迎着风雨，在八十岁这年，再度"翩然起舞"！所以，这是一本"翩然起舞"的书。九岁的初试啼声，到八十岁的再度展翅。

这本书，我分成了四辑，第一辑是我的童年故事，大部分都是真的。第二辑是我这些年散落的短篇小说。第三辑是我拍电影时的一些记录和感想。第四辑是我生活中的纪实，包括《五季》，在《五季》中，有很多我真正的心声，我渴望的生活。像是《自由》，像是《面具》等。我常说，在婚姻中要有妥协，才有美满的婚姻。在这篇《五季》中，大家可以看到那个妥协的我。《握三下，我爱你》是刘姊的真实故事。《失落的心》是我真实的故事。这本书除去短篇小说外，几乎包括了我的一生。从去年十一月开始，我整理这套由"春光"出版的六十五本新全集，到今天，我为最后这本《握三下，我爱你》，写下后记，我忙了整整一年。以前我的生命中，就是忙、忙、忙！恐怕那些忙，都赶不上今年！

感激"城邦春光出版"，也用了整整一年，来出版我这套书，到今天为止，已经完成了五十一本！预计明年二月，六十五本就出齐了！如此魄力，让我感佩于心。我还要特别感谢为我这套经典作品全集设计封面和书盒的黄圣文先生，让这套书每本封面公布时，都引起我粉丝们的惊艳！当然，我更要谢谢何飞鹏发行人，完成了我的心愿！让这六十五本书复活了！至于主编雪莉，千言万语一句话："辛苦了！"

今天是二〇一八年十二月二十九日，岁末年终的时候，窗外是阴天，气温很低。我终于写完了这篇后记，完成我全集中最后的一本！我心里荡漾着温暖，感到有小小的阳光罩着我，我在一年之间，完成了这么巨大的工作，我不再哀愁。对于人世间那些纷纷扰扰，我问心无愧，活得坦荡！这本《握三下，我爱你》的书中，有很多鑫涛的名字。鑫涛曾说他是牛，我是他的织女。我和他因为是二度婚姻，我被许多只看表面的人，骂了几十年。其实，所有二度婚姻而能走到底的人都一样，总有一度婚姻是错误的，而且，一定是第一度！现在，我已经不在乎任何闲言闲语，我的心里，只有淡淡的感慨和温柔。写完整本书，想到我这一生，应该可以画上一个句点了。于是，我写了一首七言律诗，为我这一生，为了这六十五本书的复活，作为最后的总结。

情深处处怨无尤，忍辱为君几度秋。
织女有情度劫难，牛郎无奈陷楚囚。
一生写尽人间爱，此刻挥别万古愁。
勘破天涯多少梦，翩然舞向百花洲。

我辛苦了一生，终于可以把一切都"放下"了。我要"翩然起舞"，舞向我渴望的心灵境界、我渴望的自由境界、我渴望的真爱境界、我渴望的自然境界……尽管，我已经八十岁，那又如何？能飞舞一天，我就飞舞一天！我确信，有个开满了花，充满诗情画意的"百花洲"，在前面等着我！

琼瑶

写于可园

二〇一八年十二月二十九日

（京权）图字：01-2025-0195

图书在版编目（CIP）数据

握三下，我爱你：翩然起舞的岁月 / 琼瑶著 . --北京：作家出版社，2025.1. --（琼瑶作品大全集）. -- ISBN 978-7-5212-3236-3

I. I267

中国国家版本馆 CIP 数据核字第 2025HS0172 号

握三下，我爱你：翩然起舞的岁月（琼瑶作品大全集）

作　　者：琼　瑶
责任编辑：徐　乐　方　叒
装帧设计：棱角视觉　纸方程·于文妍
责任印制：李大庆　金志宏
出版发行：作家出版社有限公司
社　　址：北京农展馆南里 10 号　　邮　　编：100125
电话传真：86 - 10 - 65067186（发行中心）
　　　　　86 - 10 - 65004079（总编室）
E - mail: zuojia@zuojia. net. cn
http: // www.zuojiachubanshe.com
印　　刷：唐山玺诚印务有限公司
成品尺寸：142×210
字　　数：219 千
印　　张：10.25
版　　次：2025 年 1 月第 1 版
印　　次：2025 年 1 月第 1 次印刷
ISBN　978 - 7 - 5212 - 3236 - 3
定　　价：2754.00 元（全 71 册）

品 琼 瑶 经 典

忆 匆 匆 那 年

琼 瑶 作 品 大 全 集

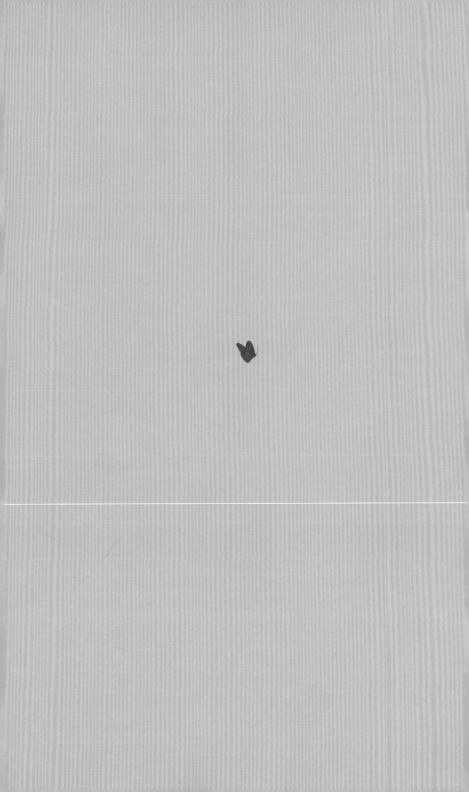